BATALHA PELO NETHER

Obras do autor lançadas pela Galera Record:

Invasão do mundo da superfície
Batalha pelo Nether
Enfrentando o dragão

MARK CHEVERTON

BATALHA PELO NETHER

UMA AVENTURA NÃO OFICIAL DE MINECRAFT

Tradução
Edmo Suassuna

7ª edição

GALERA
— *junior* —
RIO DE JANEIRO
2016

CIP-BRASIL. CATALOGAÇÃO NA FONTE
SINDICATO NACIONAL DOS EDITORES DE LIVROS, RJ

C452b Cheverton, Mark
7ª ed. Batalha pelo Nether: Uma aventura não oficial de Minecraft / Mark Cheverton; tradução Edmo Suassuna. – 7. ed. – Rio de Janeiro: Galera Record, 2016.
(Minecraft; 2)

Tradução de: Battle for the Nether
Sequência de: Invasão do mundo da superfície
ISBN 978-85-01-10574-5

1. Ficção juvenil americana. I. Suassuna, Edmo. II. Título. III. Série.

15-23750

CDD: 028.5
CDU: 087.5

Título original:
Battle for the Nether

Copyright © 2014 Gameknight Publishing, LLC.

Batalha pelo Nether é uma obra original de *fan fiction* de Minecraft que não está filiada a Minecraft ou MojangAB. É uma obra não oficial e não está sancionada nem depende de aprovação dos criadores de Minecraft.

Batalha pelo Nether é uma obra ficcional. Nomes, personagens e eventos são produtos da imaginação do autor ou são usados ficcionalmente. Qualquer semelhança com eventos e pessoas vivas ou mortas é mera coincidência.

Minecraft ® é marca registrada de MojangAB

Minecraft ®/TM & © 2009-2013 Mojang / Notch

Todas as características de Gameknight999 na história são completamente fictícias, e não representam o Gameknight999 real, que é o oposto deste personagem no livro, e é uma pessoa fantástica e gentil.

Consultor técnico: Gameknight999
Composição de miolo: Abreu's System
Adaptação de layout de capa: Renata Vidal

Texto revisado segundo o novo Acordo Ortográfico da Língua Portuguesa.

Todos os direitos reservados. Proibida a reprodução, no todo ou em parte, através de quaisquer meios. Os direitos morais do autor foram assegurados.

Direitos exclusivos de publicação em língua portuguesa
somente para o Brasil adquiridos pela
EDITORA RECORD LTDA.
Rua Argentina, 171 – Rio de Janeiro, RJ – 20921-380 – Tel.: 2585-2000,
que se reserva a propriedade literária desta tradução.

Impresso no Brasil

ISBN 978-85-01-10574-5

Seja um leitor preferencial Record.
Cadastre-se e receba informações sobre nossos
lançamentos e nossas promoções.

Atendimento e venda direta ao leitor:
mdireto@record.com.br ou (21) 2585-2002.

AGRADECIMENTOS

Como sempre, eu gostaria de agradecer à minha família: Geraldine, com seu otimismo sempre presente e visão de mundo "copo meio cheio"; Jack, que me lembra de enfrentar meus medos e buscar meus sonhos; e Holly, minha inspiração, minha rocha, e aquela que ilumina minha vida. Também queria agradecer aos meus muitos leitores que entraram em contato comigo e me mandaram mensagens encorajadoras de apoio, sem as quais eu teria sucumbido ao desânimo e à dúvida, e provavelmente não teria terminado este livro. Espero que todos vocês gostem dele.

"Para enfrentar o medo — agir.
Para aumentar o medo — esperar, atrasar, adiar."

— David Joseph Schwartz

O QUE É MINECRAFT?

Minecraft é um jogo do tipo "sandbox" que dá ao jogador a habilidade de construir estruturas surpreendentes, usando cubos texturizados com vários materiais à sua escolha: pedra, terra, areia, arenito... As leis da física não são aplicáveis porque é possível construir estruturas no modo Criativo que desafiam a gravidade.

Este programa oferece aos usuários uma oportunidade criativa inacreditável. Os jogadores constroem cidades inteiras, civilizações aninhadas em penhascos e até mesmo cidades nas nuvens. O jogo de verdade, porém, acontece no modo Sobrevivência. Neste modo, os jogadores são lançados num mundo de blocos, levando nada além das roupas do corpo. Sabendo que a noite se aproxima rapidamente, os usuários precisam coletar matérias-primas: lenha, pedra, ferro etc., a fim de produzir ferramentas e armas para se proteger quando os monstros aparecem. A noite é a hora dos monstros.

Para encontrar matérias-primas, o jogador precisa criar minas, escavando as profundezas de *Minecraft* na esperança de encontrar carvão e ferro, ambos necessários para se criar as armas e armaduras de metal essenciais para a sobrevivência. À medida que escavam, os usuários encontrarão cavernas, câmaras cheias de lava e, possivelmente, uma rara mina ou masmorra abandonadas, onde há tesouros aguardando para serem descobertos; mas com corredores e salões patrulhados por monstros (zumbis, esqueletos e aranhas) esperando para atacar os desavisados.

Mesmo que o mundo esteja repleto de monstros, o usuário não está sozinho. Existem vastos servidores onde centenas de usuários jogam, todos compartilhando espaço e recursos com outras criaturas em *Minecraft*. Há aldeias espalhadas pela superfície do mundo, habitadas por NPCs (*Non-Player Characters*, ou personagens não jogáveis). Os aldeões perambulam de um lado para o outro, fazendo seja lá o que for que aldeões fazem, com baús de tesouro — às vezes fantásticos, às vezes insignificantes — escondidos em suas casas. Ao falar com esses NPCs, é possível negociar itens para receber gemas raras ou matérias-primas para poções, assim como obter um arco ou uma espada ocasionalmente.

Este jogo é uma plataforma incrível em que as pessoas podem criar máquinas (energizadas por uma substância chamada "redstone", que funciona como circuitos elétricos), jogos originais, mapas personalizados e arenas de PvP (*Player Versus Player*, ou jogador contra jogador). *Minecraft* é um jogo cheio de uma criatividade empolgante, batalhas de arrepiar e criaturas aterrorizantes. É uma montanha-russa por uma terra de aventura e suspense, carregada de vitórias edificantes e derrotas amargas; divirta-se!

SOBRE O AUTOR

Aprendi a amar jogar *Minecraft* com meu filho. Não cheguei a esse ponto facilmente, contudo; na verdade, ele precisou me arrastar, esperneando, até o jogo. Mas, agora, bom... eu adoro.

Veja bem, ele assistiu a um vídeo sobre *Minecraft* no YouTube e, é claro, a partir dali precisava ter o jogo. Durante o mês seguinte, foi bem persistente em sua missão de lembrar a mim e a minha esposa de que *Minecraft* era incrível e que não podia mais viver sem ele.

Então, finalmente cedemos e compramos o jogo. Ele escolheu um nome de usuário, Gameknight999, e partiu em suas aventuras. No começo, jogava sozinho, mas não demorou a nos chamar em nosso escritório para nos mostrar o que tinha criado... e aquilo era bastante impressionante. Meu filho tinha construído um castelo gigantesco, seguido de uma travessia com obstáculos em partes móveis, rodeada ainda de uma aldeia subterrânea... Suas criações nos deslumbraram. Como engenheiro, qualquer coisa que me ofereça a chance de construir algo me deixa imediatamente intrigado. Assim, sentei-me com meu filho e deixei que me ensinasse a jogar *Minecraft*. Rapidamente, conquistei minha licença de jogador, Monkeypants271 era meu nome de usuário, e partimos juntos pelo reino digital, construindo torres, lutando contra zumbis e nos desviando dos creepers.

Meu filho amava tanto jogar *Minecraft* que, no Natal seguinte, compramos um servidor para ele. Passou meses construindo neste servidor: castelos, pontes, cidades submarinas, fábricas, toda e qualquer coisa que sua imaginação pudesse conceber. Depois ele passou a trazer colegas da escola para construir estruturas verdadeiramente colossais. Claro que eu o ajudei: em parte para ficar de olho no que estava rolando nessas reuniões, mas também porque sou um baita nerd e gosto do jogo. Fiquei extasiado com o quão orgulhoso meu filho estava por suas criações. Ele produzia vídeos exibindo-as, e os postava no YouTube. Pois bem, um dia uns garotos conseguiram entrar no servidor, provavelmente porque o endereço IP havia sido revelado pelo meu filho ou por algum de seus amigos. Esses garotos destruíram tudo o que estava lá, trollaram as construções até não sobrar nada além de uma cratera fumegante. Imploderam absolutamente tudo, obliterando meses de trabalho. Quando meu filho se logou ao servidor, ele viu suas criações destruídas e ficou arrasado. Para piorar as coisas ainda mais, os garotos postaram no YouTube o vídeo da trollagem.

Foi esse o momento de nossa "conversa instrutiva" definitiva: sobre *cyber-bullying* ou assédio na internet. Tentei responder ao meu filho por que alguém faria uma coisa dessas, sobre que tipo de pessoa se orgulhava de destruir as criações alheias, mas meus argumentos soaram vazios. Foi aí que tive a ideia de ensiná-lo através de sua coisa favorita: *Minecraft*. Escrevi o primeiro livro, chamado *Invasão do Mundo da Superfície: uma aventura não oficial de Minecraft*, que ensinava às crianças sobre *cyber-bullying*, como ele afetava também outras pessoas, assim como minava a importância das amizades. Usei *Minecraft* como a tapeçaria na qual a lição seria escrita.

Obrigado a todas as pessoas que me enviaram e-mails através de meu website, www.markcheverton. com. Agradeço pelos comentários amáveis, vindos tanto de crianças quanto de pais e mães. Tento responder a cada e-mail que recebo, mas peço desculpas caso tenha deixado algum passar.

Procurem por Gameknight999 e Monkeypants271 por aí nos servidores. Continuem lendo, sejam legais e fiquem de olho nos creepers.

Mark Cheverton

CAPÍTULO 1

GAMEKNIGHT999

Ele avançava velozmente por algum tipo de caminho de ferro, um conjunto de trilhos metálicos que se estendiam trevas adentro. O tropel rítmico das rodas soava num passo constante — chu-chunk, chu-chunk, chu-chunk — que ecoava pelo túnel, reverberando como uma sinfonia percussiva. Olhando em volta, ele via as laterais cinzentas e baixas, e o interior quadrado do veículo que ocupava. O aspecto e o ruído das rodas lhe disseram que ele estava num carrinho de mina. O espaço apertado fazia o menino se sentir como um gigante na caçamba de ferro, mas o borrão das frias paredes de pedra que passavam velozmente lhe dava uma sensação de ser pequeno e insignificante.

Gamknight999 estava assustado.

Incerteza e medo enchiam sua mente. Ele não sabia onde estava, o que fazia no carrinho, ou mesmo aonde ia. Tudo o que sabia era que seguia em alguma direção, rapidamente.

Foi então que as paredes do túnel se abriram e ele pôde ver uma enorme caverna... não, era uma fenda *profunda que se abria para o céu azul. O jogador via zumbis, aranhas e creepers nas paredes íngremes, saltando de uma beirada à outra, os mais desajeitados caindo para a morte. Olhando para baixo, Gameknight notou que o fundo da fenda estava lotado de monstros do Mundo da Superfície, todos vagueando sem rumo, como se procurassem algo para devorar... ou alguém. Muitos deles o fitavam, e seus olhos ardentes e famintos gelavam a alma de Gameknight. Os monstros queriam destruí-lo pelo simples fato de ele estar vivo. Tremendo, o menino ficou feliz quando a fenda se fechou e as paredes do túnel novamente se fizeram rocha sólida.*

Olhando para trás ao longo do caminho, Gameknight viu os trilhos de metal desaparecendo ao longe, os dormentes de madeira se borrando numa listra marrom. Foi aí que ele notou que o carrinho desacelerava, o clique-claque das rodas diminuía seu martelar até parar gradualmente no meio de um túnel. Sentindo que era esperado que saísse, Gameknight saltou do carrinho, com o corpo tremendo de medo. Olhando em volta, ainda podia ver o caminho de ferro do carrinho se estendendo ao infinito, as vigas de metal claramente visíveis contra a pedra cinzenta. Mas então elas começaram a desaparecer, ficando borradas e fora de foco, os trilhos retos perdendo sua definição até se dissolverem no nada. Ao mesmo tempo, as paredes rochosas que cercavam o caminho pareceram sumir também, passando de granito sólido a névoa cinzenta rodopiante. O nevoeiro frio e úmido o envolveu, sua presença desagradável colando-se a ele como um pano pesado e molhado. *Alguma coisa naquela nuvem borradora de sombras o assustava, como se estivesse escondendo algo perigoso e ameaçador.*

E então os uivos lamuriosos começaram.

Eram gemidos dolorosos que pareciam sugar toda esperança de Gameknight, gemidos que soavam condenados e tristes ao mesmo tempo, mas também cheios de ódio e raiva contra aquelas coisas vivas que ainda tinham alguma fé numa boa vida. Eram dirigidos contra as criaturas da luz que ainda se apegavam à ideia de que estar vivo seria uma coisa boa, e não apenas uma lição de tormento e desespero; eram voltados contra ele.

Os uivos vinham de zumbis... muitos deles. Gameknight começou a tremer, os uivos melancólicos cravejavam-lhe com estacas gélidas de medo.

E foi então que garras verdes se estenderam das trevas em sua direção, os terríveis gemidos ecoando no ar enquanto unhas afiadíssimas cortavam o nada a meros centímetros do menino. Tomado pelo pânico, Gameknight999 ficou paralisado enquanto o zumbi apodrecido se aproximava, lentamente se materializando em meio à névoa, o fedor pútrido da carne em decomposição atacando seus sentidos e aumentando seu pavor. Olhando para baixo, o jogador percebeu que tinha uma espada de ferro nas mãos, seus braços e peito também estavam cobertos com ferro. Ele vestia armadura e estava armado; poderia enfrentar o monstro. Esforçando-se para reunir uma migalha de coragem, Gameknight comandou seu braço a brandir a espada e destruir o inimigo, mas o medo comandava sua mente. Memórias de mãos em garras de zumbis e presas de aranhas o atacando lhe preencheram a mente; a dor daquele momento quando ele detonou o TNT no último servidor ainda assombrando seus sonhos. Aquele mundo anterior de Minecraft tinha sido salvo por causa do ato corajoso e altruístico de Gameknight; provavelmente o primeiro em sua vida. Mas o custo tinha sido seu espírito e coragem, e tinha deixado sua mente num estado constante de pânico. Monstros o aterrorizavam, justo ele, o grande Gameknight999; como isso era possível?

Afastando-se do zumbi, ele se virou e correu. Sabia que aquilo era apenas um sonho, mas o terror e o pânico ainda pareciam reais. Ao se virar, deu de cara com uma montoeira de pernas negras e peludas, cada uma equipada com uma garra escura, curva e de aparência maldosa: aranhas gigantes, pelo menos meia dúzia delas. Estavam todas juntas, formando uma muralha impenetrável de ódio e desprezo.

— Eu não posso enfrentar tantas — afirmou Gameknight para ninguém.

Ele estremeceu.

Foi nesse momento que um barulho chacoalhante cresceu na escuridão, o som de ossos mal encaixados estalando uns contra os outros. O jogador sabia exatamente o que aquele barulho significava: esqueletos. Os vultos pálidos lentamente emergiram da névoa rodopiante, impedindo qualquer chance de fuga pela direita. Cada um dos monstros ossudos tinha um arco preparado, flecha já puxada, os projéteis serrilhados apontados diretamente para ele.

Gameknight começou a tremer.

Como ele poderia lutar contra todos esses monstros? Não era mais bravo, depois que sua coragem fora explodida por todo aquele TNT; não, feita em pedaços por todas aquelas garras e presas no último servidor. Ele era apenas uma casca vazia, uma carcaça preenchida pelo medo.

Virando-se à esquerda, ele lentamente se afastou dos três grupos, esperando escapar sem ter que lutar, mas, assim que se moveu, uma risada aguda soou bem alta. Era um som meio maníaco, como uma gargalhada focada no padecimento alheio, como felicidade sentida enquanto outra criatura sofria. Um som terrível que ecoava pela alma do jogador, dando agulhadas de pânico que perfuravam os últimos vestígios de controle que ele tinha sobre a própria mente. E, por fim, a fonte da risada surgiu em meio às trevas. Era uma criatura sombria, da cor de sangue seco, um vermelho muito, muito escuro, com longos braços finos pendurados, quase tocando o chão, e pernas magricelas suportando um corpo igualmente escuro.

Era Érebo, o Rei dos Endermen do último servidor de Minecraft; o servidor que Gameknight tinha salvado. Esta fera era seu pesadelo pessoal, a criatura mais malévola e violenta que ele poderia imaginar.

Virando-se, o jogador encarou o monstro. Como sempre, seus olhos ardiam num branco brilhante, odiando todas as coisas vivas. Seu desejo de destruição emanava como um campo de força de maldade. Gameknight deu um passo para trás. A criatura estava parcialmente transparente, como se não estivesse inteiramente ali. Os monstros atrás do enderman eram visíveis por seu corpo translúcido.

—Então, Usuário-que-não-é-um-usuário, vejo que nós nos encontramos novamente — cacarejou Érebo numa voz aguda e esganiçada.

Arrepios desceram pelos braços de Gameknight.

—Isto é só um sonho, não é real — repetiu o menino para si mesmo várias vezes.

Érebo soltou uma risada de dar calafrios na espinha, ficando momentaneamente sólido e depois voltando à transparência parcial.

—É realmente um sonho — guinchou Érebo, cuja voz lembrava Gameknight de vidro raspando em vidro, fazendo seus dentes doerem. — Mas isso não significa que não seja real, seu tolo. Você ainda não sabe nada sobre Minecraft e os planos de servidores nos quais ele existe. — Riu de novo. — Sua ignorância provocará sua derrota.

—Não, você não é real — disse Gameknight, implorando. — Você não pode ser. Eu... matei você no último servidor... Você não pode ser real.

—Continue repetindo isso a si mesmo, Usuário--que-não-é-um-usuário, e, quando eu encontrá-lo nesse próximo servidor, vou relembrá-lo de como sou irreal... quando destruí-lo.

Érebo gargalhou novamente, a risada ressoando dentro da mente do menino, como um martelo num vaso de cristal, e sua vontade de viver estava quase destroçada.

—Eu... v-vou... enfrentar você, como no último servidor — gaguejou Gameknight, nada convincente.

—Hah... mas que piada — guinchou Érebo em sua voz esganiçada. — Posso ver a covardia em você, como um tumor maligno. Toda a sua bravura *aparentemente foi deixada para trás no último servidor. Você é uma casca vazia, um caixão oco esperando por um cadáver frio. Você será meu muito em breve.*

O enderman deu um passo à frente de forma ameaçadora, e a transparência de seu corpo não o deixava nem um pouco menos assustador. Gameknight olhou para baixo rapidamente, não querendo provocar a criatura com um olhar direto. O monstro sombrio se erguia sobre ele, parecendo ficar mais e mais alto ao se aproximar, até que Gameknight se sentia como um mísero mosquito diante de um gigante.

—Já vejo a derrota em você, Usuário-que-não--é-um-usuário. Eu já venci; sua covardia garante o resultado de nossa batalha. — Érebo fez uma pausa, em seguida inclinando a cabeça para baixo, de forma que seus olhos incandescentes e cheios de malícia fitaram Gameknight diretamente de cima para baixo. — Você pode ter me derrotado no último servidor, mas eu ainda consegui chegar a este plano de servidores. E, quando eu destruir este mundo, alcançarei a Fonte, e ela também cairá perante minha fúria, até que todas as coisas vivas clamem por uma piedade que jamais virá. Aguarde minha chegada e se desespere.

A um sinal de Érebo, os monstros ao redor avançaram. Mãos apodrecidas com garras se estenderam para o jogador, rasgando sua carne, enquanto centenas de flechas lhe perfuravam o corpo. Presas aracnídeas venenosas então entraram na luta até o corpo de Gameknight estar consumido pela dor.

Lentamente, o mundo se dissolveu em trevas, e os olhos do enderman foram a última coisa visível, sua expressão carregada de ódio descontrolado e insuportável.

Então, finalmente, o vazio frio e escuro do subconsciente do jogador o abraçou enquanto o sonho desaparecia. Mas a sensação de dor e medo ainda dominava a alma de Gameknight.

CAPÍTULO 2
UM NOVO MUNDO

A realidade gradualmente se formou ao redor de Gameknight, os contornos quadrados da caverna preparada às pressas entrando em foco. Tochas iluminavam o interior da toca, e seu brilho tremeluzente mostrava paredes de rocha e terra, além de seu companheiro Artífice sentado diante dele. Artífice era um jovem menino com cabelos loiros até os ombros e olhos azuis brilhantes, mas a coisa estranha nele era o conhecimento que parecia espiar de trás daqueles olhos. Exibiam sabedoria forjada em anos de vida como o artífice da aldeia no servidor anterior de *Minecraft*; aqueles que os dois tinham salvado com fantásticas explosões de TNT.

Cada aldeia tinha um artífice, um ancião que era responsável em identificar aquelas coisas de que *Minecraft* precisava. Esses itens eram construídos por um exército de aldeões, ou Personagens Não Jogadores (PNJs, ou NPCs em inglês), que povoavam todos os servidores. Os NPCs trabalhavam nas profundezas do subterrâneo produzindo os objetos, que eram então distribuídos pelo mundo digital de *Minecraft*, usando uma complexa rede de trilhos, com carrinhos entregando os itens conforme necessário. Seu propósito era espalhar itens pela terra para que os usuários encontrassem: um baú aqui, uma arma ali... era o trabalho do artífice da vila manter esse mecanismo de *Minecraft* funcionando. O amigo de Gameknight, Artífice, tinha sido o artífice aldeão mais velho em seu servidor; talvez até o NPC mais velho em todos os servidores por todo o universo de *Minecraft*.

Mas, neste mundo composto de blocos texturizados, nem tudo era o que parecia. Gameknight era um usuário de longa data, que entrava no jogo sempre que tinha uma chance, mas havia presumido, assim como todos os outros usuários, que este mundo era só um jogo, linhas de código eletrônico sendo executadas nos chips de memória de algum computador. Agora ele sabia a espantosa verdade, um fato que o chocara até o fundo da alma; as criaturas no jogo e os NPCs estavam vivos! Tinham esperanças e temores, sonhos para seus filhos, e experimentavam momentos de felicidade e alegria, além de desespero com a perda de um ente querido. Gameknight tinha descoberto essa verdade digital depois de ter acidentalmente acionado a última invenção do pai, o raio digitalizador. A máquina o tinha atingido com um raio ardente de luz branca que escaneou cada faceta do seu ser e então o puxou para dentro do programa que estava rodando no computador de controle naquele instante, ou seja, *Minecraft*. Gameknight fora transportado ao reino digital, e agora lutava, não apenas pela própria sobrevivência, mas pela sobrevivência de todas as criaturas vivas, tanto físicas quanto digitais.

Uma grande guerra era travada por todos os servidores do jogo; nela os zumbis, aranhas e creepers tentavam destruir todos os aldeões em cada servidor para roubar sua força vital, seus pontos de experiência (XP). Com XP suficiente, uma criatura poderia ser transportada para o próximo servidor, subindo cada vez mais pelos planos de existência digital até alcançar a Fonte. A Profecia, conhecida por todas as criaturas em *Minecraft*, afirmava que a destruição da Fonte traria o Portal de Luz, que iria então transportar todos os monstros ao mundo físico, onde eles seriam capazes de destruir todas as coisas vivas. Gameknight tinha criado essa ponte acidentalmente enquanto a Fonte ainda estivera intacta ao ativar o digitalizador do pai, e agora seu próprio mundo poderia muito bem ser destruído. E Gameknight999, o Usuário-que-não-é-um-usuário, como tinha sido batizado na profecia, era a única pessoa capaz de fechar aquele Portal.

Depois de matar Érebo, o rei dos endermen, e de deter com sucesso a horda de monstros no último servidor, tanto Artífice quanto Gameknight tinham sido propelidos para este próximo plano de servidores, um nível mais perto da Fonte. O jogador tinha achado que agora eles estariam seguros, mas o sonho fez com que ele questionasse essa ideia. Podia sentir que a guerra por *Minecraft* ainda corria solta por este servidor, e o sonho com Érebo era prova do fato. Será que ele deveria contar a Artífice sobre o que Érebo tinha lhe dito, suas ameaças ao servidor, ou tinha sido tudo um sonho ridículo, um sonho ridículo-mas-aterrorizante?

— Está tudo bem? — perguntou Artífice, com os cabelos loiros amassados e emaranhados depois de dormir no chão duro a noite toda.

Ainda era estranho vê-lo como um garotinho. No último servidor, Artífice tinha sido um velho de cabelos grisalhos, mas, depois de ser transferido para este servidor, tinha ressurgido na forma do garotinho diante do jogador.

Às vezes Minecraft *faz o que bem entende, quer você goste disso ou não*, pensou.

— É, estou legal, só não dormi muito bem — respondeu o jogador com sinceridade.

Levantando-se, Gameknight puxou a pá e se virou para a parede. Olhou para a ferramenta nas mãos e percebeu como os dois tinham sido sortudos em encontrar equipamento naquela aldeia vazia, por mais que ele ainda se perguntasse aonde todo mundo tinha ido. A aldeia estivera semidestruída, com várias das construções completamente carbonizadas.

O que teria destruído aquela aldeia... e aonde tinha ido todo mundo?

Gameknight ainda estava confuso com aquilo. Um artífice jamais abandonaria a própria aldeia... a não ser que ele tivesse sido... ele não queria pensar nisso. Balançando a cabeça, afastou os pensamentos perturbadores para o fundo da mente e virou-se para encarar o amigo.

— Já é manhã? — indagou ao companheiro.

— Sim — respondeu Artífice com um aceno de cabeça. — Podemos cavar uma saída.

Era sempre importante saber se era dia ou noite em *Minecraft*. Zumbis, aranhas gigantes, slimes, creepers e os aterrorizantes endermen só apareciam à noite, caçando os incautos. O melhor jeito de sobreviver era ter uma casa onde se esconder, ou cavar um buraco e se fechar lá dentro durante a noite. Era isso que eles vinham fazendo nas últimas semanas: viajar de dia em busca de aldeões, se esconder em cavernas à noite.

Eles precisavam encontrar aldeões para que pudessem formar um exército e derrotar o que quer que estivesse ameaçando este servidor. A Batalha Final por *Minecraft* se aproximava, e os únicos entre os monstros e as vidas eletrônicas em todos os servidores eram Artífice e Gameknight999... e os dois não seriam suficientes. Precisavam de aldeões... um monte deles.

Até agora, tinham encontrado três aldeias de NPCs, todas abandonadas e parcialmente destruídas. Não restava nenhum dos aldeões. O silêncio dentro do conjunto de casas tinha sido ensurdecedor. Gameknight podia imaginar a batalha terrível que os tinha afastado dos lares... ou pior. *Poderia ter sido Érebo?* Se tivesse sido o rei dos endermen, então Gameknight de alguma forma já teria sentido a presença dele nesta terra. Não, aquilo era o trabalho de outra coisa. Talvez alguma nova criatura pior que o pesadelo cor de vinho.

Trazendo a mente de volta para o aqui e agora, Gameknight cravou a pá na parede de terra. Soltou rapidamente os blocos, fazendo com que caíssem no chão. Os cubos marrons flutuaram momentaneamente, depois se moveram para o inventário dele; o jogador ainda não sabia direito como aquilo funcionava.

Forçando a ferramenta de pedra, rapidamente criou uma abertura na parede, permitindo que colunas douradas de sol entrassem na pequena toca.

Gameknight saiu a céu aberto, guardou a pá rapidamente e sacou a espada de madeira esquadrinhando a área em busca de ameaças. Um pequeno grupo de vacas pastava preguiçosamente ali perto, salpicando o ambiente com seus mugidos gentis. O jogador foi até as vacas enquanto Artífice saía da toca-esconderijo. Os dois precisariam de comida em breve; o suprimento de pão e melões se reduzia gradativamente, e vacas eram uma boa fonte de sustento. Porém, ele não queria atacá-las por comida, a não ser que fosse necessário. Queria que Artífice pudesse fazê-lo em seu lugar, mas o garotinho tinha os braços cruzados como todos os aldeões, com as mãos escondidas dentro das mangas, incapaz de usar uma ferramenta ou arma. Até que encontrassem madeira para fazer uma bancada de trabalho, Gameknight não poderia libertar os braços de Artífice. Isso significava que ele mesmo tinha que cuidar de toda matança, algo para o qual ele não estava pronto... pelo menos não ainda.

Balançando a cabeça, se afastou da vaca e virou-se de volta ao amigo.

— Vamos esperar mais um dia antes de começarmos a matar animais — sugeriu.

Artífice assentiu; a fome ainda era administrável... mas não por muito mais tempo.

— Então vamos andando — decidiu o garotinho, voltando-se à cordilheira distante. A paisagem diante da dupla revelava colinas suaves cobertas de grama, com o borrão ocasional de flores amarelas, vermelhas ou azuis salpicando a cena. — Pressinto alguma coisa naquela direção, para o lado das montanhas. Os sons dos mecanismos de *Minecraft*, a música de *Minecraft*, como chamamos, parece estar me chamando para aquelas bandas.

— Você já está dizendo isso há dias.

— Eu sei, mas tem alguma coisa estranha neste mundo. Alguma coisa fora do prumo, de algum jeito. A dissonância na música de *Minecraft* está em algum lugar além.

— Tudo bem, vamos em frente.

Artífice partiu em direção às montanhas crescentes num passo acelerado, cantarolando uma canção alegre enquanto andava. Gameknight o seguia de perto, virando a cabeça de um lado para o outro, procurando por ameaças. Estavam no bioma de planícies gramadas sem nenhuma árvore à vista. Os únicos inimigos provavelmente seriam uma aranha gigante ou um creeper ocasionais, mas em um terreno tão plano, os dois poderiam ver os monstros bem de longe; o risco era mínimo. Porém, ainda estava com medo. A batalha que salvara o último servidor fora horrenda e drenara cada gota de coragem do Usuário-que-não--é-um-usuário. A memória de todas aquelas garras e dentes tentando rasgá-lo, a dor imensa e o pânico profundo ainda assombravam cada minuto do seu dia e, aparentemente, agora seus sonhos também.

— Queria que a gente achasse algumas árvores para pegar madeira — murmurou Gameknight.

— Minha tia-avó me contou de uma vez que ela encontrou uma terra que não tinha árvore alguma. Ela falou que só havia cogumelos gigantes naquele reino — afirmou Artífice. Gameknight percebeu que lá vinha mais uma de suas histórias e revirou os olhos. O velho NPC em corpo de menino adorava contar casos. — Ela e uma amiga decidiram sair em busca de aventura. Partiram num barco, para ver o que havia do outro lado do grande mar.

— Essa não parece ser uma ideia muito esperta.

— Provavelmente não, mas ela era conhecida por fazer coisas burras que sempre pareciam levar a grandes descobertas. Bem, enfim, elas pegaram o barco e saíram navegando. Velejaram por dias e dias, em noites tempestuosas e dias de sol escorchante, até que finalmente alcançaram uma terra nova. Minha tia-avó; o nome dela era Ordenhadora, mas eu a chamava de Dinha; enfim, ela me contou que essa terra era coberta de cogumelos gigantescos. Eram enormes coisas vermelhas com bolas brancas nos lados. Dinha achou que aquela talvez fosse algum tipo de área de teste que o Criador estava usando, experimentando com alguma forma de novo update de servidor.

— O Criador... Você quer dizer Notch?

— Sim, é claro, Notch, o criador de *Minecraft* — respondeu Artífice, como se fosse óbvio.

Eles pararam de andar por um minuto para esquadrinhar a área ao redor, em busca de perigos. Os dois estavam sozinhos, e não havia nada além de vacas e porcos por perto. Satisfeitos de que tudo estava bem, continuaram andando.

— Enfim, ela me contou que era uma terra incrível, mas que ficou feliz em voltar para casa.

— Ela se meteu em encrencas por ter partido nessa aventura? — indagou Gameknight.

— É claro. Me disseram que ela estava sempre se metendo em encrencas por tentar coisas novas como essa.

— Ela não tinha medo de fazer essas coisas novas e malucas? — perguntou o jogador, sentindo o próprio medo o envolvendo como uma serpente venenosa.

— Engraçado você perguntar isso, Gameknight, porque muito tempo atrás, quando Dinha era a pessoa mais velha que eu conhecia, ela me falou algo que jamais esquecerei. Ela disse, "Lembre-se, menino, as coisas que são novas só parecem assustadoras porque ainda não são velhas. Depois que você finalmente fizer a coisa nova, então o medo que ela provocava em você desaparecerá como a névoa da manhã, porque *o novo* terá se tornado *o velho*. Concentre-se em como tudo será *depois* que você fizer essa coisa, e *o novo* se tornará *o velho* num piscar de olhos." Dinha morreu no dia seguinte. Foi a última coisa que ela me disse.

Artífice parou por um momento e, então, ergueu lentamente uma das mãos ao alto. Gameknight estava chocado; *as mãos dele... estavam separadas!* Antes que o Usuário-que-não-era-um-usuário pudesse falar, Artífice levantou ainda mais a mão, espalhando bem os dedos, em seguida cerrando a mão em punho e apertando com força. Baixou um pouco a cabeça e finalmente trouxe a mão de volta, juntando os braços novamente diante do peito.

— Seus braços...

— A saudação aos mortos — explicou Artífice. — É a única coisa que os NPCs podem fazer com os braços... Prestar tributo aos entes queridos que perdemos ao longo dos anos.

Gameknight olhou o amigo e percebeu a tristeza em seus olhos enquanto ele pensava em Dinha. Artífice então ergueu o olhar e deu seu patenteado sorriso-de--reafirmação-da-vida, e voltou a andar. Iniciando uma canção melodiosa, o jovem NPC começou a cantarolar, animando os espíritos da dupla. Andando com passos sincronizados, eles continuaram pela planície relvada, com olhos vasculhando o horizonte por aquilo de que precisavam desesperadamente: uma aldeia com NPCs.

Decidiram correr, e, enquanto o faziam, Gameknight sentia o sol quadrado se afastar lentamente do horizonte e subir cada vez mais no céu. Sua luz avivava e dava calor à pele do jogador enquanto banhava a paisagem com um brilho alegre. Ele amava as manhãs, principalmente porque estavam muito distantes da noite. Só de pensar naquele sol quadrado gradualmente beijando o horizonte ao se pôr, ele ficava com os braços totalmente arrepiados.

Isto é ridículo, pensou consigo mesmo. *Ainda não chegou o entardecer, e eu já estou com medo do pôr do sol.* O jogador balançou a cabeça, tentando desalojar o pânico irracional.

— Você está bem, Gameknight? — indagou o jovem companheiro.

— Sim, só estou pensando — mentiu.

— Parece ser mais do que isso — observou Artífice. — É importante agirmos como uma equipe neste servidor, pois tenho certeza de que encontraremos perigos que farão o último servidor parecer brincadeira de criança. — Ele fez uma pausa e se virou para o amigo enquanto ambos corriam. — Você tem alguma coisa que precisa me dizer?

Gameknight hesitou. Queria contar a Artífice sobre suas preocupações, na esperança de que, ao compartilhá-las, ele se livraria de todo aquele medo, mas sabia que isso só o faria parecer patético e fraco.

Como o fato de contar a ele sobre meus medos poderia me fazer algum bem?

Em vez disso, apenas suspirou.

— Não, só estou pensando nos meus pais e na minha irmã — respondeu com sinceridade. — Espero que eles estejam bem; quero dizer, que permaneçam bem... sabe?

— Você quer dizer que tem esperanças de que vamos conseguir deter esta guerra e evitar que os monstros fluam para o seu mundo.

— Exatamente.

— Bem, Usuário-que-não-é-um-usuário, acho que é seguro afirmar que todos nós desejamos isso. Pois se os monstros alcançarem o mundo físico, isso significaria que todas as vidas em todos os servidores de *Minecraft*, por todos os planos de existência, teriam sido destruídas. Eu imagino que ninguém quer que isso aconteça — comentou Artífice, quase brincalhão.

Gameknight sorriu.

— Exceto Érebo — acrescentou em voz baixa.

— O quê? — indagou Artífice, cujos olhos azuis brilhantes viam as profundezas da alma de Gameknight.

— Ah... nada.

Virando a cara rapidamente para que os intensos olhos azuis do amigo não pudessem ver a mentira no seu rosto, Gameknight olhou para frente e continuou correndo. Eles começaram a subir uma colina suave, e tinham que pular de tantos em tantos blocos para galgar o montinho relvado. Gameknight sacou a espada, incapaz de ver além do cume, enquanto ameaças desconhecidas espreitavam do outro lado, povoando sua imaginação.

Assim que alcançou o topo do morro, o menino parou por um momento para recuperar o fôlego. Virou-se e esquadrinhou o terreno, procurando qualquer coisa que pudesse ajudá-los: uma árvore, uma aldeia, usuários... qualquer coisa. Mas não havia nada. A terra estava nua, exceto pelas vacas, porcos e ovelhas que perambulavam preguiçosos, pastando na grama que era tão abundante neste bioma. E então dois pontinhos alcançaram o topo de uma colina distante ao norte.

— Você viu aquilo? — perguntou o jogador, apontando para os pontinhos com a espada de madeira.

Artífice se virou e olhou.

— Não posso saber com certeza desta distância — respondeu o garotinho. — Mas eu diria que devem ser dois aldeões ou dois usuários. Não sei bem qual.

— Não faz diferença. Serão uma adição bem-vinda ao nosso grupo, sejam o que forem.

— O que você está pensando? — indagou Artífice.

— Estou pensando que a gente precisa de ajuda e de informação. Podemos correr para cima e para baixo neste bioma sem nunca encontrar uma aldeia. Talvez eles saibam onde existe uma. Eu acho que deveríamos falar com eles.

— Tudo bem, vamos lá.

O par se virou e partiu na direção dos dois pontos no horizonte. Conforme corriam pelas colinas, perdiam os visitantes de vista frequentemente, localizando-os apenas quando os dois grupos estavam no alto de morros. Isso deixava Gameknight nervoso. Queria dar uma boa olhada nos dois antes que chegassem perto demais, só que, pelo jeito, isso não aconteceria.

Será que eles estavam tentando passar despercebidos?, pensou Gameknight com sentimentos de incerteza que lentamente se transformavam em medo em sua mente.

Ele deu uma olhada para Artífice e se perguntou o que o velho amigo estaria pensando, mas guardou para si mesmo os medos. Estava provavelmente se preocupando à toa, deviam ser apenas dois aldeões em busca de caça para alimentar a aldeia.

Quando eles atingiram o topo da colina seguinte, o jogador parou, puxando o braço de Artífice para que ele parasse também.

— O que foi? — perguntou o velho NPC, cujos jovens olhos ainda fitavam a direção na qual eles corriam.

— Tenho uma sensação estranha sobre isto tudo, Artífice. Vamos esperar aqui e ver o que acontece.

A dupla ficou imóvel e aguardou, vigiando a colina que os visitantes logo alcançariam. Porém, naquele momento, dois corpos negros subitamente apareceram, correndo sobre o morro mais próximo, e num instante o sangue do jogador gelou. Aranhas, duas delas.

— Você consegue vê-las? — perguntou Gameknight.

— Sim, e tenho certeza de que também nos veem — respondeu Artífice, com a voz carregada de tensão. — Temos que correr... AGORA!

Os dois dispararam de volta, descendo a colina que mal acabaram de subir. Ao chegar no sopé,

Gameknight virou para a direita e seguiu o vale raso, mantendo-se fora de vista.

— O que você está fazendo? — perguntou Artífice. — Precisamos correr para longe delas, não para o lado.

— Não, temos que ir aonde elas não esperam nos achar, e é por esse lado. Agora, vamos.

Artífice grunhiu e o seguiu, correndo o mais rápido que podia com suas perninhas curtas. Ziguezagueando pelo fundo do vale, Gameknight guiou o amigo para longe das aranhas, ficando fora de vista o máximo de tempo possível. Enquanto corriam, os dois olhavam por sobre os ombros, procurando os monstros peludos que logo surgiriam atrás deles. Esconder-se provavelmente confundiria as criaturas por algum tempo, só que, assim que elas os vissem, a corrida recomeçaria. Após alguns minutos, chegaram ao fim do vale e eles tiveram que subir outra colina. Ao chegar no topo, Gameknight olhou para trás.

Ah não!

As aranhas vinham bem na direção deles e tinham reduzido a distância. Agora os monstros estavam a, no máximo, uns 70 blocos e se aproximavam cada vez mais. Aranhas eram mais rápidas que pessoas em *Minecraft*, e no fim elas acabariam alcançando os dois.

— CORRA! — gritou Gameknight, enquanto começava a correr.

Usando toda a sua força, ele saiu varando as planícies, correndo na direção oposta aos dois monstros. Olhando para trás, conseguiu ver as criaturas vindo direto até eles, com múltiplos olhos incandescentes. Estalos excitados soaram à medida que as aranhas se aproximaram, com as mandíbulas cheias de presas mastigando em antecipação.

— Você está indo bem? — perguntou Gameknight ao companheiro.

— Sim, só não sei quanto tempo aguento.

Olhando novamente para as aranhas, Gameknight estimou que elas estivessem agora a apenas 50 blocos. A luz do sol refletiu em uma das garras, fazendo-a faiscar ao longe e lembrando ao jogador do sonho que tivera; todas aquelas garras de aranhas tentando feri-lo no nevoeiro. Ele estremeceu e continuou correndo.

A dupla passou pelo cume de uma pequena colina e começou a descer para um vale estreito, onde encontraram aquilo de que precisavam desesperadamente: uma árvore.

— Artífice, a árvore.

— Estou vendo — respondeu o jovem NPC. — O que você quer fazer?

— Vamos ter que soltar suas mãos, senão não conseguiremos enfrentar esses monstros. Prepare-se.

Quando alcançaram a árvore, Gameknight pegou sua picareta e começou a destroçar o tronco. Com quatro golpes, um pedaço da árvore se soltou e um bloco de madeira apareceu no seu inventário. Mais quatro golpes, mais um bloco surgiu. Soltando a picareta, ele começou a trabalhar imediatamente, transformando os blocos em tábuas de madeira, em seguida formando uma bancada de trabalho. Gameknight botou a bancada no chão e olhou para o alto do morro; não havia aranhas... ainda, mas ele sentia que estavam chegando, roendo sua coragem.

Chamou Artífice com um gesto, e o NPC se aproximou da bancada. Seus braços ainda estavam unidos sobre o peito, com as mãos escondidas em mangas opostas. Era assim como todos os aldeões tinham sido projetados, exceto quando estavam construindo coisas; criando, como se dizia em *Minecraft*. Só o artífice de uma aldeia tinha mãos livres e, aqui neste servidor, Artífice não tinha aldeia, era apenas mais um NPC.

Quando chegou suficientemente perto da bancada, seus braços se libertaram de repente, e ele começou a criar, suas mãos um borrão de criatividade e propósito. Enquanto ele trabalhava, Gameknight marretou a bancada, golpeando com a picareta. A bancada quadrada se estilhaçou sob o ataque, lançando fragmentos para todos os lados, mas as mãos de Artífice continuaram soltas. Era algo que tinham aprendido no último servidor: quebre a bancada de trabalho enquanto um NPC estiver criando e as mãos dele continuariam separadas e capazes de fazer coisas, como segurar o cabo de uma espada. Fora esse segredo que tinha permitido que Gameknight e Artífice derrotassem os monstros no último servidor, e ele tinha certeza de que seria vital naquele mundo também.

— Rápido, me dê a madeira — ordenou Artífice, enquanto começava a criar.

Gameknight jogou algumas peças de madeira para o amigo e depois olhou para o alto do morro; sentia as aranhas se aproximando. A pele dele começou a coçar conforme mais imagens de garras curvas se cravando no seu corpo surgiam na mente.

Preciso sair daqui, pensou. *Tenho que ir.*

— Vou fazer uma espada — anunciou Artífice. — Vai ficar pronta num minuto, então eu poderei...

Artífice parou por um momento enquanto observava Gameknight correndo morro acima.

— Gameknight, o que você está fazendo? Está correndo para enfrentar as aran...

Artífice parou de falar quando o Usuário-que-não--é-um-usuário olhou por sobre o ombro, com a mente dominada por medo e pânico. A lembrança de todas aquelas aranhas o atacando no último servidor, ferindo-o com aquelas garras negras curvas, as presas brilhantes buscando sua carne... Era como se estivesse tudo acontecendo de novo. E agora havia mais duas chegando para terminar o serviço.

Preciso sair daqui... elas estão vindo... elas estão vindo.

Gameknight correu até o alto do morro e parou. Via as aranhas chegando rápido, agora talvez a 20 blocos de distância. Virando para a esquerda, ele disparou para longe das aranhas mortíferas. Queria dar uma olhada no amigo, mas a vergonha e a culpa mantiveram seu olhar fixo à frente.

Estou com tanto medo; não vou ser útil para ele. Vou só ficar no caminho e provavelmente piorar as coisas. As palavras soavam vazias dentro da cabeça de Gameknight, dentro de sua alma, mas ele continuou correndo.

Enquanto disparava, ainda podia ouvir os estalos mortais atrás de si. Virando a cabeça sem reduzir a velocidade, viu que as duas aranhas o seguiam e se aproximavam rapidamente. Agora, estavam só 10 blocos atrás dele. Viu seus múltiplos olhos furiosos brilharem com força.

O medo corria pelas veias, como relâmpagos, ativando cada nervo.

As duas estão me perseguindo... Ah não! Pelo menos Artífice ficará a salvo... talvez.

Olhando por cima do ombro, notou que as mandíbulas afiadas se abriam e fechavam, em antecipação à próxima refeição: ele. Ao concluir que precisaria se virar e lutar em breve, o jogador tremeu de medo.

Correndo o mais rápido que podia, Gameknight deu mais uma olhadinha para trás. As duas aranhas corriam lado a lado. Se ele se virasse para lutar, teria que enfrentar as duas simultaneamente. Não conseguiria sobreviver a isso. Então, em vez disso, investiu para a esquerda, permitindo que as criaturas se aproximassem em fila, uma atrás da outra. Finalmente, Gameknight girou, sacando a espada num movimento fluido, e, mantendo-a diante de si, esperou que a primeira aranha chegasse mais perto.

Quando ela fica em seu alcance, o jogador parou, deixou que o impulso da aranha a fizesse se aproximar e atacou com a espada de madeira. Dois golpes rápidos vibraram pela arma, a aranha piscando num clarão vermelho. Ele recomeçou a correr de costas, se esquivou de uma garra negra curva, que passou assoviando ao lado da orelha... essa foi por pouco. Cortando de novo, ele atingiu uma das patas dianteiras, em seguida investindo contra a cabeça. Acertou um golpe forte, e a criatura piscou em vermelho novamente. Porém, desta vez, ela contra-atacou num salto. A dor irrompeu no flanco de Gameknight, onde a garra da aranha encontrou carne. O jogador tocou o local ferido com a mão livre e não sentiu sangue, só uma camisa rasgada. Era assim que funcionava em *Minecraft*; nada de sangue e tripas, só dano ao seu HP, ou pontos de vida.

Gameknight balançou a cabeça numa tentativa de afastar os ecos da dor, e continuou a correr para trás, atacando a aranha sempre que possível. A criatura acertou mais golpes devastadores... mais clarões de dor... mais HP perdido.

Ele estava perdendo a batalha.

A aranha saltou de novo. Desta vez, Gameknight pulou direto para cima, fazendo o aracnídeo errar o ataque. Aterrissou direto em cima da fera. Cortando para baixo com a espada, matou o monstro no momento que a segunda aranha o atingiu nas costas. A primeira criatura desapareceu com um "pop", deixando para trás um pedaço de teia e três esferas brilhantes de pontos de experiência (XP). As bolas de XP fluíram para o inventário do jogador enquanto ele se virava para encarar o segundo inimigo. Sabia que não tinha HP suficiente para lutar com a última aranha. Porém, se fosse para morrer ali, então pelo menos morreria lutando, em vez de agindo como um covarde.

— Vamos lá, sua monstrenga de oito patas... você quer dançar... venha levar uma surra! — gritou.

Quando a criatura estava prestes a atacar, um grito de batalha reverberou no ar.

— POR *MINECRAFT!*

Era Artífice.

A aranha piscou em vermelho, depois piscou de novo e de novo por conta dos ataques de Artífice às suas costas. A criatura se virou para encarar o pequeno NPC, abrindo a guarda para que Gameknight investisse, acertando um golpe decisivo atrás do outro. Ela se voltou para o Usuário-que-não-é-um-usuário de novo para encará-lo. Artífice então atacou, depois Gameknight, depois mais uma vez Artífice, até que o HP do monstro se esgotou e a fera peluda desapareceu, deixando para trás mais teia de aranha e esferas brilhantes de XP.

—Você conseguiu! — exclamou Artífice. — Foi uma ideia brilhante atraí-las para longe para que eu pudesse terminar de criar uma espada. Você é muito corajoso.

Corajoso, que piada, pensou Gameknight. *Sou só um covarde, uma casca vazia... não sou nada. Ele acha que sou um herói, mas não é verdade. Como posso salvar este servidor... ou salvar* Minecraft *quando não tenho nem coragem suficiente para enfrentar duas aranhas... Eu sou patético.*

O jovem NPC lhe deu tapinhas no ombro, os velhos e sábios olhos cheios de respeito.

—O USUÁRIO-QUE-NÃO-É-UM-USUÁRIO ESTÁ AQUI! — gritou Artífice o mais alto que pôde. — VOCÊS OUVIRAM ISSO, MONSTROS?

As palavras do NPC fluíram pela paisagem, viajando ininterruptas pelas suaves colinas, até que um eco voltou da direita.

—Ouviu isso? — indagou Artífice. — Um eco. O que poderia tê-lo provocado?

—Vamos descobrir.

A dupla correu até a próxima colina e, grata com a descoberta, contemplou a fonte do eco. Era a salvação: uma aldeia, aquilo que estiveram procurando nas últimas semanas. Só que a aldeia estava marcada pela morte: lares demolidos pelas explosões dos creepers, portas destroçadas pelos punhos dos zumbis. Era a mesma cena das outras três vilas que tinham encontrado; uma comunidade vazia e aos pedaços. Crateras enormes marcavam a paisagem, os pontos onde os creepers tinham se detonado, com mortes explosivas que levavam o máximo de almas inocentes que podiam. Havia flechas cravadas nas poucas paredes ainda de pé, e muitos projéteis brotavam do chão, como se semeados. Esqueletos arqueiros tinham se vingado dos habitantes. Nenhum dos aldeões poderia ter sobrevivido ao massacre. Era uma cena terrível de se contemplar, entretanto, pior que a destruição era o som — ou melhor, a ausência dele. Não havia nada. Silêncio completo. Não restava vivalma no povoado. Gameknight se desesperou, e a fagulha de empolgação foi sufocada por pânico e temor.

— Começou para valer... a guerra — anunciou solenemente.

Artífice suspirou.

— Parece que sim — concordou.

Gameknight apertou o cabo da espada com força na sua mão quadrada e seguiu na direção da aldeia.

CAPÍTULO 3
SOBREVIVENTES

Os dois se aproximaram lentamente da aldeia. A destruição estava por toda a parte: construções em pedaços, portas estraçalhadas, lares completamente carbonizados. A aldeia estava completamente devastada. Fios negros de fumaça se encaracolavam no ar, do outro lado da vila, brotando de chamas que ainda ardiam. Gameknight sentia o calor que emanava das manchas escuras no chão, onde outrora havia casas, e a terra calcinada parecia de alguma forma doentia. Parou e olhou o amigo.

— Deve ter acabado de acontecer — afirmou Gameknight, com a voz trêmula de medo. — Olha, tem alguns lugares ainda fumegando.

Artífice apenas resmungou uma resposta enquanto seus olhos azuis esquadrinhavam os danos.

— Não tenho um bom pressentimento sobre isso tudo — comentou o jovem NPC. Olhou em volta, para a aldeia devastada, e suspirou. — Temos que encontrar ajuda, ou vamos fracassar.

— Não vamos fracassar — retrucou Gameknight, tentando soar confiante, mas sendo traído pelo medo em sua voz. — Lembre-se, nós salvamos as pessoas no último servidor. Vamos conseguir salvá-las neste aqui também.

— Nós não as salvamos, Gameknight, ainda não. Só adiamos as coisas. — Artífice contornou uma cratera, cujo centro ainda fumegava com o calor. — Eu consigo sentir que a Fonte está logo além deste plano de servidores. Se não os detivermos aqui, então todo mundo correrá perigo, até meus amigos e parentes lá na minha aldeia.

E os meus também, acrescentou Gameknight em pensamento.

— Temos que deter os monstros aqui, neste servidor, ou tudo estará perdido — afirmou Artífice. — É a minha responsabilidade.

— É a *nossa* responsabilidade — disse Gameknight, tentando aliviar a tensão do amigo.

Dava para ver as rugas de preocupação marcando o rosto de Artífice, que franzia e forçava a monocelha. O jogador começou a se preocupar com o amigo.

Será que essa responsabilidade é pesada demais para o Artífice?, pensou Gameknight. *Pesada como é para mim...? Não, Artífice é forte e confiante. É um adulto, mesmo que pareça uma criança neste servidor. Ele aguenta a pressão. Ele consegue... Será que eu consigo?*

Suspirando, Gameknight segurou a espada com firmeza e seguiu em frente, espiando sombras e construções enegrecidas com trepidação, sentindo como se fosse mordiscado pelas mandíbulas do medo. Com um leve tremor, avançou até a única casa que não estava completamente destruída e recolheu alguns dos blocos de madeira e pedra que flutuavam ali, em seguida criando com rapidez uma nova bancada de trabalho e mais equipamento de pedra.

Com um suspiro de alívio, o jogador entregou ao amigo uma espada de pedra, além de algumas ferramentas do mesmo material: uma picareta, uma pá, um machado... agora eram uma dupla de verdade

— E aí, como se sente?

— Melhor — respondeu Artífice, enquanto brandia a espada de pedra. — Parece que hoje em dia, só me sinto bem quanto tenho uma espada forte nas mãos... Infelizmente.

Gameknight jogou a própria espada de madeira no chão e sacou a arma nova que tinha acabado de criar. Olhando em volta, ele esquadrinhou a aldeia com olhar atento. Podia quase ouvir os gritos de terror dos habitantes enquanto sua cidade era devastada; os sentimentos de pânico e medo dos entes queridos ainda ecoava pelo agrupamento de construções destruídas. Gameknight, de alguma forma, conseguia sentir o terror e o desespero que tinham inundado a comunidade. Porém, havia algo de estranho na destruição. Nem todos os prédios estavam danificados. Na verdade, alguns deles permaneciam completamente intactos. Artífice apontou algumas dessas estruturas intocadas, gesticulando com a nova espada.

Gameknight teria ficado curioso se já não estivesse tão apavorado.

— Venha, siga-me — ordenou Artífice. — Fique de olho na nossa retaguarda.

O jogador engoliu em seco, com o medo corroendo seus sentidos, e seguiu o garotinho ao mesmo tempo que seus olhos dardejavam por sobre os ombros, procurando ameaças.

Os dois avançaram rapidamente pela vila, começando pelos prédios mais externos e se aproximando gradualmente do centro. As casas de madeira nos limites da aldeia estavam completamente destruídas; algumas delas não passavam de grandes crateras no chão, com cubos de madeira, pedra e terra flutuando nos pontos onde as estruturas ficavam outrora. Quando a dupla alcançou o lado oposto da cidade, ficaram chocados com o que encontraram.

— Olha só isso, Artífice. As casas deste lado da vila estão completamente intocadas — observou Gameknight, cujo medo foi substituído temporariamente pela curiosidade enquanto ele espiava pelas janelas e portas abertas.

— É como se os monstros não tivessem nem chegado do lado de cá — comentou Artífice baixinho, mais para si mesmo que para o companheiro. — Por que fariam isso?

— Talvez tenham sido expulsos daqui?

— Não — retrucou Artífice. — Não há sinais de batalha, só explosões de creepers e portas destroçadas por zumbis... e só de um lado da aldeia... Por quê?

Artífice entrou em algumas casas enquanto Gameknight esperava do lado de fora, de guarda, procurando qualquer coisa que pudesse ajudar, especialmente comida. Investigaram cada uma das construções, enquanto se deslocavam pela aldeia, e não encontraram nada além de lares vazios. Artífice ficava mais preocupado a cada casa abandonada.

—Aonde você acha que esses aldeões foram? — indagou o jogador, o próprio medo atenuando um pouco.

—Não acho que tenham sido mortos — gritou Artífice dos fundos de mais uma casa abandonada. — Eles devem ter ido a algum lugar... mas aonde?

Gameknight pensou em sua primeira visita à aldeia de Artífice depois que ele fora puxado para dentro do jogo. A aldeia estivera cheia de NPCs... com vida... e com monstros também. Aquela batalha fora a primeira de muitas; o primeiro teste do jogador em combate real. E, no dia seguinte, o Prefeito o levara para ver Artífice bem fundo na...

—Já sei... lá embaixo, na câmara de criação.

—É claro, a câmara de criação — repetiu Artífice ao sair para a luz do sol.

Cada aldeia tinha uma grande câmara construída bem fundo debaixo da terra, onde toda criação para *Minecraft* acontecia, escondida de usuários e monstros. A câmara estava conectada a uma complexa rede de trilhos pela qual carrinhos se locomoviam, transportando os itens produzidos pelo mundo digital. Aquele era o único lugar seguro para os aldeões.

Rumando para o centro da vila, eles passaram da parte intacta à parte devastada. Os resquícios de paredes ainda soltavam fumaça, marcando os contornos de casas, com sinais de fogo na madeira.

O que poderia ter queimado essas paredes?, pensou Gameknight. *Creepers não queimam coisas... só as explodem.*

A pergunta incomodava o Usuário-que-não-era--um-usuário. Parecia importante, mas se perdeu na nuvem de medo que obscurecia sua mente. A fumaça se erguia de algumas casas que ainda ardiam; seus interiores consumidos pelas chamas. O calor dessas carcaças flamejantes assaltou a dupla quando eles passaram, fazendo pequenas gotas cúbicas de suor surgirem nos rostos. A fumaça acre das construções incendiadas atacou a garganta de Gameknight, fazendo-o tossir ao caminhar pela aldeia. Era essa mesma fumaça que lançava um manto cinzento e borrado em tudo ao redor, descolorindo todas as coisas com um tom embaçado e sujo.

No centro de todas as aldeias sempre havia uma torre de pedra que se erguia mais alto que os telhados das outras casas, geralmente com um vigia no topo, de olho nos monstros. Ao longe, os dois podiam ver a torre ainda de pé; mas, ao se aproximar, Gameknight percebeu que faltavam alguns pedaços daquela sentinela rochosa. Correndo por entre mais construções fumegantes e destruídas, jogador e NPC avançaram em direção à estrutura. Saltaram sobre pilhas de escombros e contornaram crateras, com olhos voltados para cima, concentrados nos restos da alta torre que ainda mantinha guarda.

Quando alcançaram o prédio, ficaram chocados com o que encontraram. Um pedaço imenso da construção tinha desaparecido completamente, a base e a lateral arrancadas como se uma fera gigantesca tivesse mordido a torre e deixado uma imensa ferida aberta em seu flanco.

Os dois se aproximaram cuidadosamente, com Artífice na frente e Gameknight seguindo bem de perto. Foram primeiro ao pequeno aposento adjacente à torre, espiando de trás dos restos de uma parede. A entrada da sala tinha sido completamente explodida, este lado da estrutura obviamente vítima de um creeper. Devem ter recebido a ordem de arrombar a estrutura para que o resto dos monstros pudesse entrar.

A dupla pulou a parede destroçada e descobriu que a sala estava parcialmente destruída, com uma das paredes quase inexistente. A parede oposta ainda estava sólida, e a porta de madeira que levava ao aposento seguinte, intacta, mas aberta. Vasculhando os destroços, os dois amigos cataram pedaços de madeira e pedra para seus inventários. Enquanto recolhia blocos e mais blocos de madeira, Gameknight ficou surpreso ao encontrar uma espada de ouro, ou *butter sword*, como era conhecida na comunidade de *Minecraft*, enterrada no meio dos escombros. O fio aguçado faiscou sob o sol forte, e a lâmina tremeluzia com um brilho azulado iridescente. Tinha algum tipo de encantamento; um poder mágico atado à arma.

— Artífice, venha ver isto!

O jovem NPC foi rapidamente até ele e contemplou a arma cintilante. Ela flutuava girando sob o piso partido, a lâmina quase fulgurando conforme os raios de sol desciam pelo rombo aberto na parede e se refletiam no fio.

— Você acha que um usuário deixou isto aqui? — perguntou Gameknight.

— Duvido. Ainda não vimos nenhum usuário neste servidor.

— Então como essa espada chegou aqui?

Gameknight estendeu a mão e pegou a encantada arma dourada, colocando a espada de pedra de volta no inventário. A nova arma assoviava sutilmente quando ele a golpeava no ar, seu fio de navalha cortando com grande eficiência. O jogador se perguntou quantas vidas a espada tinha tirado, quantas famílias tinha destruído, quantos sonhos e esperanças tinha extinguido. Gameknight estremeceu ao pensar, e torceu para que o usuário que tinha criado esta arma tivesse sido uma alma bondosa; não alguém como ele fora, um troll. No passado, Gameknight jogava *Minecraft* como um bully virtual, usando os conhecimentos e sua coleção de hacks e trapaças para obter armas e itens que o tornariam muito mais poderoso que os outros jogadores. Então usava esse equipamento para tirar vantagem de todos ao seu redor, matando-os para tomar seu inventário ou só para dar umas boas risadas. Divertia-se à custa dos outros, em vez de com eles, e tinha aprendido as consequências dolorosas daquelas ações no último servidor. Mesmo que tivesse demorado algum tempo, Gameknight aprendera o verdadeiro significado do sacrifício com a morte dele e de Artífice; finalmente sabia o que significava fazer algo para os outros sem pensar em si mesmo. Tirando os olhos da lâmina dourada, ele se virou para o amigo.

— Não sei bem como ela chegou aqui — comentou o NPC. — Mas deveríamos ficar com ela para o caso de ser útil.

Gameknight assentiu.

— Venha, vamos conferir o outro lado da torre — sugeriu Artífice, enquanto saía pela porta aberta que levava à torre, com a espada de pedra erguida à frente. Gameknight o seguiu bem de perto, com a espada de ouro em riste e a ansiedade pulsando nas veias.

Mesmo que já soubessem que a torre tinha sido danificada, os dois amigos ainda ficaram chocados com o que viram. A base da torre tinha sido aberta a explosões, e as escadas que levavam aos andares mais altos jaziam no chão. O teto estava completamente destruído, deixando o telhado visível do andar térreo, com manchas de céu azul surgindo por pequenos buracos. Gameknight sabia pelo último servidor que aquela sala da torre também cobria o longo túnel vertical que levava à câmara de criação, bem nas profundezas. Geralmente escondido sob o piso de pedregulhos do prédio, o túnel agora estava claramente visível, com o piso completamente explodido. Um buraco escancarado marcava a localização do túnel. Parecia uma ferida infectada na carne de *Minecraft*. Degraus tinham sido escavados apressadamente na lateral do buraco, até o ponto em que a escadaria improvisada encontrava a escada vertical que descia às profundezas.

— Venha, precisamos descer e ver se todo mundo está bem! — gritou Artífice, enquanto corria, descendo os degraus, dois de cada vez.

— Mas a gente não sabe o que tem lá embaixo — avisou Gameknight, dando um passo atrás, com a serpente do medo envolvendo lentamente o último vestígio de sua coragem, pronta para atacar.

Artífice parou e se virou para falar com o amigo.

— Tem gente lá embaixo que pode precisar de nossa ajuda.

— Ou uma horda de monstros — retrucou Gameknight.

— Temos que ajudar os necessitados, e sem demora. Agora vamos.

Gameknight ficou parado, baixando lentamente o olhar, com o medo dominando sua mente.

— O que aconteceu com aquele meu amigo? — perguntou Artífice. — Você ainda tem seu nome flutuando acima da cabeça, mas sem o filamento prateado conectando-o ao servidor. Você é parte de nosso mundo e parte do mundo físico, o escolhido da profecia. Você é o Usuário-que-não-é-um-usuário, salvador do último servidor, e em breve salvador deste aqui também. Só que você não poderá nos salvar se não começar, se não tentar. Vamos, há gente que vai precisar de ajuda, gente que tem que saber que o Usuário-que-não-é-um-usuário finalmente chegou. Está na hora de você encontrar o seu destino.

Gameknight baixou a cabeça ainda mais, com uma vergonha covarde correndo pelo corpo.

— Eu... ah...

— Não entendo o que está acontecendo — ralhou Artífice. — Mas vou lá para baixo com ou sem você. — Ele se virou e correu pelos degraus, em seguida descendo o túnel pela escada vertical que levava para as profundezas.

O que estou fazendo?, pensou Gameknight. *Não posso deixar que ele vá sozinho... mas...*

Ele tinha tanto medo.

Olhando em volta, o jogador percebeu que estava agora completamente só, e o sol descia para o horizonte. A noite chegaria em breve. Enquanto observava os cabelos loiros claros do amigo desaparecendo no túnel escuro, Gameknight se sentiu, pela primeira vez desde que tinha conhecido Artífice, completamente sozinho. Olhando em volta pela aldeia semidestruída, ele imaginou monstros se erguendo dos escombros para atacá-lo. Será que ele conseguiria se proteger até que Artífice voltasse? Será que ele voltaria? Então imagens de uma horda zumbi esperando nas profundezas assombraram sua imaginação, as garras escuras atacando o amigo. Gameknight tinha que ajudá-lo... tinha que estar ao lado de Artífice para o caso de haver perigo.

Não vou deixar você descer sozinho!

Segurando a espada com força, o jogador avançou, um passo incerto depois do outro. Com um suspiro, ele finalmente se dirigiu para o fosso, seguindo o amigo trevas adentro.

Correndo pelos degraus, ele rapidamente encontrou a escadinha e começou a descer. Todas as tochas que normalmente pontuavam o poço vertical tinham sido removidas, e a escuridão escondia monstros e criaturas imaginários que alimentavam seu sempre presente medo. Ele moveu as mãos, uma de cada vez, e rapidamente desceu, estabelecendo um ritmo que o fez seguir em frente apesar do temor que roía os limites da sua mente.

Subitamente, uma luz surgiu bem abaixo dele. Uma tocha iluminava o fim da escada: era Artífice. Acelerando o passo, Gameknight disparou pelo túnel escuro tentando alcançar o amigo. Em alguns minutos, chegou ao fundo do poço, feliz em ter chão sólido sob os pés de novo. Porém, percebeu que não estava sozinho.

— Você decidiu vir — afirmou uma voz das trevas.

— É, eu quis vir e ajudar — mentiu Gameknight.

— Eu sabia que o Usuário-que-não-é-um-usuário não resistiria à chance de ajudar os necessitados, de ajudar *Minecraft* — disse Artífice, enquanto saía das sombras para a luz da tocha.

— Bem, vamos lá. Vamos encontrar seus aldeões e descobrir o que aconteceu aqui. Siga em frente.

Artífice assentiu, sacou a espada e seguiu pelo túnel horizontal conectado ao poço pelo qual tinham descido. A escuridão preenchia o caminho, com mais monstros ficcionais atacando Gameknight a partir da sua imaginação. O jogador seguiu o amigo bem de perto, tentando ver em meio às sombras, sem sucesso. Segurou a espada com tanta força que os dedos doeram, mas, por algum motivo, a dor pareceu afastar as feras sombrias que se escondiam na mente. O medo ficou sob controle... por enquanto.

Andaram rapidamente pelo túnel, correndo nos últimos trinta blocos quando viram o fim iluminado com tochas. Ao entrar na câmara iluminada, Gameknight aliviou a pressão no cabo da espada e passou a arma para a mão esquerda, flexionando a direita para que o sangue fluísse de novo pelos dedos. A câmara era idêntica àquela onde ele encontrara Artífice pela primeira vez. Era uma sala grande e redonda sem nenhuma característica marcante, nada de mobília ou decorações, só paredes de pedra com tochas. Entretanto, o lado oposto do salão estava imerso nas trevas, pois as tochas dali estavam apagadas. Gameknight lembrava de ter passado por uma câmara semelhante no último servidor, e de ter ficado surpreso com o que vira. Seria a mesma coisa ali? Será que ele veria uma caverna cheia de NPCs criando os itens de que *Minecraft* precisava?

Ou estaria a sala cheia com uma multidão de monstros, prontos para despedaçá-lo?

O medo correu por todo o seu corpo, enchendo-o de terror, mas o jogador sabia que tinha que continuar. Não poderia fugir sem perder o respeito do amigo, seu único amigo, então ele moveu um pé atrás do outro enquanto seguia Artífice pela câmara.

Avançando lentamente, a dupla chegou ao lado oposto do salão, com armas em riste. Onde antes se erguera uma grossa muralha de pedregulhos com portas de ferro, agora havia apenas escombros. A parede e as portas tinham sido completamente destruídas, e seus destroços agora flutuavam sobre o chão. Gameknight via que as paredes de pedra estavam carbonizadas, como se tivessem sido submetidas a um calor terrível.

— Creepers? — perguntou Artífice, a palavra soando como veneno em sua língua.

— Acho que não. Por que viriam aqui embaixo? Além disso, eles não deixariam marcas de fogo... só pode ter sido alguma coisa diferente... alguma coisa vinda do... — Ele estremeceu, não querendo dizer a palavra.

Atravessando os escombros, Artífice investiu, entrando na câmara de criação, seguido de um relutante Gameknight. Os dois foram recebidos com gritos de aldeões no salão seguinte:

— Eles estão voltando!

— Rápido, escondam-se.

— Fujam!

— Para os carrinhos, rápido!

— ESPEREM! — gritou Artífice, enquanto entrava, sua voz ecoando nas paredes de pedra.

Todos os olhos se voltaram à entrada do salão de criação e ficaram chocados ao ver um NPC com uma espada, algo completamente inédito. Mas então os olhares recaíram sobre Gameknight999. Os aldeões podiam ver o nome dele flutuando sobre a cabeça, letras brancas destacadas contra o cinza das paredes.

— Um usuário! — exclamou alguém.

Porém, todos logo estudaram cuidadosamente o espaço acima da cabeça de Gameknight.

Usuários estavam sempre conectados aos seus servidores pelo filamento de servidor, uma linha fina e prateada que subia direto da cabeça deles, indo até o céu e perfurando qualquer material no caminho. Apenas os NPCs podiam ver os fios, que era o modo como distinguiam usuários de outros NPCs. Mas Gameknight não tinha um filamento de servidor. Estava desconectado, embora seu nome de usuário ainda flutuasse acima da sua cabeça. Era um usuário, mas, ao mesmo tempo, não era um usuário.

— Usuário-que-não-é-um-usuário — disse outra voz.

— Usuário-que-não-é-um-usuário — sussurrou ainda outra.

— Usuário-que-não-é-um-usuário.

— Usuário-que-não-é-um-usuário.

As palavras se espalharam pela câmara conforme aldeões e mais aldeões percebiam quem era ele. A profecia que todos os NPCs aprendiam na infância contava da chegada do Usuário-que-não-é-um-usuário, sinalizando a hora da Batalha Final, a batalha pela sobrevivência de *Minecraft*. Seria o momento em que os monstros de *Minecraft* tentariam destruir todos os servidores em todos os planos de existência até alcançarem a Fonte, onde todo o código daquele mundo se originava. A presença de Gameknight ali deixava duas coisas absolutamente claras para os NPCs: a Batalha Final tinha chegado, e o Usuário-que-não-é-um-usuário estava ali para salvá-los.

Com tal percepção, uma comemoração irrompeu por toda a câmara. Primeiro começou com uma só pessoa gritando, e essa voz solitária iniciou uma avalanche de júbilo que se espalhou por toda a caverna, fazendo as paredes reverberarem e o chão tremer.

Descendo o caminho em declive, Artífice rumou ao nível da câmara, seguido de perto por Gameknight. Os dois viram os restos queimados de bancadas de criação ao se aproximarem, além de crateras no piso onde explosões tinham devastado a caverna. Enquanto descia a trilha, Gameknight sentia todos os olhos colados neles, e as expectativas dos NPCs de que ele os salvaria martelavam sua alma. Ao alcançar o fim da descida, Artífice saltou numa bancada de trabalho e dirigiu-se à multidão.

— Silêncio, silêncio — gritou ele por sobre o burburinho. — Contem-nos o que aconteceu aqui.

A multidão ignorou o garotinho que os encarava e concentrou sua atenção em Gameknight, todos falando ao mesmo tempo, o ar cheio de incerteza e excitação.

Artífice berrou de novo, mas foi ignorado. Todos os aldeões continuaram falando, murmurando uns com os outros.

Descendo do pódio, Artífice correu até Gameknight e gritou em seu ouvido:

— Suba na bancada de trabalho e faça com que se calem. Depois descubra o que aconteceu aqui!

Gameknight assentiu e saltou para a bancada de trabalho. Instantaneamente, a multidão se aquietou. Todos os aldeões fitaram seu herói, seu salvador, com expectativa.

— O que aconteceu aqui?

— Os monstros! — exclamou alguém do fundo da câmara. — Vieram do leste com o pôr do sol.

— Você quer dizer zumbis, aranhas, creepers, endermen e slimes? — indagou Artífice. — Os monstros do Mundo da Superfície?

— Isso — respondeu alguém.

— Só que mais — acrescentou outro.

— Mais? — inquiriu Gameknight. — O que você quer dizer?

O silêncio dominou a câmara com essa pergunta, memórias dolorosas se repetindo nas mentes dos NPCs. Muitos voltaram seus olhares à espada dourada que o jogador ainda segurava, com medo estampado nos rostos quadrados, monocelhas franzidas de terror.

— Criaturas do Nether — explicou alguém em voz baixa, como se temesse que, ao dizer a palavra, pudesse fazer com que as criaturas se materializassem.

— O quê? — perguntou Gameknight.

— Criaturas do Nether — repetiu, agora alto o bastante para que todos ouvissem.

Gameknight desceu da bancada e foi até o aldeão que tinha falado. Era uma mulher mais velha com cabelos castanhos, da cor de chocolate, e olhos verdes brilhantes. Sua toga era de um verde-claro que combinava com os olhos, e tinha uma listra cinza-escuro descendo pelo centro; essa vestimenta marcava sua profissão como fazendeira.

— O que você quer dizer? — perguntou o jogador com uma voz tranquilizadora, Artífice agora ao seu lado.

— Não foram só os monstros do Mundo da Superfície — respondeu Fazendeira num tom cauteloso (os NPCs eram batizados com base na profissão). — Havia feras do Nether aqui: blazes, homens-porcos zumbis e...

— E o quê? — inquiriu Artífice, com a voz levemente trêmula.

— Ghastssss — revelou ela, a voz sumindo como o sibilar de uma cobra.

Gameknight ofegou de choque; não, de terror.

O Nether era uma terra que existia numa dimensão paralela, acessível apenas por portais de teleporte. Era um lugar perigoso de se visitar, com areias flamejantes, lagos de lava e cachoeiras de magma. Uma terra terrível de fumaça e chamas, e lá os ghasts governavam. Eram como enormes balões de gás flutuantes, com corpos cúbicos gigantescos e nove longos tentáculos pendurados abaixo. Com rostos infantis e terríveis olhos cheios de ódio, pareciam malévolas águas-vivas voadoras. Eles vagueavam pelo Nether em completa segurança, porque as terríveis bolas de fogo que cuspiam eram capazes de consumir o HP de um usuário em segundos. Se você ficar muito tempo parado no Nether, acaba virando churrasco, a não ser que tenha armadura encantada ou poções de proteção contra o fogo, duas coisas difíceis de conseguir. De qualquer maneira, saber que essas criaturas tinham aparecido ali, na superfície, era uma notícia terrível.

Um degrau abaixo dos ghasts ficavam os blazes. Um blaze era uma criatura elemental feita de fogo e bastões incandescentes. Blazes lembravam aparições flamejantes flutuantes, com corpos compostos de longas hastes amarelas que giram em torno de seu centro; essas hastes eram como bastões incandescentes, a fonte de seu poder chamejante. Não havia carne conectando esses bastões, nada de braços ou pernas. Sua carne era fogo. Fogo amarelo vivo lambia à sua volta, com fumaça e cinzas subindo para além das criaturas. Eram aterrorizantes de se ver. Elas também lançavam bolas de fogo, mas sempre ficavam perto do chão, então podiam ser mortas... se você tivesse armadura forte o bastante para aguentar a barragem de chamas. Blazes eram criaturas que você só enfrentava quando era obrigado. Eram guerreiros poderosos e odiavam todas as coisas vivas com uma sede de morte e destruição que só encontrava rivais nos ghasts.

Na base da hierarquia do Nether estavam os homens-porcos zumbis. Eles eram parecidos com os zumbis da Superfície, mas parte dos seus corpos tinham um tom rosado, como se fossem meio suínos. Esse lado saudável contrastava drasticamente com o lado zumbi, o crânio e as costelas expostas dando uma aparência adoecida e podre à criatura. Eram monstros meio-vivos, meio-mortos que odiavam os vivos e queriam se vingar dos NPCs e usuários da Superfície.

No Nether, essas criaturas se armavam com espadas de ouro e às vezes usavam armaduras. Eram relativamente inofensivos, desde que não fossem atacados. Se um usuário atacasse um deles, todos os demais homens-porcos zumbi da área viriam ajudar o irmão e investiriam contra o inimigo até que morresse; a violência implacável era quase inescapável. Usuários que se aventuravam no Nether aprendiam rapidamente a evitar esses monstros, tomando cuidado de manter distância deles já que até um esbarrão acidental poderia ser considerado um ataque, provocando uma reação violenta.

Gameknight contemplou a espada dourada e tremeluzente que tinha na mão, lançando um olhar a Artífice em seguida. O NPC assentiu com a cabeça, demonstrando que tinha entendido. Esta lâmina tinha vindo de um dos homens-porcos zumbis: era uma arma do Nether, um instrumento de ódio e destruição. Ele queria jogar a espada tão longe quanto possível, mas sabia que ela era mais forte que sua arma de pedra; mais afiada e mortal; e, em *Minecraft*, a pessoa com as melhores armas e armaduras costumava vencer e sobreviver. Guardou a espada de volta no inventário, pousou a mão de forma tranquilizadora no ombro da mulher, tentando reconfortá-la. O medo lentamente desapareceu do rosto dela.

— Por favor, conte o que aconteceu aqui — pediu Artífice.

A mulher se virou e olhou para um NPC grisalho atrás dela.

— Lavrador, você conta — disse ela com voz trêmula. — Eu não consigo aguentar a memória, não conseguirei dizer as palavras. O horror do acontecido ainda está muito recente. Você precisa contar.

— Muito bem, Fazendeira, eu contarei — aceitou o grisalho Lavrador com uma voz rouca, mas calma, que revelava sua sabedoria e idade. — Aproximem-se todos e escutem, pois não vou repetir esta narrativa brutal outra vez.

Lavrador estremeceu enquanto Gameknight e Artífice se aproximaram, assim como o resto dos NPCs, se agrupando num amontoado de corpos que se apertavam. Então, Lavrador começou a contar a terrível e cruel história.

CAPÍTULO 4
O ATAQUE

Eles vieram do leste, bem ao crepúsculo — contou Lavrador, com a voz rouca preenchendo a câmara. — Não sabemos como eles abriram um portal para sair do Nether. Talvez fosse de algum usuário do servidor, quem sabe? Faz algum tempo que não vemos nenhum usuário e ficamos felizes com o sumiço dos trolls, mas tristes com a ausência dos usuários bondosos.

Lavrador fez uma pausa antes de prosseguir:

— De qualquer maneira, a primeira leva veio com o pôr do sol, uma coleção de monstros da Superfície. Os creepers e zumbis entraram na aldeia sob o comando de um par de blazes, e os monstros flamejantes deram ordens silenciosas para que as outras criaturas invadissem cada construção. Começaram de um lado da aldeia e simplesmente passaram a explodir coisas. Zumbis derrubavam portas enquanto os creepers se detonavam, destruindo paredes e dando aos monstros acesso aos aldeões.

— Os ocupantes dessas casas foram mortos? — indagou Artífice, cuja atenção estava concentrada com precisão milimétrica na história de Lavrador.

— Essa é a parte mais estranha... eles não mataram ninguém. Simplesmente empurraram todo mundo para fora de casa e nos arrebanharam em direção ao centro da vila.

— Você quer dizer que... — começou a perguntar Gameknight, mas foi interrompido.

— Me deixem terminar a história — rogou Lavrador com voz entristecida e olhos molhados de mágoa. — É doloroso recontar estes acontecidos. Vocês podem fazer perguntas depois.

Gameknight e Artífice concordaram e permitiram que o velho NPC continuasse.

— Então os monstros invadiram a aldeia, com os creepers abrindo os lares com explosões e os zumbis arrombando portas. Primeiro achei que fossem trovões, essas explosões ecoando pela terra. Tinha acabado de plantar os campos ao norte, e estava no poço de água no centro da vila quando as explosões começaram. Olhei para o céu, mas estava limpo... sem nuvens. Como poderia haver trovão sem nuvem? Então os zumbis começaram a martelar nas portas. Todos nós conhecemos esse barulho... não é verdade?

Lavrador olhou em volta da caverna, para o mar de rostos que concordavam, os olhos de todos estavam inundados de desespero com a memória dos perdidos para os monstros, e então continuou:

— Eles começaram a invadir as casas. Os aldeões próximos demais a uma parede onde um creeper explodiu foram... — O velho NPC parou por um momento no que uma pequena lágrima cúbica escorreu por sua pálida bochecha. Depois de enxugá-la, ele seguiu com a terrível história, e sua voz soou um pouco mais rouca conforme as emoções o dominavam. — Eles não atacavam ninguém que saísse de casa logo. Mas aqueles que continuaram dentro foram agredidos pelos zumbis e infectados, para que se transformassem num deles... aldeões-zumbis. A maioria das crianças... as crianças...

— O que aconteceu com as crianças? — perguntou Artífice, mas Lavrador estava emocionado demais para falar.

— A maioria das crianças estava assustada demais para sair — respondeu Fazendeira, com a voz embargada de tristeza, mas também com um tom frio e violento. — Os zumbis caíram em cima delas e as mataram ou infectaram. — Ela pausou por um momento ao ficar triste demais para falar, mas então o rosto ficou furioso quando sua monocelha se franziu de raiva. — Você tem alguma ideia do que é ver seu próprio filho se tornar um... um deles, um zumbi?

Artífice continuou calado. Nenhuma resposta era necessária, pois seus olhos tristes diziam tudo.

Tossindo e pigarreando, Lavrador continuou:

— Obrigado, Fazendeira. Sim, nossos filhos foram tomados de nós... transformados *neles*. — Ele fez outra pausa para se recompor. — Os monstros nos conduziram como gado para o centro da cidade; qualquer um que reclamasse ou hesitasse era morto imediatamente. Então os blazes e homens-porcos zumbis chegaram, com espadas douradas faiscando para calar qualquer comentário com certeza fatal e súbita. Os blazes foram para o outro lado da cidade com alguns zumbis e uns poucos reféns. Colocavam os reféns diante das janelas e então batiam nas portas. Quando os aldeões abriam as portas, os blazes entravam como relâmpagos e expulsavam as pessoas de casa com bolas de fogo. Se fossem lentas demais, elas eram... eram...

Lavrador parou de novo, pois começou a chorar descontroladamente. Foi até um canto e se sentou numa pedra, baixando a cabeça e soluçando, incapaz de continuar. Um dos NPCs ergueu uma das mãos lentamente no ar, dedos bem abertos, em seguida cerrando-os em punho, com os nós pálidos devido ao forte aperto. Finalmente, baixou a mão. Gameknight e Artífice olharam para o velho NPC e quiseram reconfortá-lo, mas sabiam que não havia nada que pudessem fazer. Em vez disso, lançaram olhares de solidariedade ao velho e se viraram de volta para a Fazendeira.

Ela deu um passo à frente, os olhos verdes brilhantes cravados em Gameknight e Artífice ao parar diante deles, com a própria tristeza refletida naquelas pupilas. Afastou o cabelo castanho do rosto para que pudesse ver Artífice e Gameknight direito, e então falou:

— Os monstros nos conduziram todos ao centro da cidade e simplesmente nos mantiveram lá, perto da torre. E então os ghasts vieram. Eles nos cercaram, pairando a mais ou menos uns seis blocos de altura. Seus rostos infantis estavam cheios de raiva e ódio, e os tentáculos pendurados se remexiam como se quisessem se esticar e agarrar qualquer coisa que estivesse por perto. Alguns aldeões resolveram escapar e saíram correndo em direção à floresta ao norte... Não conseguiram nem sair da aldeia. Os ghasts simplesmente os seguiram preguiçosamente, esperaram até que estivessem fora da nossa vista, e então os castigaram com bolas de fogo. Ouvimos os gritos enquanto foram consumidos, e então houve silêncio.

Ela teve que parar a fim de recuperar o fôlego. Sua respiração tinha ficado ofegante durante a narrativa, como se também estivesse correndo com os aldeões para fugir do pesadelo. Parando, levou um minuto para se recompor, olhando para o mar de rostos ao seu redor, na esperança de que alguém mais se oferecesse para continuar a história de onde ela havia parado. Mas todos que ela fitava moviam os olhos para o chão, ao invés de sustentar seu olhar. Suspirando, Fazendeira prosseguiu, com os olhos verdes frios, como se estivessem numa batalha para purgar toda emoção da alma; mas perdendo:

— Uma vez que se convenceram de que estavam com todos nós sob controle, eles nos dividiram, separando mais ou menos vinte de nós para o lado. Um dos esqueletos wither disse que eles teriam a honra de trabalhar para o Rei do Nether. Um grupo de blazes então cercou aqueles aldeões e os levou embora, provavelmente de volta ao portal. Depois que eles foram embora, os creepers explodiram a entrada da torre e abriram o túnel. Era como se soubessem que estava lá, de alguma forma. Depois que os creepers destruíram o piso, os blazes atiraram bolas de fogo no buraco, escavando degraus nas laterais para que os monstros pudessem descer para o poço. Um grupo de zumbis foi na frente, e aí eles nos obrigaram a entrar no túnel, um de cada vez. Alguns se recusaram. Os ghasts os atacaram com bolas de fogo e...

— Construtor, meu amado marido — gemeu uma das aldeãs, uma mulher jovem e loira, que tinha lágrimas correndo pelo rosto e o braço erguido em saudação, o punho cerrado com força.

— Sim, Construtor foi morto — ecoou Fazendeira, indo até a NPC e se encostando nela, a única forma como um NPC poderia consolar outro. Mais aldeões vieram e também se reclinaram contra a mulher loira, mesmo que soubessem que em nada ajudaria.

— E Apanhador...

— E Entalhador...

— E Alfaiate...

A litania dos mortos fluiu da multidão numa torrente catártica de emoção, os nomes daqueles perdidos para sempre gravados na memória da aldeia.

Lavrador se levantou e voltou até Gameknight e Artífice. Virou-se para olhar para todos na caverna, recebendo sua atenção, depois erguendo a mão, com os dedos bem espalhados. Alguns seguiram o exemplo, também levantando as mãos, mas a maioria dos NPCs estava transtornada demais de emoção para notar. A caverna se encheu de choro e desespero. Olhando em volta pela câmara, Gameknight percebeu que os olhos dos aldeões estavam cheios não só de tristeza, mas também com uma raiva incontrolável dos monstros que tinham cometido tamanha atrocidade.

Lentamente, Lavrador baixou a mão e se virou para Artífice e Gameknight.

— Os monstros nos trouxeram aqui para baixo na câmara de criação como se nós fôssemos gado — rosnou ele. — Muitos de nós pensaram que eles nos enterrariam aqui e nos matariam de fome, mas em vez disso eles vieram e o levaram.

Lavrador parou, mais uma vez tomado de emoção.

— Quem? — indagou Gameknight numa voz baixa e trêmula. — Quem eles levaram?

— Depois que trouxeram a gente até aqui embaixo, eles nos juntaram num canto da câmara — explicou outro NPC. Gameknight entendeu, pela cor da bata dele, que se tratava do ferreiro. — Então exigiram que a gente o entregasse a eles.

— Entregasse quem? — perguntou de novo, desta vez um pouco mais alto.

Ferreiro avançou para que pudesse ver Artífice e Gameknight direito, sem ter que tentar olhar por entre as demais cabeças quadradas.

— Eles exigiram que a gente entregasse o artífice da nossa aldeia — revelou.

— Seu artífice? — perguntou Artífice. — Por que eles poderiam querê-lo?

— Mensageiro fez a mesma pergunta — respondeu Ferreiro enquanto afastava uma mecha do cabelo grisalho do rosto. — Os blazes o mataram, acertaram-no com bolas de fogo. Ah... os gritos... eu ainda posso ouvir. Estava em tamanha agonia, mas a pior parte era ouvir a tristeza na voz dele. Mensageiro gritou para sua mulher e seus filhos, se despedindo. Tive que segurar o filho dele para que não abraçasse o pai e pegasse fogo também.

Ferreiro ergueu a mão e cerrou o punho, apertando tão forte que Gameknight podia ouvir os dedos estalarem, com nós esbranquiçados. O braço do NPC começou a tremer conforme apertava a mão cada vez mais forte, até que a abaixou e continuou:

— Felizmente, Mensageiro não sofreu por muito tempo; o tormento dele durou só um minuto, mais ou menos. Então o maior ghast que eu já vi... não lembro o nome dele...

— Malacoda — afirmou Lavrador, com a voz carregada de raiva. — Ele disse que se chamava Malacoda. Referiu-se a si mesmo como rei do Nether.

— Certo — concordou Ferreiro. — Malacoda. Era de um branco pálido, como osso seco exposto por muito tempo ao sol, com um enorme corpo cúbico e todos os tentáculos pendurados, esperando para agarrar alguma coisa... ou alguém. Malacoda exigiu que a gente entregasse nosso artífice, ou mais aldeões seriam mortos. Nenhum de nós se moveu. Ficamos parados ali, calados, com medo de recusar, sabendo que significaria a morte certa, mas não poderíamos entregar nosso artífice.

Uma lágrima quadrada rolou pelo rosto de Ferreiro. Ele deu as costas e olhou para o chão.

— Então ele se entregou — completou Lavrador, com a voz cheia de orgulho. — Artífice simplesmente caminhou até eles e se entregou para o tal rei ghast. Provavelmente salvou todas as nossas vidas. Eles teriam...

Parou de falar no que torrentes de lágrimas continuavam sua jornada pelo rosto, mas ele lutou para controlar as emoções. Então olhou em volta, para os outros na câmara. A maioria dos seus companheiros aldeões também estava com os rostos molhados. Depois de mais um momento de silêncio, Lavrador olhou de volta para Gameknight e Artífice.

— Nosso Artífice salvou todas as nossas vidas ao se sacrificar. Ele era um grande NPC, e o melhor artífice que uma aldeia jamais poderia querer. — Olhou em volta da câmara de novo, fazendo contato visual com cada um dos sobreviventes, e por fim prosseguiu. — Vamos nos lembrar dele pelo resto das nossas vidas.

Ele ergueu a mão bem alto acima da cabeça de novo, com os dedos bem abertos e separados, e manteve a pose por um minuto, com a mão tremendo de leve. Desta vez Gameknight viu que os outros também estavam erguendo as mãos com dedos abertos. Então todos formaram punhos, bem levantados como uma saudação aos mortos, o movimento se espalhando contagiosamente pela câmara até que um mar de punhos estava crescendo sobre o campo de cabeças quadradas, todos sendo apertados com toda força. Era uma demonstração incrível de respeito e amor, combinada com a raiva e fúria incontroláveis contra os agressores. Gameknight sentiu uma lágrima começar a descer do olho, contagiado também pela emoção. Enxugou o olho rapidamente com a manga e também ergueu a mão em saudação, cerrando o punho e apertando com força até que os nós dos dedos doeram.

Finalmente, os aldeões baixaram os braços e voltaram novamente a atenção para Gameknight e seu companheiro. Um silêncio constrangedor preencheu o salão, pois ninguém queria ser o primeiro a falar, mas o Usuário-que-não-é-um-usuário assumiu essa responsabilidade:

— Não entendo por que esse rei ghast, Malacoda, poderia querer levar seu artífice. No nosso último servidor, os monstros queriam matar todo mundo e levar seu XP, mas aqui eles deixaram todos vocês vivos... Não entendo.

—Nem nós — respondeu Lavrador. — Esperávamos que matassem todo mundo mas, depois que encontraram nosso artífice, levaram-no embora e simplesmente voltaram pelo túnel para a superfície. Estamos aqui embaixo desde então, com medo de subir e eles ainda estarem lá.

—Bem, eles não estão mais aqui — explicou Artífice. — Foram embora, mas definitivamente tem algo de muito estranho acontecendo.

—Você e o Usuário-que-não-é-um-usuário vieram salvar a gente? — indagou uma voz jovem em meio à multidão. Era uma garotinha, talvez do mesmo tamanho e idade que Artífice; uma das poucas crianças na câmara. — A Batalha Final nos encontrou então?

—Não tenho certeza, pequenina — respondeu Artífice. — Ela realmente chegou ao meu servidor, e o Usuário-que-não-é-um-usuário e eu conseguimos derrotar os monstros e salvar nosso mundo, mas temo que a batalha ainda continue aqui, e estamos muito perto da Fonte. Esses monstros precisam ser detidos neste plano de servidores, ou creio que a Fonte correrá grave perigo.

—Se ela for destruída, então todos nós vamos morrer. Não é assim?

—Está correto, criança — respondeu Artífice. — No meu último mundo, eu era um artífice como o corajoso NPC que vocês descreveram, mas, quando ressurgi aqui, apareci nesta forma. — Artífice indicou o próprio corpo de criança com um gesto. — Porém, sabemos que a batalha por *Minecraft* ainda não acabou. O Usuário-que-não-é-um-usuário e eu estamos aqui para continuar lutando, até derrotarmos todos esses monstros.

— Um artífice... um artífice... um artífice...

As palavras se espalharam pela câmara, e as pessoas se entreolhavam empolgadas; elas tinham grande necessidade de um novo artífice. Apenas um artífice vivo e consciente era capaz de transferir seus poderes a um novo NPC, passando a responsabilidade de uma geração à seguinte. Só que uma aldeia sem um artífice não poderia sobreviver em *Minecraft*; eles se tornariam os Perdidos: NPCs sem uma comunidade. Cada vila precisava ter um artífice para manter o maquinário do mundo digital funcionando. Sem um deles, os Perdidos teriam que abandonar suas casas e partir em direções aleatórias, na esperança de sobreviver à jornada e encontrar uma nova aldeia; a maioria não conseguia nem uma coisa, nem outra. Dando um passo à frente, Lavrador se inclinou e se encostou no ombro de Artífice, olhando o jovem NPC nos olhos. Fazendeira então se levantou e se inclinou contra o ombro de Lavrador. Numa reação em cadeia, todos os aldeões se inclinaram na direção de Artífice, com aqueles mais próximos se apoiando nele, os outros se apoiando nestes e assim por diante, até que um padrão complicado de corpos tinha formado uma estrela gigante, todos inclinados na direção de Artífice.

— Pedimos que você, companheiro do Usuário-que-não-é-um-usuário, seja nosso artífice — recitou Lavrador de memória, suas palavras sendo ditas de forma lenta e solene. — Humildemente pedimos que você tome conta de nossa aldeia, de nosso povo e de *Minecraft*, e, em troca, nós serviremos a você para que possamos servir *Minecraft*. — As palavras reverberaram pela câmera como um trovão esperançoso.

Todos os olhares estavam concentrados em Artífice, a expectativa faiscando em cada par, monocelhas franzidas marcadas pela inquietação e empolgação. Gameknight viu Artífice engolir em seco, com uma expressão preocupada no rosto. Ele sabia que o amigo estava considerando as consequências da decisão. Se aceitasse, teria a pesada responsabilidade de ajudar esta aldeia a se reconstruir; porém, se recusasse, então essas pessoas seriam condenadas a abandonar a vila e partir em busca de outra. Aqueles sem um artífice eram chamados de Perdidos. Se essas pessoas se tornassem Perdidas, poucas delas sobreviveriam tempo suficiente para encontrar um novo lar; havia simplesmente monstros demais espalhados pelo mundo de *Minecraft*.

Virando-se, Artífice deu uma olhada no amigo, procurando um sinal do Usuário-que-não-é-um-usuário. Gameknight apenas sorriu calorosamente para o amigo e lhe lançou um sutil aceno com a cabeça. Artífice se virou de volta para a multidão.

— Por mais que eu jamais seja capaz de estar à altura do seu último artífice... eu aceito.

Uma grande comemoração reverberou na câmara de criação, seguida de um clarão de luz que pareceu irromper do próprio Artífice. Gameknight teve que erguer a mão aos olhos para protegê-los da claridade. A forte iluminação desapareceu quase instantaneamente, deixando para trás o mesmo garotinho, mas agora, em vez da bata verde, ele estava trajado com as vestimentas de sua posição: uma bata preta, com uma larga faixa cinza descendo pelo meio, da gola à barra; ele era um artífice de aldeia de novo.

Todos os aldeões na câmara começaram a pular de alegria, por mais que a dor das perdas ainda estivesse vívida em suas mentes. A aldeia tinha sido salva. Eram uma comunidade outra vez; suas famílias, ou o que restava delas, poderiam continuar ali na terra natal.

— Quais são suas instruções? — perguntou Lavrador a Artífice, silenciando a multidão.

Artífice guardou a espada, que ele acabara de perceber que tinha empunhado aquele tempo todo, e andou de um lado para o outro, observando através dos braços e pernas dos aldeões adultos. Cada um deles queria tocar ou esbarrar de leve no novo artífice conforme o garoto passava, o contato físico reforçando a conexão recém-estabelecida. Gameknight ficou afastado, apenas observando, grato pela atenção ter se deslocado dele. Seus olhos seguiam o vulto jovem do amigo enquanto ele marchava, indo e voltando, profundamente imerso em pensamentos.

E então, de repente, Artífice parou e encarou a multidão.

— A primeira coisa que vamos fazer é libertar as mãos de todos.

— O quê?! — exclamaram vários dos aldeões.

— Não podemos separar nossas mãos — reclamou Lavrador. — Só os artífices têm braços livres, e uma aldeia só pode ter um artífice. Eu não entendo.

— O Usuário-que-não-é-um-usuário pode fazê-lo. Ele o fez no meu servidor, soltou as mãos de todos do meu povo e colocou uma espada em cada uma delas.

Um silêncio constrangedor se espalhou pela câmara.

— Uma espada...?

— Sim, uma espada — repetiu Artífice. — Enfrentamos os monstros, todos nós, e viramos o jogo. Vamos fazer a mesma coisa aqui.

Murmúrios de surpresa correram pela multidão. Aldeões enfrentando os monstros de *Minecraft*... era inédito.

— Sei o que vocês estão pensando... como isso pode ser verdade? Bem, nós fizemos isso. Enfrentamos a horda de criaturas e salvamos nosso servidor, e vamos fazer o mesmo aqui também. Não vamos... não, não *podemos* deixar que os monstros cheguem à Fonte. Se eles conseguirem, então tudo estará perdido. É nosso dever detê-los, e, como meu amigo Gameknight999 disse ao último rei enderman: "Eu estabeleço o limite aqui. NINGUÉM PODERÁ PASSAR!"

Gritos e vivas irromperam dos NPCs, preenchendo a câmara com o trovão da esperança. Artífice foi até Gameknight e parou ao lado do amigo, sacando a espada e a erguendo bem alto. O Usuário-que-não-é-um-usuário fez a mesma coisa.

— A Profecia diz que, quando o Usuário-que-não-é-um-usuário aparecer, a hora da Batalha Final estará próxima. Não se iludam, a Batalha chegou, e temos que resistir aos monstros com cada gota de sangue e suor que temos, com nossas próprias vidas se for necessário. — Artífice fez um sinal para que Gameknight pegasse sua bancada de trabalho, e então chamou Lavrador adiante.

— Lavrador, crie uma espada de pedra para mim.

Lavrador encarou Artífice, confuso, mas então obedeceu, seus braços se separando quando ele começou a criar a espada de pedra, suas mãos cúbicas parecendo um borrão. Artífice olhou para Gameknight e fez um sinal. Com velocidade súbita, o Usuário-que-não-é-um-usuário puxou uma picareta e destroçou a bancada de trabalho com três golpes rápidos, lançando uma chuva de fragmentos no ar e transformando a bancada num pequeno cubo flutuante logo acima do solo. Lavrador se espantou ao olhar para baixo, para as próprias mãos, agora permanentemente separadas, segurando uma espada de pedra firmemente na mão direita. Lentamente erguendo a espada sobre a cabeça, Lavrador causou espanto no resto dos NPCs presentes.

— Lavrador não é mais um mero lavrador — anunciou Artífice em palavras lentas, gritando para preencher a câmara. — Ele agora é um lutador, um guerreiro por *Minecraft*, como todos vocês serão. Hoje, neste momento, nesta caverna, começamos a guerra para salvar a Fonte. Hoje, nós rechaçamos os monstros e gritamos BASTA. Hoje, salvamos *Minecraft*!

Estendeu a mão e puxou o braço de Lavrador para baixo lentamente, fazendo-o guardar a espada, e então prosseguiu:

— Agora vou dizer a vocês o que vamos fazer — começou a explicar, com os velhos olhos azuis faiscando com esperança. — Primeiro, vamos chamar todos os NPCs até nós. Vocês vão se espalhar pelo mundo e trazer para mim cada NPC que encontrarem. Vamos negar a Malacoda mais vidas para destruir, e depois vamos...

Todos os NPCs se inclinaram para a frente enquanto ouviam os planos do novo artífice. Porém, enquanto Gameknight escutava, ele podia sentir ondas de incerteza e medo tomando sua alma. Aquilo era perigoso... muito perigoso.

E se não der certo?, pensou. *E se eu não for forte o bastante... ou corajoso o bastante... ou...*

Todos os "*e ses*" surgiram em sua mente enquanto ele ouvia o plano de Artífice, fortalecendo a serpente de medo que se enrodilhava em sua alma.

CAPÍTULO 5

MALACODA

Malacoda flutuava sobre o mar de lava, e o calor da rocha derretida trazia um senso de segurança e lar. Ele era um ghast, uma das muitas criaturas que espreitavam o Submundo. Só que ele era diferente, porém, pois reivindicava o posto de rei, o governante do Nether neste servidor de *Minecraft*... e logo em todos os demais.

Movendo-se preguiçosamente sobre o mar derretido, olhou para os próprios tentáculos, que arrastavam no magma denso. Ele podia ver que os membros pálidos quase brilhavam ao refletir a luz do oceano em ebulição. Tinha um corpo cúbico que era gigantesco; maior que qualquer outra criatura em *Minecraft*, com exceção do Dragão Ender. Seu rosto tinha uma aparência infantiloide, de bebê; quase pacífico e calmo... exceto pelos olhos. Estes incandesciam em vermelho-sangue, sempre parecendo cheios de raiva e ódio pelo povo da Superfície. Manchas na pele se destacavam à luz alaranjada, com aparência escura e ameaçadora. O corpo inteiro estava coberto com essas malhas cinzentas. Poderiam ser comparadas à estampa de um guepardo, mas faltava a essas manchas qualquer forma de beleza natural. Em vez disso, pareciam feias cicatrizes, postas ali para acentuar a natureza vil e odiosa da criatura. A cicatriz mais proeminente de todas estava localizada abaixo dos olhos do ghast, dando a falsa impressão de que ele tinha um fluxo constante de lágrimas tristes. Malacoda odiava essas cicatrizes lacrimais, mas eram algo que todos os ghasts exibiam, um sinal de vergonha que poucos ousavam apontar, por medo de serem consumidos pelo fogo.

Olhando seu reino ao redor, Malacoda admirou a paisagem. As areias ardentes, cachoeiras de lava, rios de pedra derretida, areia de almas e rocha do nether: todos pareciam belos para ele. À direita se erguia sua fortaleza, uma cidadela sombria que cobria a maior parte do Nether naquela direção. Suas torres altas e passarelas elevadas se estendiam pela terra como algum tipo de fera gigante pré-histórica. Era o lar do seu imenso exército; sua fortaleza do Nether. Tinha grandes salões cobertos com geradores que produziam monstros e mais monstros para engordar sua horda. Com altas sacadas e passarelas, a cidadela monstruosa parecia vigiar o terreno, guardando o domínio de Malacoda.

Aquela era a terra dele, seu reino para governar, e sua palavra era lei. Logo o mesmo seria verdade em todos os servidores, e no fim na própria Fonte, a nascente digital a partir da qual todo o código de computador fluía para manter os planos de servidores em funcionamento. Malacoda destruiria essa Fonte e, a partir dali, como a Profecia afirmava, governaria todo

Minecraft. Então, e apenas então, a criatura seria capaz de levar seu exército de monstros para o Portal de Luz e alcançar o mundo físico, estendendo seu domínio até incluir todas as coisas vivas. Estremecendo de empolgação, Malacoda imaginou a destruição que causaria aos tolos do mundo físico. Aqueles usuários arrogantes achavam que *eles* governavam *Minecraft*. Bem, o rei os educaria muito em breve. Antes, porém, precisaria alcançar a Fonte e livrar os mundos digitais de todos os NPCs; aqueles segmentos de código que infestavam os planos de servidores. Seriam purificados logo, logo, de qualquer maneira. O plano de Malacoda avançava exatamente como ele tinha previsto.

Ao longe, viu um grupo de homens-porcos zumbis se aproximando. Essas criaturas eram aparentadas aos seus primos na Superfície, apesar de não possuírem a coloração verde pútrida e decomposta dos zumbis normais. Os homens-porcos zumbis eram como uma combinação de zumbi e porco, com partes rosadas em seus corpos mosqueados, além de ossos expostos aqui e ali. Essas criaturas meio-vivas e meio-mortas só podiam ser algum tipo de piada doentia do Criador, Notch. Fazia com que elas odiassem os habitantes da Superfície, NPCs e usuários ainda mais.

Hoje, Malacoda via que seus homens-porcos zumbis escoltavam o prisioneiro mais recente, um artífice da Superfície. Malacoda tinha liderado pessoalmente o ataque contra a aldeia, destruindo tudo que entrasse no caminho dele até que colocou as mãos neste artífice, a chave para seus planos. Flutuando sem esforço sobre a lava, o ghast se aproximou do litoral, que era composto de blocos de rocha cor de ferrugem do Nether, o material mais comum no reino. Fumaça e cinzas nublavam o ar, dificultando ocasionalmente a observação do grupo que se aproximava. Quando o ar ficou limpo por um momento, Malacoda pôde vê-los se aproximando devagar, pois tinham cruzado um campo de área de almas. A areia de almas cinzenta tinha esse efeito desacelerador em todos que cruzassem sua superfície granulada, efetivamente reduzindo drasticamente qualquer progresso.

Malacoda ficou impaciente enquanto esperava que os monstros burros se aproximassem.

Que idiotas, atravessando a areia de almas em vez de dar a volta, pensou ele.

O ghast chegou perto do grupo assim que eles saíram da área de areia, com os tentáculos agitados de antecipação.

— Então nos encontramos novamente — ribombou o monstro, com a voz reverberando no enorme corpo cúbico. Quando ele falava, seus olhos ficavam arregalados e raivosos, absorvendo tudo que havia diante de si.

— O que você quer de mim, ghast? — retrucou o artífice.

— Ora, nada além de suas habilidades concedidas por *Minecraft* — explicou Malacoda com sua voz mais sincera e um fantasmagórico sorriso dentuço.

Vendo uma expressão tão terrível, o artífice deu um passo atrás e esbarrou em um dos seus guardas. O homem-porco zumbi grunhiu e empurrou o NPC para a frente de novo com a ponta afiada da espada de ouro.

— Quero que crie uma coisa para mim. Só isso. Depois que você e seus amiguinhos tiverem terminado, eu os soltarei.

— Por que eu deveria acreditar num ghast? Você matou meu povo e destruiu parte da minha aldeia. Nenhum de nós vai criar para você — disse o artífice, cujo tom de voz reverberava como se afirmasse algum tipo de verdade universal. O NPC fez uma pausa, em seguida continuou, lançando um olhar de raiva à fera. — Você e seus monstros aqui embaixo são abominações contra a vida, uma mancha em tudo que há de criativo e bom em *Minecraft*. Vocês são um erro de programação! — Foi aí que ele deu um passo mais para perto do monstro flutuante. — Você realmente espera que eu faça qualquer coisa para você? Eu vi quando você atacou os NPCs, gente inocente, ALGUNS DELES ERAM CRIANÇAS! O que te leva a pensar que vou fazer *qualquer coisa* para você?

O artífice percebeu que acabara de gritar, um fato que fez os homens-porcos zumbis se aproximarem, a carne fétida assaltando seus sentidos.

Malacoda flutuou para mais perto também, de forma que o artífice teria que olhar direto para cima, para seus olhos infantis, que agora incandesciam como se estivessem em chamas, com o vermelho-sangue da fúria.

— Fará o que eu mandar, quando eu mandar, porque você é um tolo que não tem escolha — respondeu o rei ghast com confiança completa, seus tentáculos pendentes se remexendo agressivamente. O rosto infantil se suavizou quando ele falou com os zumbis. — Levem-no até os outros.

Uma das criaturas nojentas grunhiu e colocou a mão podre e cheia de garras no ombro do artífice, puxando-o para trás e empurrando-o em outra direção. Outro homem-porco zumbi se posicionou à frente do NPC, guiando o grupo em direção à imensa fortaleza de Nether que dominava a área, com o grande mar de lava desaparecendo à direita. O zumbi líder olhou para trás para se assegurar de que o prisioneiro estava vindo. Então fez um gesto para os outros monstros. As criaturas restantes cercaram o NPC, ficando tão perto a ponto de eliminar qualquer possibilidade de fuga ou suicídio.

Eles avançaram rapidamente pela rocha do Nether, rumando direto para a ameaçadora fortaleza que se erguia ao longe. Cubos brilhantes de pedra luminosa clareavam a paisagem aqui e ali, muitos presos bem alto, cravados no teto rochoso. Os cubos luminosos acrescentavam salpicos de visibilidade ao cintilar um amarelo-claro de dentro de fendas e das paredes.

O artífice olhou para o teto que cobria o mundo inteiro e viu morcegos esvoaçando ao longe, enquanto outros se dependuravam em poleiros de cabeça para baixo. Muitos morcegos disparavam para todos os lados de uma vez só, com seus olhinhos vigiando, sempre vigiando.

Ele foi conduzido pela terra fumarenta, sendo cutucado repetidamente com a ponta afiada de uma espada para que continuasse andando. Os homens-porcos zumbis o levavam na direção da imensa fortaleza que se erguia diante dele. Era a maior estrutura que ele jamais vira, e fez com que ele tremesse de medo. Depois de mais ou menos quinze minutos, a marcha forçada terminou na imensa entrada da gigantesca fortaleza. Ela era construída com os tenebrosos tijolos do Nether, blocos vermelhos tão escuros que eram quase pretos. Tochas salpicavam o exterior da imensa estrutura, não com a função de iluminar, mas para decorar a construção de forma mais ameaçadora.

O artífice ficou grato de entrar na enorme edificação. Ao subir a longa e íngreme escadaria, o calor opressivo do mar de lava próximo diminuiu um pouco. Só que agora, em vez de se sentir como se estivesse parado no centro de uma chama, com calor escorchante e luz ofuscante tentando calcinar suas últimas camadas de esperança, parecia que ele estava preso nos resquícios fuliginosos de uma fornalha industrial, onde as trevas afastavam seu derradeiro resquício de coragem. A resignação tomou seu espírito enquanto ele percebia que aquele seria seu destino. Sentimentos de fracasso e desespero absolutos pousaram sobre o artífice como uma mortalha de chumbo. Ele ainda ouvia as explosões de creepers na memória, os sons da vila sendo destruída. Não tinha sido capaz de protegê-los, seus aldeões; tinha falhado.

Caminhando num estado onírico de entorpecimento, ele seguia os captores. De vez em quando, a ponta afiada de uma espada de ouro o cutucava nas costas para mantê-lo em movimento. Os monstros o levaram pela passagem principal, onde as tochas nas paredes lançavam círculos cálidos de luz, na tentativa de afastar as trevas; elas não faziam um trabalho muito bom. Blazes montavam guarda em pontos de interseção com outros corredores. Estas criaturas flamejantes, compostas de fogo e cinzas, lançavam mais luz no corredor escuro, fazendo as tochas parecerem fracas em comparação. Os homens-porcos zumbis o empurravam para lá e para cá enquanto o levavam por diferentes corredores, mergulhando cada vez mais nas profundezas da fortaleza do Nether. Enquanto seguia por aqueles caminhos indistinguíveis, o senso de desespero do artífice cresceu até que ele se sentisse como uma casca vazia, uma concha que um dia contivera vida, e agora só carregava sombras e o desejo de morrer.

Finalmente, alcançaram o objetivo: um largo salão construído no centro da fortaleza. O artífice ficou espantado com o tamanho. Deveria ter pelo menos cem blocos de largura, e o mesmo de altura. Havia muitas sacadas instaladas nas paredes interiores, com vista para o lado de dentro da imensa câmara. Círculos amarelos de luz clareavam cada varanda, e juntos pareciam olhos maldosos, pontilhando as paredes altíssimas, todos encarando o novo prisioneiro. O artífice viu blazes e homens-porcos zumbis nas sacadas mais baixas enquanto um ou outro ghast flutuava acima, deslocando-se pela abertura. O NPC sentia o calor insuportável de todos aqueles olhares violentos que desejavam sua destruição.

Tremendo de medo, o artífice afastou os olhos das sacadas e espiou pelo ar fumacento aquilo que apenas começava a emergir em meio à névoa. No centro da imensa câmara, erguia-se uma grande estrutura com numerosas janelinhas nos lados, cada uma coberta com barras de ferro. Era uma prisão. Iluminação tênue preenchia o interior da cela, e o artífice via vultos se movendo do lado de dentro. As criaturas, com o intuito de parecerem mais aterrorizantes, estavam no fundo da cela, longe das janelas, dificultando a identificação. Havia uma porta de ferro aberta em um dos lados, e um par de blazes preparava bolas de fogo letal prontas para castigar qualquer um que tentasse fugir. O novo artífice foi trazido adiante e enfiado na cela por um dos homens-porcos zumbis, que o cutucou com a ponta afiada da espada. Ele deu alguns passos incertos adiante, e a porta se fechou com um estrondo logo atrás, reverberando como trovão enquanto o aldeão olhava em volta na cela mal iluminada. O aposento lentamente se escureceu quando os blazes foram embora para cuidar de suas tarefas.

Havia apenas uma pedra luminosa no aposento: estava embutida no centro do piso e lançava estranhas sombras nos cantos.

Tem alguma coisa aqui dentro comigo?, perguntou-se. Uma onda de pânico o dominou. *Com que tipo de monstro eles me colocaram?*

Estreitando os olhos, ele espiou a penumbra, tentando não se mover e atrair a atenção de qualquer que fosse a fera horrenda que aguardava ali. E então escutou um arrastar de algo no solo, um roçar de corpos — muitos deles — se esbarrando uns nos outros. O artífice via movimentos nas sombras e percebeu que alguma coisa vinha na direção dele, saindo das trevas. Olhando em volta, buscou um lugar para se esconder. Não havia nada, só paredes nuas.

— Ah, bem! — exclamou em voz alta. — Eu recebo a morte de braços abertos. Adiante-se, fera, e faça o que precisa fazer. Mate-me e ande logo com isso.

— Matar você? — indagou uma voz nas trevas.

Um segundo artífice saiu do meio das sombras, seguido por outro, e mais um, todos vestidos iguais. Todos trajavam batas negras que iam do pescoço à canela, com uma larga listra cinza descendo pelo meio.

— O que é isto? — perguntou o novo artífice aos que já estavam ali. — O que está acontecendo aqui?

— Nós não sabemos — respondeu um deles. — Mas pode ficar certo de uma coisa, amigo: você não está sozinho aqui.

— Assim percebo.

No total, havia já sete artífices na prisão. Os NPCs exaustos vieram adiante e deram tapinhas amistosos no ombro do recém-chegado, na esperança de trazer algum conforto ao companheiro de jaula, e talvez afastar um pouco da incerteza, um pouco do medo. Ele suspirou, reconfortado pelo apoio dos colegas. Olhando em volta pela cela de novo, sorriu e se endireitou um pouco, o desespero se reduzindo só um tantinho.

— Agora somos oito — anunciou um dos artífices, cujo tom de comando na voz o marcava como o líder. Era um NPC alto, com curtos cabelos castanhos e uma feia cicatriz recente em um dos lados do rosto. Deu um passo à frente, em direção à luz, demonstrando um leve mancar, a perna esquerda arrastando um pouco. Olhando para todos na jaula, o artífice alto sorriu. — Quantidade suficiente para que tentemos nosso plano.

— Seu plano? — inquiriu o artífice mais novo. — Que plano?

O líder se virou e o encarou, com os olhos cinzentos como aço cheios de confiança.

— Precisamos descobrir o que está acontecendo...
O que Malacoda está planejando — revelou o líder em voz baixa. — Um de nós tem que escapar e dar uma olhada por aí.

— Escapar... como? — indagou o prisioneiro mais recente.

— Agora há oito de nós. Podemos criar uma ferramenta usando nossas habilidades inatas de produção. Algo de que apenas os artífices são capazes.

— Nunca soube disso.

— É uma coisa que pouca gente sabe — explicou o líder ao se aproximar da pedra luminosa que clareava o aposento. — Um bug no código de *Minecraft*. Passou despercebido por muitos ciclos de CPU, e agora chegou a hora de tirar vantagem dele. Pessoal, cheguem perto e deem-se os braços. Ótimo. Agora fechem os olhos e concentrem-se em criar uma picareta. Imaginem-se posicionando os três blocos de pedra e os dois gravetos de madeira juntos, formando a ferramenta.

O artífice mais novo fechou os olhos com força e se concentrou na imagem da bancada de trabalho, os espaços vazios sendo lentamente preenchidos com matérias-primas: pedra horizontalmente nos três espaços do alto, e dois gravetos descendo pelo centro. Forçando todo seu conhecimento de criação na imagem, ele tentou projetar o objeto diante de si, usando cada fibra do seu ser para mentalizar a materialização da forma. Pareceu ridículo no começo, como se estivesse fingindo que estava criando, simplesmente desejando que a ferramenta existisse, mas, então, algo estranho aconteceu: ele conseguia *sentir* os outros artífices, mesmo que "sentir" não fosse a palavra certa. De alguma forma, os poderes de criação deles tinham se conectado, e a proximidade uns dos outros fortalecia a conexão. Abrindo os olhos, ele espiou em volta e se deparou com sete pares de olhos também observando, surpresos. Todos os artífices percebiam a conexão e estavam chocados com a *sensação* daquilo; o poder de criação do grupo tinha sido amplificado e continuava crescendo. O líder alto tinha um sorriso satisfeito.

Lentamente, uma nuvem roxa que zumbia começou a se formar no centro do círculo, crescendo conforme eles se concentravam cada vez mais. Ao novo artífice, parecia-se com as partículas púrpura que sempre acompanhavam os endermen quando se teleportavam. A nuvem continuou crescendo, lançando colunas de névoa roxa até o teto, como se estivesse tentando beijar o céu. Conforme as partículas se expandiam, elas também se engrossaram, coagulando numa forma definida no chão. Então, subitamente, houve um estalo, e algo surgiu pelo portal cor de ameixa. O som espantou os artífices e fez alguns recuarem, rompendo o círculo e cortando a ligação. Assim que as partículas se dissiparam, todos viram algo pousado no chão. Estava agora substancial e sólido: uma picareta.

— Conseguimos! — exclamou alguém.

— Shhh — ordenou o líder, lançando um olhar furtivo à porta da cela.

Avançando rapidamente, um dos artífices agarrou a picareta e a guardou no inventário, escondendo-a de vista.

— Excelente, amigos — congratulou o líder num sussurro. — Realizamos algo que ninguém nunca fez antes. Teleportamos algo para nós de algum outro lugar de *Minecraft*.

— Você quer dizer que nós não a produzimos? — indagou o artífice mais recente.

— Não — respondeu o líder. — Não podemos criar algo a partir do nada, mas fomos capazes de trazer um objeto até nós de outro lugar. É uma habilidade importante, e possivelmente uma arma poderosa a ser usada contra nossos inimigos.

— Talvez, já que podemos trazer algo até nós, também seja possível mandar algo embora, para fora do Nether.

— Humm — considerou o líder. — É possível, mas não acho que funcione assim.

— Isto nunca foi feito antes — argumentou o mais recente. — Então você não sabe. Talvez seja possível, sabe, mandar um de nós à Superfície.

— Humm...

— Vamos deixar isso de lado por enquanto — interveio um dos demais artífices. — Precisamos tirar um de nós desta cela e descobrir o que diabos o rei ghast está fazendo.

— Isso mesmo — concordou o líder. — Só um de nós pode sair. Um número maior seria facilmente detectado. Quem será?

Todos os artífices se entreolharam, tentando decidir-se. O artífice mais jovem notou que todos os outros tinham aparências exaustas e desgastadas, como pedaços de tecido por muitas vezes torcidos. A força deles parecia estar no limite, esgotada e prestes a ruir.

— Eu deveria ir — anunciou ele, com uma onda de medo se espalhando pelo corpo. — Quem sabe quando foi a última vez que qualquer um de vocês comeu? Estão todos fracos e cansados, é fácil perceber. Suas vidas foram quase completamente consumidas. Sou o mais novo aqui e fui exposto a esse calor insuportável por menos tempo. Eu deveria ir.

O silêncio preencheu o aposento enquanto todos os olhares pousaram nele. O medo vibrava em sua alma.

— Sei como essa tarefa provavelmente vai acabar — admitiu ao líder. — Mas precisamos descobrir o que está acontecendo.

— Não, não posso pedir que arrisque sua vida assim — respondeu o líder. — Eu vou.

O artífice mais novo avaliou o líder com um olhar crítico. Percebeu que ele mal conseguia se manter de pé, o corpo tremendo de leve enquanto sua força vital estava prestes a evaporar no esquecimento. O líder já estava quase morto.

— Sou o único que tem alguma esperança de sucesso — afirmou o artífice mais novo. — Eu vou, e a discussão está encerrada. Assim que eu souber o que Malacoda está planejando, voltarei, e juntos vamos decidir o que precisamos fazer. — Ele fez uma pausa, com determinação estampada no rosto, esperando ouvir as objeções dos demais. Não houve nenhuma. — Então está decidido. Me dê a picareta.

Um dos NPCs lhe jogou a ferramenta e depois recuou. O artífice mais novo pegou-a e foi até a parede. Outro artífice caminhou até a porta de ferro e espiou pela janelinha, procurando guardas.

— A barra está limpa. Pode ir.

O NPC investiu com a picareta, partindo dois blocos de tijolo do Nether com apenas alguns segundos. Guardou a ferramenta no inventário, saiu da cela e repôs os blocos de forma a não deixar rastro da fuga. Então, apesar do medo, correu até as sombras, com a adrenalina impulsionando cegamente seu corpo adiante.

CAPÍTULO 6

FUGA

salão gigantesco estava imerso em trevas, e a neblina, infalivelmente presente de fumaça e cinzas que flutuavam pelo ar, queimava a garganta do artífice quando ele respirava. Ele avançou silenciosamente com as costas contra a parede externa da cela da prisão, se esgueirou até a beira da estrutura, e espiou pela esquina. Não havia monstros por perto. Malacoda estava tão confiante na desesperança dos artífices que nem se dera ao trabalho de postar guardas. O fugitivo olhou para cima seguindo com os olhos as enormes muralhas. Dava para ver os pontos luminosos dos blazes flutuando nas sacadas mais altas, mas estavam longe demais para vê-lo na escuridão. Movendo-se tão silenciosamente quanto possível, o artífice atravessou a câmara disparando até o corredor mais próximo e olhou pela esquina; também estava vazio. Ele se virou e olhou para a cela de prisão. Podia ver os outros artífices colados nas janelas, com os rostos aterrorizados espiando por entre as barras, mas agora com os olhos cheios de esperança.

Entrando no corredor, ele seguiu apressado pela passagem sombria de tijolos do Nether, parando nas interseções para escutar possíveis sons de perseguição. Nenhum alarme tinha soado... ainda. Espiando em cada esquina, ele seguiu pelo túnel, procurando alguma saída. Tochas pontilhavam as paredes da passagem, mas estavam muito espaçadas, e seus círculos de iluminação não se tocavam. Tomando um caminho serpentino, o artífice foi capaz de contornar as manchas de luz e se manter nas sombras, o tempo todo torcendo para que isso o ajudasse a evitar olhos vigilantes.

Subitamente, gemidos melancólicos preencheram o ar: homens-porcos zumbis se aproximavam! Avançando rapidamente até a ponta de um corredor transversal, o artífice espiou rapidamente pela esquina. Um grupo de monstros estava a caminho: três zumbis e um blaze. Recuando a cabeça abruptamente, procurou um lugar para se esconder. Esta passagem não tinha portas nem alcovas; apenas longos túneis retos de tijolo do Nether. Agora era possível ouvir a respiração mecânica do blaze, o sibilar forçado acrescentando uma dissonância áspera à melodia dos uivos pesarosos.

O que eu faço, o que eu faço? pensou. *Não posso ficar aqui parado. Preciso me esconder.*

Lançando mais olhares pelo corredor, continuou sem encontrar um esconderijo. O pânico tomou sua mente ao imaginar os monstros virando a esquina e dando de cara com ele parado ali. Foi quando o artífice notou um grande espaço sombreado entre duas tochas. Movendo-se rapidamente, ele se esgueirou até as trevas. O som dos seus pés ecoou nas duras paredes rochosas e martelou-lhe a coragem.

Espero que não tenham ouvido isso.

Mergulhando para o chão, ele ficou deitado, o corpo estendido e pressionado contra a parede em um dos lados. No instante que a cabeça tocou o chão, os zumbis e o blaze alcançaram a encruzilhada.

Se eles vierem na minha direção, eu serei visto. Então, estarei morto.

O artífice prendeu a respiração e esperou. Os homens-porcos zumbis pararam no meio do cruzamento. Avançando, o blaze olhou pelos corredores, decidindo que caminho tomar. Flutuando sobre os bastões incandescentes rotativos, a criatura de chamas começou a ir na direção do artífice, deixando o corredor um pouco menos escuro; mas então um zumbi disse alguma coisa na voz gutural e lamuriosa. O blaze parou e girou, fuzilando o monstro meio apodrecido com o olhar.

— O que você disse? — sibilou o blaze.

— Por aqui. Acho que a gente vai por aqui — grunhiu o zumbi, apontando um corredor diferente com a espada cintilante.

O outro zumbi assentiu.

O blaze suspirou longa, forçada e mecanicamente, e olhou furioso para o zumbi, flutuando então para longe do artífice.

— Você deveria ter dito isso antes — rosnou, enquanto dava um peteleco na criatura em decomposição com uma pequena agulha de chamas.

O blaze passou pelo monstro e seguiu pelo novo corredor. Lentamente, os homens-porcos zumbis o seguiram, e o brilho do blaze se afastou para as trevas.

Os pulmões do artífice começaram a arder. Ele não tinha percebido que ficara segurando a respiração esse tempo todo. Quando inspirou novamente, o ar ofereceu um aroma doce, apesar da fumaça e das cinzas: seu corpo estava faminto por oxigênio. Levantando-se lentamente, ele se esgueirou até o cruzamento e olhou em volta da esquina. Não havia monstros à vista. Suspirando, deixou que a sensação incontrolável de pânico fluísse para fora do corpo enquanto relaxava um pouquinho.

Essa foi por pouco, pensou consigo mesmo.

Continuando a jornada, o artífice seguiu na mesma direção que tinha decidido anteriormente, procurando algum tipo de saída ou janela.

O medo brutalizava sua mente enquanto ele corria, e era difícil pensar. O NPC não tinha medo de ser morto; aquele era um fato que ele já aceitara desde que fora levado àquele lugar terrível. Não, o fardo que tornava o pensamento coerente quase impossível era a responsabilidade que agora repousava sobre seus ombros. Ele tinha que descobrir o que estava acontecendo ali embaixo, o que o rei ghast tramava. Tal tarefa era crítica, e o artífice sentia que tudo em *Minecraft* dependia dele. Seu fracasso poderia significar a destruição de todas as coisas que ele amava e queria bem.

Disparou pelo corredor por talvez mais uns duzentos blocos, e então parou. Dava para ver um brilho começando a iluminar a passagem adiante, uma respiração mecânica soando no ar. Com o sibilo esforçado veio o som crepitante de algo queimando, o cheiro de fumaça ficando cada vez mais forte. Num instante, o artífice soube o que estava chegando... blazes, um monte deles.

E estavam vindo direto em sua direção.

Olhando em volta, não viu nenhum lugar onde se esconder, só um longo corredor se estendendo diante e atrás dele, e uma interseção mais à frente. E então o fedor de algo decomposto e pútrido soprou de trás dele, os gemidos melancólicos de criaturas sem nenhum amor pelas coisas vivas se somando aos crepitares que se aproximavam da frente. Certamente havia homens-porcos zumbis atrás dele.

O artífice estava encurralado.

Sua única esperança de esconderijo estava na interseção adiante. Correndo o mais rápido que pôde, ele partiu para a frente. Ignorando os círculos de luz das tochas, disparou pelas clareiras de iluminação. O brilho tremeluzente lhe feriu os olhos, que tinham se acostumado às trevas. Desprezando tudo ao redor, os sons dos zumbis ficando mais altos atrás dele e a luminosidade dos blazes adiante, ele simplesmente investiu com toda a sua energia, concentrado no cruzamento que se aproximava.

Será que consigo chegar lá antes dos blazes?

Ele pensou nos companheiros artífices lá na cela, a expressão de esperança em seus rostos. Em seguida os semblantes dos aldeãos flutuaram até sua mente: o velho Lavrador, Fazendeira, Escavador, Mensageiro... pobre Mensageiro. Os rostos dos amigos e filhos o encaravam da memória, todos dependendo dele para descobrir o que Malacoda fazia ali embaixo.

Eu tenho que alcançar aquela interseção. Não posso deixar minha aldeia na mão outra vez!

Afastando o pânico e o medo para longe, ele disparou. Enquanto corria, sentiu uma onda de calor crescendo pela passagem, anunciado os blazes. O fedor de fumaça e cinzas ficava cada vez mais forte, dificultando a respiração. Usando seus últimos resquícios de força, ele saiu em disparada e virou a esquina no instante em que o clarão dos blazes preencheu o corredor. Examinando a nova passagem em busca de um esconderijo, viu um conjunto de degraus que levava a uma sacada. Correu pelos degraus, saltou para a sacada e se escondeu virando a curva, arrastando os pés na beirada coberta de cinzas que tinha vista para o Nether. Encostando-se contra a parede, ele afastou-se o mais que pôde da beirada, esperando desaparecer nas sombras. Uma forte luz amarela clareou o corredor no momento em que um dos blazes tomou a passagem que ele tinha acabado de deixar, e a respiração mecânica do monstro ecoou em seus ouvidos. Soava como se a criatura estivesse bem ao lado dele, o cheiro de fumaça lhe dando vontade de tossir, mesmo que tal ato significasse morrer. Contendo a vontade de pigarrear, o artífice permaneceu completamente imóvel e esperou.

Ele ouviu o blaze se aproximar, a respiração mecânica sibilante tornando-se mais alta, mas o bicho não subiu os degraus da sacada. Satisfeito de que tudo estava como deveria, o ser voltou ao corredor principal e se afastou rapidamente para alcançar os companheiros. O artífice tossiu de leve, suspirou e relaxou um pouco. Estava seguro... por enquanto.

Virando para contemplar o Nether, viu monstros por todos os lados; havia homens-porcos zumbis, blazes, cubos de magma, esqueletos e, obviamente, os sempre aterrorizantes ghasts. Um gigantesco mar de lava se estendia diante dele, a margem oposta completamente fora de vista. A lava borbulhava e escorria, lançando uma luz alaranjada por toda a imensa câmara subterrânea. O NPC ficou chocado com a imensidão do mar fervente. Parecia se estender para sempre; a margem oposta perdida numa névoa constante.

E então, em meio ao nevoeiro de fumaça e cinzas que parecia permear tudo no Nether, o artífice notou uma pequena ilha de pedra no meio do grande mar de fogo. Uma estreita ponte rochosa se estendia da margem até a ilha; as pedras cinzentas quase incandescentes com o calor. Ele podia ver a ponte rochosa se estendendo sobre a pedra vermelha do Nether até uma imensa abertura na fortaleza. Uma gigantesca escadaria se esparramava da abertura sombria na cidadela, alcançando o caminho de pedra abaixo.

Numerosos monstros atravessavam a ponte e iam até a imensa ilha. Espiando por entre a névoa, o artífice podia ver que a ilha estava circundada por cubos azuis brilhantes, talvez dez deles, com dois pontos que ainda pareciam estar incompletos, em contraste gritante com a pedra cinzenta e o magma alaranjado. Os cubos azuis estavam montados sobre blocos de obsidiana, os blocos escuros com manchas roxas de magia de teleporte facilmente visíveis contra o acinzentado da ilha de pedra. Os blocos azuis pareciam quase translúcidos, como se fossem feitos de gelo glacial, mesmo que o artífice soubesse que isso não poderia ser verdade. Gelo jamais poderia existir neste reino flamejante. Tinham que ser feitos de alguma outra coisa, algo forte o bastante para resistir ao calor intenso. Mas do quê? E para que eles precisavam daqueles blocos?

Foi nesse instante que um grupo de homens-porcos zumbis emergiu de uma abertura abaixo dele com uma coleção de prisioneiros: um artífice e seis aldeões. Conduziram o grupo de condenados em direção à ponte, e então os empurraram em fila indiana pelo caminho até a imensa ilha. Os NPCs andavam com as cabeças baixas e os ombros caídos. Traziam uma aparência de derrota, combinada a uma sensação de pânico e medo incontroláveis. Um deles mancava, arrastando a perna esquerda levemente. Tinha cabelos curtos escuros que ficavam ainda mais escuros sob a luz alaranjada do Nether. Vestia a bata negra de um artífice.

Era um daqueles na cela de prisão!

Conforme os NPCs andavam, seus olhares dardejavam pelas coleções de monstros em volta: os muitos blazes que flutuavam acima, os esqueletos de armadura (chamados esqueletos wither) que cercavam o grupo, os sempre presentes ghasts pairando bem alto sobre o solo. Não havia chance de fuga para aqueles pobres aldeões.

Lentamente, Malacoda surgiu, flutuando com ventos imperceptíveis, os tentáculos se contorcendo como um ninho de cobras. Sua face perturbadoramente infantil contemplou os aldeões do alto com um sorriso malicioso e ciente que provocava arrepios em todos: uma sensação estranha naquela terra de calor e fogo. O artífice foi separado do grupo e empurrado para um ponto vazio no anel de blocos azuis. Um homem-porco zumbi cutucava suas costas com a espada de ouro sem remorso, tentando apressá-lo, apesar do ferimento em sua perna. Depois que finalmente foi posicionado sobre um dos blocos de obsidiana, uma bancada de trabalho e alguns blocos de diamante foram postos diante do NPC.

— Agora, artífice, chegou a hora de você criar — declarou Malacoda numa voz retumbante que pareceu encher o Nether, alcançando a fortaleza.

— Não vou criar nada para você, ghast — retrucou o artífice.

O rei do Nether apontou um tentáculo na direção de um dos aldeões. Imediatamente, bolas de fogo foram lançadas pelos muitos blazes que flutuavam acima da ilha e atingiram o aldeão, destruindo-o num instante. O corpo do NPC desapareceu com um estalo, deixando no solo os poucos itens que lhe restavam no inventário.

Malacoda desceu até estar quase cara a cara com o artífice.

— Agora, deixe-me pedir novamente — continuou o rei ghast. — Você sabe o que quero que você crie. Agora faça-o, ou outros morrerão por causa de sua desobediência.

— Você vai nos matar de qualquer jeito!

Outro tentáculo se moveu. Homens-porcos zumbis avançaram contra uma das prisioneiras, empurrando-a para trás com espadas afiadíssimas, levando-a cada vez mais perto do limite da ilha. Subitamente, uma das feras apodrecidas deu um passo à frente e golpeou a poderosa arma contra a aldeã, empurrando-a para a lava. Ela se debateu por alguns segundos e afundou rapidamente, sem misericórdia, estalando para a inexistência quando sua vida, seu HP, foi rapidamente extinto.

Outro aldeão tinha sido morto.

— Preciso pedir de novo, NPC? — inquiriu Malacoda, os olhos agora começando a arder vermelhos de raiva, as pupilas parecendo iluminadas com chamas interiores. — Tenho mais dos seus patéticos aldeões para matar, além desta ralé aqui. — O ghast apontou a imensa fortaleza, as centenas de NPCs que trabalhavam sem descanso. Estavam construindo extensões no já gigantesco castelo de tijolos escuros do Nether, expandindo-o para abrigar o exército crescente. — Eu vou matar uma centena dos seus preciosos NPCs para convencê-lo da minha determinação. Você, no fim, vai me obedecer. AGORA FAÇA!!!

O artífice ergueu o olhar para as almas condenadas trabalhando na fortaleza e, em seguida, de volta para os próprios aldeões. Os quatro que restavam pareciam extremamente aterrorizados, e os olhos de todos buscaram o artífice por esperança... por misericórdia. Tudo que queriam era viver. Não se importavam com o que o ghast desejava. O artífice fitou os olhos de cada um deles e notou o sentimento incontrolável de pânico, os rostos implorando silenciosamente pela própria vida. Suspirando, ele concordou.

— Certo, farei o que você pediu, ghast — respondeu o artífice, resignado.

Segurando cuidadosamente a bancada de trabalho, ele a colocou sobre o bloco de obsidiana que estava diante dele, em seguida pegou os blocos de diamante. Suas mãos se tornaram um borrão fluido enquanto se moviam rapidamente sobre a bancada. Ao derramar toda a habilidade de artífice nas matérias-primas, imbuiu a própria força vital na criação, cimentando no objeto o poder mágico de *Minecraft* que havia nele. A bancada de trabalho começou a produzir um estranho brilho gélido, um esplendor de safira que coloriu todos ao redor, afastando o vermelho das chamas de seus rostos e fazendo com que parecessem vivos de novo, como se tudo estivesse bem. Enquanto o artífice criava este novo item para o rei ghast, ele começou a piscar em vermelho, seu HP diminuindo. Ondas de dor percorreram seu rosto enquanto a monocelha se franzia em agonia. Gotas cúbicas de suor começaram a pingar dos curtos cabelos castanhos. Elas caíam no chão quente, onde se transformavam instantaneamente em vapor.

Outro piscar vermelho.

A bancada de criação começou a brilhar num azul suave.

Mais vermelho... o artífice estava perdendo mais HP.

A bancada passou a brilhar mais forte. O artífice deitava os últimos pedaços que restavam dele na criação, seu corpo estremecendo com cada clarão vermelho. Então um som começou a encher o ar. Eram seus uivos de dor. O artífice agora berrava enquanto gastava os filamentos finais de sua vida, infundindo tudo que o constituía no objeto cúbico. Então soou um estalo quando o NPC desapareceu, mais uma vítima do plano letal de Malacoda.

O que sobrou em seu rastro parecia uma bancada de trabalho de diamante, com uma série complexa de linhas gravadas em cada face quadrada, o brilho azul-cobalto iluminando as pedras próximas. Sorrindo, Malacoda contemplou a nova adição ao seu plano e então assentiu, apontando um tentáculo enrolado na direção dos aldeões restantes. Bolas de fogo dos blazes acima choveram neles, matando todos nos lugares onde estavam, seus corpos desaparecendo no instante em que o HP restante era extinto.

Malacoda riu, depois se afastou flutuando.

O artífice na sacada estava surpreso com o que acabara de ver. Não estava chocado com a morte desnecessária dos NPCs ou o fim do artífice. Não, ele estava espantado com o que o artífice tinha criado: uma bancada de trabalho de diamante. Só poderia haver um motivo para que o rei ghast precisasse de tal coisa, e o mero pensamento deixava a pele do artífice espetada com agulhas de medo. Ele tinha que voltar e contar aos outros... A Profecia Perdida era verdadeira! Todo mundo tinha pensado que seria apenas um mito, mas ele percebia que era real... E que era uma grande ameaça a *Minecraft*. Ele tinha que contar a todos, avisar a cada NPC de *Minecraft* de alguma forma, ou estariam todos perdidos. Levantando-se, ele resolveu voltar pelas escadarias até a longa passagem, mas não percebeu que agora estava cheia de luz. Uma companhia de blazes aguardava ao pé dos degraus, com seus corpos flamejantes bloqueando a fuga.

O estômago dele deu um nó; estava encurralado.

Enquanto se preparava para as bolas de fogo, um som alcançou seus ouvidos vindo de trás. Era como o ronronar de um gato, combinado com os gritos de uma criança incrivelmente melancólico, como um bebê arrancado dos braços da mãe. O som era inacreditavelmente triste e aterrorizante ao mesmo tempo. Virando-se lentamente, ele viu que estava cara a cara com Malacoda, o rei do Nether, cujo rosto ironicamente infantil se encheu de ódio venenoso.

Ah não!

— O que temos aqui? — indagou Malacoda.

— Ahhh... ahhh...

— Ótima resposta — retrucou o rei ghast sarcasticamente.

— Você não pode fazer isso — afirmou o artífice numa voz desesperada e trêmula. — Vamos detê-lo... de alguma forma.

— Deter-me... hahaha — trovejou o ghast. — Vocês artífices idiotas não fizeram nada além de me ajudar. Vou ter minha vitória aqui, depois levarei meu exército à Fonte e cuidarei para que seja destruída. Quando meu domínio for completo e todos vocês, NPCs insignificantes, estiverem mortos, eu tomarei o Portal da Luz e consumirei o mundo físico. Vou governar tudo, e todas as criaturas vivas temerão o nome Malacoda.

O artífice engoliu em seco enquanto ondas de terror lhe passavam pelo corpo.

— Nós vamos detê-lo... *Ele* vai detê-lo.

— ELE! — exclamou Malacoda, enquanto se aproximava do artífice condenado. — Ele não passa de um bug insignificante a quem vocês NPCs se agarram em busca de salvação. Terei minha vitória e o Usuário-que-não-é-um-usuário vai se curvar perante mim, implorando por misericórdia... e então vou destruí-lo.

O rei ghast lentamente se afastou do artífice, com o rosto se suavizando um pouco, como se estivesse prestes a soltá-lo.

— Cumprimente-o quando o encontrar — comentou Malacoda, com a voz pingando de sarcasmo.

E, no instante seguinte, o artífice foi envolvido por chamas, bola de fogo atrás de bola de fogo chovendo sobre seu corpo.

Surpreendentemente, não houve dor. A mente do artífice foi consumida por pensamentos de sua aldeia e os rostos que lhe surgiam na mente: Entalhador, Lavrador, Mensageiro, Construtor, Fazendeira... seu povo, sua responsabilidade. Tinham contado com ele para mantê-los em segurança, e ele tinha falhado. Uma tristeza incontrolável o dominou conforme sua vida se esvaía, mas o sentimento não fora evocado pela morte iminente. Em vez disso, lamentava pelo que Malacoda tentava fazer. Se o rei do Nether fosse bem-sucedido, então... então... tudo em *Minecraft*, em todos os lugares, seria destruído. O pensamento o encheu de desespero. A Profecia estava realmente se desenrolando: a Batalha Final chegara e, pelo andar da carruagem, Malacoda tinha uma enorme vantagem. A única esperança deles — não, a única salvação — era o Usuário-que-não-é-um-usuário.

Reunindo sua última gota de força vital, o artífice preencheu a mente com um único pensamento e tentou estendê-lo, martelá-lo implacavelmente no próprio tecido de *Minecraft*, na esperança de alcançar o salvador. Com seu último suspiro, soltou um brado de desafio e esperança, estendendo a mão ao Usuário--que-não-é-um-usuário.

— USUÁRIO-QUE-NÃO-É-UM-USUÁRIO, A PROFECIA PERDIDA ESTÁ...

E então as trevas o levaram. O único sinal de que ele um dia existira era uma picareta de pedra no chão.

CAPÍTULO 7
SOMBRAS DE VIDA

ameknight e Artífice emergiram do túnel escuro numa câmara de criação à luz de tochas. Não tinha sido uma longa jornada, só algo em torno de vinte minutos em tempo de *Minecraft*, mas o pequeno carrinho tinha forçado os dois a se apertar e ficar com as cabeças abaixadas. Era bom se levantar e esticar as pernas.

— Não acredito que não pensamos em usar a rede de carrinhos quando encontramos aquela primeira aldeia abandonada — comentou Artífice.

— Pois é, eu sei — respondeu Gameknight. — Acho que a gente estava com muita coisa na cabeça.

Eles tinham usado a vasta rede de túneis que se espalhava por *Minecraft* para deixar a nova vila de Artífice, na esperança de encontrar outros NPCs que poderiam ajudar na luta. Todos os aldeões tinham sido enviados para reunir forças e preparar o exército de *Minecraft* para a batalha que estava prestes a estourar no litoral, e esta rede de carrinhos era uma ferramenta essencial para conseguirem reunir forças. Felizmente, os monstros da Superfície não sabiam nada sobre ela. Gameknight e Artífice tinham escolhido um túnel aleatório, e, como esperado, a linha férrea os tinha levado a outra aldeia; porém, pelo cheiro de fumaça e cinzas que imediatamente atacou seus sentidos, estava claro que tinham chegado tarde demais.

— Parece que Malacoda já passou por aqui — observou Artífice, cuja voz jovem ainda soava anciã e sábia para o jogador.

A caverna estava vazia. Cavernas gigantes marcavam o piso e as paredes. Aquelas seções provavelmente tinham sido destruídas por creepers... ou bolas de fogo... ou...? Uma leve névoa preenchia a câmara, e a fumaça acre atacava o fundo das gargantas dos dois. Olhando para o chão, Gameknight notou uma fina camada de cinzas pálidas recobrindo tudo. Ela soprava em pequenas nuvens conforme o Usuário-que-não-é--um-usuário caminhava pelo salão. Numa seção, dava para ver fuligem negra nas paredes, possivelmente restos de bolas de fogo que tinham sido atiradas por ghasts ou blazes. Ele já vira aquilo antes — restos queimados de construções e estruturas —, mas aquela visão ainda era de certa forma completamente diferente. A mancha calcinada cobria uma parte da parede, mas ele podia ver claramente o contorno de um corpo na área fuliginosa: era uma parte limpa no formato de uma pessoa no meio da rocha enegrecida. Alguém estivera parado ali e fora atingido por fogo, seu corpo e sua vida evitando que a parede fosse completamente queimada.

Era horrível.

— Você viu aquilo? — indagou Artífice, apontando a parede.

Gameknight grunhiu e assentiu, com o medo fazendo cócegas nos limites de sua mente. Ele não conseguia se obrigar a olhar os restos fuliginosos sem imaginar o terror que deveria ter pulsado pela mente daquele pobre NPC enquanto sua vida se esvaía.

— Isto é terrível — afirmou Artífice numa voz baixa e sombria. — Se ao menos tivéssemos chegado a tempo de ajudar.

— É, eu queria que a gente pudesse ter estado aqui para ajudar — mentiu Gameknight. Ele esperava que a falsidade não estivesse evidente no seu rosto, mas o jogador não tinha a menor vontade de encarar Malacoda e os monstros do Nether.

O Nether era um lugar de fogo e fumaça. Gameknight andara por lá muitas vezes quando aquilo tudo não passava de um jogo para ele. Trollara muitos jogadores naquele mundo subterrâneo, na época em que era um troll. Tinha adorado provocar os homens-porcos zumbis e os blazes, pois seu arsenal de hacks e cheats o mantinham seguro. Agora, ele não tinha nenhum desejo de voltar lá. O mero pensamento o fazia estremecer.

Mas como esses monstros tinham chegado ali?

O Nether era um mundo subterrâneo escavado em rocha sólida, mas não do material normal que compunha a Superfície, a terra onde os dois amigos agora estavam. Não, o Nether era entalhado num mundo de rocha do Nether e areia de almas, materiais que sequer existiam na Superfície. Você jamais poderia alcançar o Nether fazendo túneis; era necessário usar um portal para chegar ao mundo de fumaça e chamas. Era uma dimensão paralela que existia dentro de *Minecraft*. Ninguém realmente sabia onde o Nether ficava, nem entendia o que significava estar em outra dimensão. Talvez apenas o criador de *Minecraft*, Notch, compreendesse o que seu código de computador autoconsciente e distorcido tinha criado... ou talvez nem ele. Alguns teorizavam que o código Fonte tinha assumido vida própria, e então criado o Nether, além de outras dimensões, simplesmente porque era capaz de fazê-lo, sua consciência digital se estendendo e testando as próprias capacidades. Gameknight nunca entendera como aquilo poderia ser verdade, e acompanhara numerosos debates na Internet. Só que, agora, ele não dava a mínima. Agora, todos os momentos despertos eram consumidos por medo e incerteza. Os próprios pesadelos do jogador pareciam espreitar em cada sombra.

Olhando em volta na câmara, esquadrinhou a caverna em busca de ameaças, sua *butter sword* (designada assim pelo YouTuber que se negava a dizer a palavra "ouro") de prontidão. Tinha que admitir que ela quase parecia manteiga naquela luz, apesar do seu brilho místico o lembrar de seu verdadeiro propósito: tomar vidas.

— Vamos dar uma olhada por aí — sugeriu Artífice. — Ver se há alguém escondido e com medo de sair.

— Tem certeza? — perguntou o jogador, não querendo espiar aquelas sombras. — Talvez a gente devesse simplesmente embarcar num carrinho para a próxima vila e pular esta aqui.

— Não seja ridículo. Temos que verificar se há sobreviventes e nos assegurar de que estão seguros... Talvez trazê-los conosco. Meu tataravô sempre me dizia: "A única coisa pior do que estar sozinho é ser esquecido." Não devemos esquecer daqueles que ainda podem estar aqui.

— Bem... se você diz... — respondeu Gameknight, com a voz marcada pelo medo.

— Vai ficar tudo bem — garantiu Artífice, pulando dos trilhos de carrinho em seguida e subindo pelos degraus até a entrada da caverna, pequenas nuvens de cinzas seguindo cada passo. — Ande logo, vamos à superfície. Podemos nos separar e vasculhar a aldeia na metade do tempo, e então partir se não for tarde demais.

— Tudo bem — concordou Gameknight999 com relutância. Ele seguiu o garotinho pela escada até o túnel que levava à alta torre de pedregulho.

Enquanto corriam, precisaram atravessar múltiplas crateras que tinham sido explodidas na passagem, algumas delas ainda mornas. Gameknight sentia todo o ódio e a malícia que tinham se chocado contra aquela comunidade a partir daqueles buracos fumegantes; o eco da malevolência ainda persistia forte. Os monstros que tinham atacado esta aldeia não queriam nada além de matar e destruir. O jogador estremeceu.

Finalmente, alcançaram a escada vertical que levava até a superfície. Artífice disparou para cima instantaneamente, sem hesitação. Gameknight, entretanto, agarrou os degraus e ficou parado por um momento. Conseguia sentir o perigo que aguardava a chegada deles no topo da escada e teve medo, mas sabia que precisava seguir. Seu amigo estava lá em cima, e ele não podia deixar que fosse sozinho. Suspirando, começou a escalada.

Eles subiram o mais rápido que puderam. Gameknight ouvia Artífice à frente, mesmo que sua forma pequena ficasse perdida nas trevas. Mãos e pés marcavam um ritmo constante nos degraus enquanto subiam, quase instantaneamente em sincronia e batendo na escada ao mesmo tempo. As trevas em volta pareciam estar cheias de vultos sombrios. Garras imaginárias se estendiam para atacá-lo, retalhando sua coragem enquanto subia. Quanto mais alto, mais assustado ele ficava.

Havia monstros lá em cima em algum lugar, consigo sentir, pensou.

Bem, ele *achava* que podia senti-los. Porém, talvez fosse só a covardia que parecia crescer dentro dele, como um arbusto espinhoso... ou talvez fosse alguma outra coisa.

Subitamente, um som ecoou pelo túnel. Era um barulho sutil que parecia vir de muito, muito longe, mas ainda assim claramente audível. E logo ficou evidente que era uma voz fatigada, vinda de alguém que estava provavelmente sofrendo uma dor e uma tristeza terríveis. Uma sensação de desespero e derrota insuportáveis ressoou nas palavras que ecoavam:

— *USUÁRIO-QUE-NÃO-É-UM-USUÁRIO, A PROFECIA PERDIDA ESTÁ...*

Gameknight parou de subir. Arrepios desciam pela espinha enquanto a pele ficava toda eriçada. Tremendo, sentiu frio e solidão; a tristeza naquela voz trazendo uma lágrima ao seu olho.

— Você ouviu isso? — gritou para o companheiro.

— O quê?

— Perguntei se você ouviu aquela voz.

Artífice parou de subir, e então desceu alguns degraus até ficar diretamente acima dele.

— Do que você está falando?

— Eu ouvi alguém gritar meu nome — respondeu Gameknight em voz baixa, soando incerto.

Artífice parou um momento antes de responder, com uma voz lenta e calma:

— Você provavelmente imaginou ter ouvido essa voz. Foi um dia longo e exaustivo, e você está cansado... Nós dois estamos. Vamos apenas continuar em frente.

Gameknight percebeu a preocupação na voz de Artífice, além da descrença, mas sabia o que tinha ouvido. Alguém o chamara. O desespero na voz triste daquela pessoa ainda ecoava na mente dele. O jogador tinha certeza de que aquela pessoa tinha morrido, e suas últimas palavras foram lançadas ao Usuário-que-não-é-um-usuário. Por algum motivo, aquele NPC achava que Gameknight999 podia ajudar, que ele era a resposta para os problemas assolando *Minecraft*.

Mas que piada! Não sou a resposta; sou só um menino, um menino que até pouco tempo atrás tinha medo de tudo. O que posso fazer? Nada!

— Você vem? — perguntou Artífice de um ponto mais alto na escada.

Suspirando, Gameknight999 continuou subindo.

Quando a dupla alcançou o topo da escada, encontraram uma cena já conhecida: a entrada do túnel tinha sido explodida na superfície, prova da fúria de Malacoda. Porém, em vez dos restos da torre estilo castelo em volta do túnel, ficaram chocados ao não encontrar nada. A torre inteira tinha sido destruída, apagada da face da Superfície.

Abrindo caminho pelos escombros, os dois foram até a beira da cratera. Gameknight viu que era fim de tarde, e faltavam poucas horas para o crepúsculo. Ele estremeceu. A noite era a hora dos monstros.

— Não temos muito tempo — disse ele. — Vamos apressar essa busca.

— Tudo bem — respondeu Artífice, sua pequena forma lançando uma sombra que tinha a metade do comprimento da sombra de Gameknight. — Você procura a oeste, eu busco ao leste. Nos encontramos aqui de volta quando o sol se pôr.

Antes que Gameknight pudesse discordar, o amigo já tinha partido. Suspirando, ele sacou a espada, segurou-a com força e foi embora.

A maioria das casas do lado oeste não passava de pilhas de destroços, dando a impressão de que um poderoso tornado de ódio tinha aterrissado ali. Seções da vila estavam completamente ausentes, com cubos flutuantes de pedregulhos e madeira marcando os locais onde antes houvera casas. Contemplando a destruição, Gameknight se sentia triste. Podia imaginar o terror que os NPCs deviam ter sentido conforme os monstros avançavam pela aldeia. Eram habitantes indefesos desta comunidade, incapazes de reagir ou fazer qualquer coisa além de se esconder. E, pelo que tinha ouvido na última aldeia, esconder-se poderia ser punido com morte.

Passando em disparada pelas seções completamente obliteradas, ele avançou até uma parte da aldeia que estava apenas parcialmente destruída. Algumas casas ainda se mantinham de pé, porém, as cicatrizes da violência eram claramente visíveis. Telhados fumegantes e portas destroçadas marcavam cada estrutura, algumas mais danificadas que outras. Caminhando em meio à destruição, Gameknight viu mais paredes calcinadas marcadas com os contornos de pessoas: um testamento claro das muitas vidas extintas pelos monstros do Nether, por Malacoda. Ele estremeceu e deu as costas. O estômago se revirava só de pensar no terrível evento flamejante que tinha deixado essas obras de arte macabras nas paredes. Havia morte e destruição demais neste mundo digital.

— *Minecraft* era para ser divertido — resmungou ele em voz alta para ninguém, na esperança de que a própria voz fosse afastar o espectro do medo que assombrava sua alma.

Achou que tinha ouvido alguma coisa e imediatamente parou para escutar. Parecia um arrastar de pés... ou fora apenas a imaginação dele?

— Tem alguém aí? — gritou ele.

Silêncio.

O jogador caminhou por entre os lares semidestruídos, vasculhando em meio aos restos, procurando baús, ferramentas ou qualquer coisa que pudesse ser útil. Gameknight foi até a construção e viu mais uma sombra fuliginosa de vida, queimada no chão perto do que deveria ter sido a porta da frente; mas que agora não passava de uma entrada carbonizada. Blocos de pedregulhos flutuavam no solo perto do que outrora fora uma parede, subindo e descendo como se montada em ondas de um oceano invisível. Passando bem ao largo das manchas enegrecidas, ele entrou com cautela na casa e espiou as sombras. Temia que algum tipo de pesadelo saltasse dali e o devorasse.

— Oi, tem alguém aí?

Mais silêncio.

Gameknight saiu da casa e passou diante de três estruturas completamente devastadas, com paredes e telhados calcinados, e apenas os restos da fundação revelando sua existência anterior. Ele desejava que Shawny, seu único amigo, estivesse aqui... Bem, seu único amigo exceto por Artífice. No passado, Gameknight fora um troll, um bully cibernético que entraria nos servidores das outras pessoas e causaria o máximo de dano possível antes de ser expulso. Costumava pensar que isso era divertido, destruir as criações alheias por pura curtição, mas a ideia só durou até ele ser sugado para dentro de *Minecraft* para valer. Agora, Gameknight via em primeira mão as consequências desse comportamento destrutivo e antissocial. Por causa das trollagens, ele basicamente não tinha amigos em *Minecraft*, exceto por Shawny; um fato que quase causara sua morte no último servidor. Se Shawny não tivesse trazido todos aqueles usuários para ajudar na luta contra os monstros da Superfície, então o servidor teria sido eliminado, extinguindo a vida de todos os NPCs que o chamavam de lar. E, nos últimos momentos naquele servidor, quando a derrota parecia iminente, Gameknight finalmente entendera o significado do sacrifício, o que significava ajudar outras pessoas simplesmente para ajudá-las. Tinha sido uma boa sensação saber que provavelmente estava contribuindo para salvar vidas que ele sequer conhecia, NPCs de *Minecraft* com quem jamais se encontrara. Gameknight fora preenchido com um senso poderoso de coragem e propósito.

Desejava ter aquela coragem agora.

O Usuário-que-não-é-um-usuário foi até a casa seguinte e tremeu de medo ao ver os restos detonados. O exterior marcado dessa estrutura, com seus sinais de fogo e explosões pintados nas paredes, demonstrava os efeitos do pincel furioso de Malacoda. Erguendo lentamente a cabeça sobre uma parede demolida, espiou dentro do aposento. Havia um baú no canto sobre uma pilha de escombros, e a parede atrás dele estava completamente desmoronada. A rua era visível por trás. A estrada de terra marrom começava a mudar para um vermelho-rosado conforme o sol se aproximava do horizonte.

Ele precisava se apressar.

Gameknight saltou sobre a parede estraçalhada e entrou na casa arruinada. Em uma das paredes havia uma placa com as palavras "BLACKBLADE48429 ESTEVE AQUI" escritas em maiúsculas; tinha sido obviamente deixada ali por algum usuário. Ao lado dela havia outra placa, com bordas um pouco queimadas. Dizia "PHASER_98" e "KING_CREEPKILLER". Abaixo dessa havia outra placa com os nomes "WORMICAN" e "MONKEYPA...", mas a borda inferior estava queimada demais para ser lida. Usuários passaram por este servidor em algum momento... Mas aonde todos tinham ido?

O jogador suspirou. Queria que alguns desses usuários estivessem com ele agora mesmo.

Eu queria saber há quanto tempo essas placas estão aqui...

Arrastar... arrastar... arrastar...

O que foi isso?

Uma onda de medo percorreu sua espinha.

Esse barulho foi alguém se movendo lá fora?

Voltando o olhar novamente à entrada explodida, Gameknight espiou as sombras. Nada... provavelmente era só a imaginação dele de novo. Concentrando-se outra vez no interior da casa, foi até o baú e o abriu. Um arco... havia um arco... e flechas, duas pilhas de flechas. Aquilo com certeza seria útil. Pegou o arco e as flechas, e os guardou no inventário, removendo pilhas de pedregulhos para abrir espaço. Quando ele se virou e fechou o baú, ouviu o barulho de arrastar de novo, como vários pés se movendo ao mesmo tempo.

— Quem está aí? — gritou, com a voz rachando de medo. — Artífice, é você?

Silêncio estrondoso.

Movendo-se lentamente até a parede destroçada, Gameknight espiou a rua do lado de fora. As sombras dos prédios sobreviventes se estendiam pelo chão, tentando alcançar o outro lado da trilha antes que as trevas as ultrapassassem. O jogador tinha que se apressar. Voltando ao exterior, deu uma olhada em volta, procurando ameaças.

— Tem alguém aqui? — perguntou, desta vez em voz mais baixa.

Mais silêncio; nem mesmo um porco grunhindo ou uma vaca mugindo. Não havia som algum em lugar nenhum. Era como se todas as coisas vivas tivessem sido removidas desta vila. Ele estremeceu e começou a voltar até Artífice quando ouviu o barulho de arrastar mais uma vez; era definitivamente o arrastar de vários pés sobre um piso duro. Girando, olhou atrás de si... nada, só a rua vazia o encarando de volta.

Virando-se de novo para seu caminho, Gameknight viu-se subitamente cara a cara com um creeper cujo rosto malhado de verde e preto começou a piscar em branco conforme se preparava para detonar. Tão perto assim, o creeper certamente o mataria. Tudo que precisava fazer era golpear a criatura para deter o processo de detonação, mas o medo o paralisou — medo e pânico. Ele não conseguia se mover. O sibilar do monstro ficou mais alto quando ele se aproximou da detonação.

E então subitamente uma flecha veio das trevas e acertou o creeper na cabeça. O ferimento deteve o monstro, fazendo com que se virasse para procurar a origem da flecha. Outra flecha veio das sombras e o atingiu, desta vez no peito.

— MEXA-SE! — gritou uma voz vinda da escuridão.

O comando foi suficiente para acordar Gameknight e colocá-lo em ação. Sacou sua espada encantada e golpeou o creeper antes que ele pudesse reagir. Sentiu a espada colidir com a carne da criatura, cravando-se em sua pele manchada. O creeper começou sibilar e piscar de novo enquanto tentava explodir, mas Gameknight não lhe deu uma chance. Brandiu a espada dourada, acertando-lhe o flanco. Mais flechas vieram das trevas, perfurando o monstro novamente, e o processo de detonação foi interrompido. O creeper piscou em vermelho repetidamente com os golpes que Gameknight lhe desferia. E então a criatura desapareceu, seu HP completamente esgotado pelo ataque conjunto, deixando uma pequena pilha de pólvora no chão onde tinha estado.

Essa foi por pouco.

Gameknight começou a tremer ao pensar em como tinha chegado perto da morte.

Por que congelei? Por que não ataquei o creeper assim que o vi? Por que não...

— Você é maluco ou coisa assim? — inquiriu uma voz feminina em meio à escuridão. — Aquilo era um creeper. Não pode ficar assim parado... você foge, você mata... ou você é morto.

Ela emergiu das longas sombras que começavam a beijar o outro lado da rua, com o brilho rosado do ocaso lentamente se esvaindo em anoitecer. Era jovem, nem bem uma adulta, mas também não uma criança. Algo intermediário. Cabelos ruivos brilhantes caíam sobre seus ombros, o emaranhando de cachos reluzindo ao pôr do sol, emoldurando o rosto com um halo escarlate. Na mão dela havia um arco, com uma flecha encordoada e pronta para disparar, com a ponta serrilhada voltada para ele.

— Quem é você? O que está fazendo aqui? — interrogou ela. — Você é um usuário... talvez um troll? — Ela puxou a corda e mirou no peito dele.

— Aaaaah... Sou Gameknight999, e estamos aqui só para ajudar — gaguejou.

— Como pode ver, vocês chegaram um pouco tarde demais, e não foram nada úteis também.

— Você se incomodaria em apontar essa coisa para outro lugar? — comentou ele, indicando a flecha com a espada.

— Que tal você abaixar essa espada primeiro? — retrucou ela. — Não confio em nada que carregue uma espada de ouro. Essa é a arma de um monstro do Nether, provavelmente um homem-porco zumbi. Como *você* tem uma? Você é algum tipo de nova criatura do Nether? — Ela deu um passo atrás, saindo ainda mais das sombras e puxando um pouco mais a flecha.

— Não seja ridícula — disse uma voz jovem mais adiante na rua.

Era Artífice.

— Este é Gameknight999, o Usuário-que-não-é--um-usuário, e estamos aqui em busca de sobreviventes.

— Bem, você encontrou uma, só que eu não preciso da ajuda de vocês — respondeu a mulher, virando--se para olhar Artífice enquanto ele se aproximava. A surpresa ficou estampada em seu rosto quando ela viu o garotinho trajando a tradicional bata de um artífice de aldeia. — Quem é você?

— Sou Artífice, como pode ver — afirmou ele, estendendo os braços para mostrar sua roupa negra e cinzenta, símbolo de seu cargo. — Só que, neste instante, temos que encontrar algum lugar seguro. Está escurecendo. Venham, achei um esconderijo protegido para passarmos a noite.

Sentindo-se seguro na presença de Artífice, Gameknight guardou a espada.

— Esconder? Quem quer se esconder? — perguntou a mulher enquanto baixava o arco, com o olhar furioso ainda colado no Usuário-que-não-é-um-usuário.

— O quê?! — exclamou Gameknight.

A mulher o encarou, calada. Sua confiança ainda não tinha sido completamente conquistada.

De repente, um gemido terrível soou no ar. Calafrios desceram pela espinha de Gameknight quando um grupo de zumbis surgiu na rua, agora que o sol tinha sumido completamente. Os frios olhos negros das criaturas o localizaram imediatamente, e elas avançaram com braços estendidos. A luz das tochas refletia nas unhas afiadíssimas, fazendo com que parecessem brilhar por um mero instante. Artífice foi até o lado do amigo.

— Gameknight, conto oito deles... são muitos. O que você quer fazer?

Olhando em volta, o jogador viu um beco estreito que corria entre os fundos de algumas casas cujas paredes ainda estavam intactas. Lembrando-se das aranhas que tinha guiado pelo vale, ele decidiu rapidamente.

— Vamos levá-los por aquele beco — afirmou o Usuário-que-não-é-um-usuário, apontando com a espada de ouro. Virou-se para a mulher. — Encontre algum bom ponto de vantagem para disparar ao longo do beco, e prepare-se. Vamos trazê-los até você.

— Eu não fujo dos monstros — retrucou ela, enquanto preparava uma flecha.

— Faça o que o Usuário-que-não-é-um-usuário disse — ralhou Artífice. — E pare de agir como uma tola.

— Vamos — chamou Gameknight, com a mente cheia.

Ele e artífice correram para dentro do beco estreito e esperaram enquanto a NPC disparava até a outra ponta, procurando um bom ponto de vantagem. Os sons dos zumbis ficaram mais altos ao se aproximarem, os uivos entristecidos destruindo a coragem de Gameknight.

Mantenha sua posição, disse ele a si mesmo. *Não vou abandonar Artífice de novo.*

Não demorou para que o fedor pútrido das criaturas em decomposição enchesse o ar: estavam perto. Ele queria prender a respiração, na esperança de manter o cheiro podre fora da boca, mas sabia que tinha que continuar respirando.

E então os gemidos tristes ecoaram beco abaixo quando o grupo de monstros dobrou a esquina. Eles ficaram ali parados por um momento, espiando a área ao redor. Gameknight podia ver seus olhos frios e mortos esquadrinhando as paredes confinantes de pedregulho com preocupação. No último servidor, as feras teriam investido imediatamente, mas aquelas criaturas eram as melhores dentre as melhores, as mais inteligentes e mais fortes, e tinham feito a jornada escalando pelos planos de servidores para chegar onde estavam. Aqueles zumbis não eram burros; precisariam de provocação.

— Ei, zumbis imundos, por que vocês não vêm até aqui dizer oi? — provocou Gameknight. — Qual é o problema, estão com medinho de dois NPCs indefesos?

Os zumbis estremeceram um pouco.

— Olha só, Artífice — disse ele em voz alta. — Eu sempre disse que os zumbis não eram só estúpidos, mas covardes também.

Os monstros pareciam visivelmente agitados, mas aquele na frente não se moveu. Seus olhos negros estavam fixados em Gameknight, com uma expressão de ódio vil no rosto, mas ele se manteve firme. O jogador precisava trazê-los para dentro do beco estreito para neutralizar a vantagem numérica deles. Dessa forma, só teriam que enfrentar dois de cada vez enquanto os guiavam pelo beco até a arqueira. Tentando liberar aquela inundação de raiva, deu alguns passos à frente e encarou os olhos frios e mortos. Puxando um bloco de pedregulhos do inventário, ele o jogou contra a fera.

— Venha, vamos dançar.

O bloco atingiu a criatura em decomposição no lado da cabeça com um baque. Isso fez o monstro uivar; um berro de gelar o sangue que arrepiou Gameknight.

Os zumbis vieram em disparada. Gameknight pulou para trás no que o líder tentou golpeá-lo, com as garras afiadas sibilando pelo ar, deixando de acertar a cabeça do jogador por muito pouco. Lembranças de Érebo e sua horda de monstros surgiram na mente dele. Quase dava para ver aquelas criaturas terríveis o destroçando e rasgando no último servidor. Pânico e medo o inundaram, sobrecarregando seu cérebro. Em meio à névoa mental, tudo começou a parecer um sonho, como se ele estivesse assistindo de algum outro lugar.

E então algo passou zunindo por sua visão, algo afiado e maldoso. O corpo dele saltou para trás sem pensar, em seguida avançando e ferindo o zumbi, sua espada cortando com precisão vinda da prática. O monstro gritou e investiu, sendo seguido pelos outros. Gameknight e Artífice recuaram quando os monstros entupiram o beco, e o espaço apertado só permitia que avançassem em duplas. Gameknight movia-se sem pensar, a mente cheia de pânico mas o braço da espada cheio de raiva. Recuando ainda mais, ele e Artífice atraíram os monstros mais para dentro, atacando os dois zumbis mais à frente. Artífice disse alguma coisa, mas Gameknight não conseguiu entender. Tudo o que alcançava seus ouvidos eram os uivos dos zumbis, seus gemidos tristes e furiosos preenchendo o ar.

Subitamente, algo cortou o ar e passou bem entre Gameknight e Artífice: era uma flecha. Atingiu o zumbi líder e foi seguida por outra e mais outra até que ele desapareceu. Mais flechas acertaram os monstros conforme eles avançavam. Entre os disparos, Artífice investia contra as criaturas, atacando e depois recuando. Gameknight tentou ajudar, mas só conseguiu andar lentamente de costas para o fundo do beco, deixando que o sonho corresse sozinho.

Ao seu lado, Artífice gritou quando garras de zumbi lhe acertaram o ombro. Isso acordou Gameknight do sonho. Saltando adiante, ele brandiu a espada de ouro contra o zumbi enquanto o amigo se retirava, seu corpo se movendo no piloto automático, mesmo que a mente estivesse consumida pelo medo. O Usuário-que-não-é-um-usuário agora se tornava um redemoinho de morte. Movendo-se como o Gameknight de antigamente, girou de um alvo enquanto investia contra o outro. Acutilando um braço verde estendido, depois cortando sob um ataque cheio de garras, ele concentrou sua raiva contra as criaturas.

EU ODEIO FICAR TÃO ASSUSTADO, gritou dentro da própria mente ao matar outro zumbi.

Continuando com os ataques, ele e Artífice lentamente recuaram pelo beco enquanto os projéteis da arqueira mergulhavam contra os monstros. Os três somados logo reduziram o grupo a apenas um zumbi. Com sua vida quase esgotada, a criatura cessou os ataques e deu um passo atrás. Olhando diretamente para Gameknight, falou numa voz gutural e animalesca:

—Você não pode nos deter. Malacoda vai esvaziar todos os servidores da infestação de NPCs quando destruir a Fonte. — O monstro então voltou os olhos negros para Artífice. — Tudo o que o rei do Nether precisa é que seus companheiros completem a tarefa, e então ele nos levará à vitória. Seus dias estão contados, NPCs.

—O que quer dizer com isso? Ele precisa dos meus companheiros? — inquiriu Artífice. — Conte-me se está tão confiante.

O zumbi exibiu um fantasmagórico sorriso podre e abriu a boca para falar, mas foi nesse instante que uma flecha voou por sobre o ombro de Artífice e atingiu o monstro no peito. Com seu HP consumido, ele desapareceu, deixando para trás um pedaço de carne podre de zumbi e três esferas de XP. Artífice se virou para Gameknight enquanto as bolas brilhosas flutuavam até a dupla.

—O que você acha que ele quis dizer? — perguntou Artífice. — Tudo que Malacoda precisa são meus companheiros... Você acha que o zumbi queria dizer que ele precisa de NPCs?

Gameknight encolheu os ombros. Passos soaram atrás deles, fazendo-os girar e se preparar para mais luta. Mas era apenas a mulher. Ela trazia um enorme sorriso no rosto, e seus cabelos ruivos esvoaçavam conforme corria.

—Isso foi divertido.

— Divertido! — exclamou Gameknight. — Isso não foi nada divertido, foi aterrorizante, isso sim. Você não sabe o que é matar alguma coisa cara a cara, com as garras e presas rasgando seu corpo. Você se dá ao luxo de matar de longe como se fosse algum tipo de jogo. Da próxima vez, a gente vai trocar, e você pode ficar aqui com a espada enquanto eu atiro as flechas a 30 blocos de distância.

— Como se você fosse capaz — retrucou ela.

— Já chega — interrompeu Artífice num tom de autoridade. — Agora precisamos de um lugar seguro para descansar, e eu encontrei o lugar perfeito.

Ele então se virou e correu pela rua, com Gameknight e essa estranha seguindo obedientemente.

Amiga ou inimiga?

Algo nesta mulher era muito perturbador; uma sombra furiosa e violenta parecia envolvê-la, ainda mais que as trevas que agora reivindicavam a aldeia. Gameknight estremeceu e tentou afastar a ansiedade, mas não teve muito sucesso. Os dedos gélidos do pavor ainda o agarravam.

CAPÍTULO 8
CAÇADORA

rtífice liderou o grupo de volta ao centro da aldeia, onde a alta torre de pedra um dia se erguera. Os lares próximos à torre também estavam seriamente danificados, com as sombras calcinadas das vidas perdidas imortalizadas nas paredes próximas. Gameknight afastou o olhar assim que viu onde elas estavam, os resquícios sombrios o enchendo com uma sensação de tristeza e inquietação. Ele ficaria feliz em se abrigar o mais rápido possível.

Virando numa rua lateral, Artífice os levou a uma pequena casa de madeira e pedra que tinha um alpendre se estendendo da lateral. Gameknight reconheceu a estrutura imediatamente: era a casa de um ferreiro. Dava para ver a linha de fornalhas no alpendre de pedra, com uma bancada de trabalho e baús por perto.

— Rápido, vamos entrar — chamou Artífice, enquanto subia os degraus, abrindo a porta.

Os três passaram pela entrada em fila, e Gameknight fechou a porta uma vez que estavam todos dentro. Tochas iluminavam o interior, enchendo-o com um suave brilho amarelado. Havia uma mesa num dos cantos da sala, com duas cadeiras de madeira encostadas na parede. Janelas tinham sido instaladas em intervalos regulares nas paredes do lar, mas faltava uma delas. O Usuário-que-não-é-um-usuário foi até o buraco aberto e preencheu o espaço com um bloco de terra, impedindo assim que a flecha de um esqueleto pudesse acertar alguém no interior. Do outro lado do aposento havia uma escadaria escura que levava ao segundo andar. A arqueira sacou o arco e correu para cima, com uma flecha encordoada e pronta para disparar. Artífice seguiu, com a espada de pedra em riste.

— Vamos lá, vamos nos assegurar de que tudo está seguro — disse Artífice ao amigo.

Gameknight suspirou e sacou a espada de ouro, cuja afiadíssima lâmina tremeluzente manchava as paredes com um brilho azul iridescente. Com relutância, ele seguiu a dupla pela escada até o segundo piso. Não havia nada ali; só mais uma sala à luz das tochas. Tinha duas camas no canto, cada uma forrada com o típico cobertor vermelho e travesseiros de um branco luminoso e limpo. Janelas de vidro adornavam cada parede, oferecendo uma vista espetacular da aldeia; provavelmente fora um mirante excelente e terrível de onde se assistir aos horrores que se abateram sobre a aldeia.

— Esta era a casa do Ferreiro — contou a mulher. — Ele produzia muitas coisas para nossa vila. Costumava fazer as melhores flechas e armaduras, até que eles...

Lentamente ela ergueu a mão, com dedos bem espalhados e então os fechou em punho bem alto acima da cabeça. Uma lágrima escorreu pelo seu rosto conforme ela apertava a mão, uma carranca furiosa lhe marcando a face enquanto o braço tremia com o esforço. Ela então mirou o chão e baixou a mão. Quando levantou a cabeça de novo, Gameknight pôde ver o olhar frio e violento dela. Era como se a mulher tivesse se determinado a fazer o universo inteiro pagar pelo que tinha acontecido à sua aldeia.

— Venham, vamos nos sentar e nos apresentar — sugeriu Artífice, indicando as camas com um gesto. — Vamos ficar seguros aqui esta noite.

Artífice se sentou numa das camas e gesticulou para que os outros se acomodassem diante dele. Gameknight guardou a espada e assim o fez, deixando espaço para que a mulher se sentasse ao seu lado. Eles ouviam os sons da noite logo do lado de fora das paredes de Ferreiro. Monstros emergiam da floresta próxima para espreitar pela aldeia. O gemido dos zumbis e os barulhos e estalos dos ossos de esqueletos preenchiam o ar. Gameknight viu a mulher ir até a janela e olhar para o exterior, para a noite, como se desejasse estar lá fora com os monstros em vez de escondida em segurança dentro do prédio... estranho.

Recuando da janela, a arqueira deu um passo em direção à luz da tocha. Seu cabelo surpreendeu o Usuário-que-não-é-um-usuário. Gameknight lembrava vagamente de alguma coisa a respeito dele, mas a batalha contra o creeper e os zumbis tinham afastado aquilo de sua mente. Agora, podia ver claramente. Os cabelos da mulher eram de um vermelho vibrante, longo e crespo, com cachos bem apertados em cada mecha como um amontoado de molas esticadas. Os olhos castanho-escuros o encaravam enquanto ela ficava parada ali, contemplando a dupla. Seu olhar estava cheio de uma tristeza peculiar que era tanto melancólica quanto odiosa ao mesmo tempo.

Suspirando, ela guardou o arco no inventário. Assim que a arma desapareceu, os braços se juntaram diante do peito, as mãos escondidas nas mangas. Dando uma olhada cautelosa em Gameknight, ela foi até o lado dele e se sentou.

— Meu nome é Caçadora, e esta era minha aldeia.

— É um prazer conhecê-la, Caçadora, mesmo sob circunstâncias tão tristes — respondeu Artífice.

— Você já conheceu Gameknight999. Ele é o Usuário-que-não-é-um-usuário, aquele mencionado na Profecia.

A monocelha da NPC se ergueu com curiosidade enquanto fitava Gameknight, seus olhos profundamente castanhos cravados diretamente nele.

— Quer dizer que é ele quem vai salvar todos nós? — perguntou ela a Artífice. — Então acho que estamos metidos numa bela encrenca. — Virou-se para Gameknight. — Belo trabalho com aquele creeper lá atrás — comentou ela com sarcasmo.

Ele franziu o cenho.

— Uma coisa de cada vez — disse Artífice. — Gameknight, vamos libertar as mãos dela.

— Do que está falando? — indagou Caçadora.

— Você vai ver.

Gameknight pegou uma bancada de trabalho no próprio inventário e a colocou no chão. Puxou a picareta e ficou preparado diante do bloco, encarando a recém-chegada.

— O mais rápido que puder, crie alguma coisa — instruiu artífice.

— Tipo o quê? — perguntou ela.

— Não importa — disse Gameknight999. — Basta criar qualquer coisa... você vai ver.

Caçadora grunhiu, e em seguida se levantou e foi até a bancada de trabalho. Assim que parou diante do bloco marrom listrado, suas mãos se separaram novamente conforme começaram a se mover, fazendo algum tipo de ferramenta de madeira. Num instante, Gameknight golpeou a picareta contra a bancada de trabalho, estilhaçando-a em pedaços com três pancadas rápidas. Em meio à chuva de lascas de madeira, Caçadora fitou as mãos maravilhada, com olhos arregalados de espanto.

— Como vocês...?

— Vamos explicar num minuto — respondeu Artífice, com um sorriso maroto no rosto. — Primeiro, conte-nos o que aconteceu aqui. O que atacou sua aldeia?

— Você não conseguiu deduzir? Eles destruíram minha aldeia, mataram homens, mulheres e crianças enquanto mantinham todos arrebanhados na câmara de criação — A voz dela estava cheia de raiva. — Você viu as marcas de chamas lá fora. Os blazes simplesmente jogaram uma bola de fogo atrás da outra contra meu povo, meus amigos, se eles não se mexessem rápido o bastante.

Ela pausou para respirar, o horror daquelas memórias repassando dentro de sua mente, o corpo tremendo de leve. O gemido de um zumbi flutuou pelo ar, fazendo-a dar uma olhada para a janela com olhos venenosos. Então, continuou:

— No começo eles não falaram nada, só atiraram na gente. Então os creepers vieram e começaram a abrir as paredes das casas para que pudessem conduzir as pessoas até o centro da vila, perto da torre. Eles usaram as pessoas como... como...

Ela teve que parar de falar por um momento, mas não porque estava à beira das lágrimas. Em vez disso, a raiva dela mal estava sob controle. Gameknight percebeu as mãos cerradas em punhos, prontos para atacar qualquer monstro que chegasse perto. Ele foi até a outra cama e se sentou ao lado de Artífice.

Ela prosseguiu:

— Eles usaram pessoas como alvos de treino, atacando-as com bolas de fogo se os outros não saíssem de casa. Eu vi quando jogaram chamas em algumas crianças. Os blazes e ghasts simplesmente atiravam bolas e mais bolas flamejantes contra elas, sem nenhum motivo. Os homens-porcos zumbis mantiveram a aldeia cercada para que ninguém escapasse. Alguns tentaram, mas não foram muito longe.

"Eu estava voltando de uma caçada quando eles caíram sobre a aldeia. Uns dois homens-porcos zumbis me viram saindo da floresta e vieram atrás de mim, mas não tinham percebido que eu era uma caçadora. Corri de volta à floresta, e então os matei com meu arco. Não morreram imediatamente, porém... eu não deixaria. Os zumbis me seguiram pela floresta com os corpos espetados com as minhas flechas. Os nojentos não foram espertos o bastante para voltar à aldeia, onde era seguro. É isso que os monstros fazem: perseguem a presa até que tudo acabe, de um jeito ou de outro. Bem, eu não deixaria que acabasse. Queria que os dois zumbis sofressem o máximo de tempo possível."

Ela parou de novo para recuperar o fôlego. Algumas mechas dos cabelos flamejantes tinham caído em seu rosto, e ela as empurrou de volta por cima de uma orelha com um olhar irritado, como se tivessem feito aquilo de propósito. Dando uma olhada às mãos recém-libertadas, ela continuou:

— Depois que eu os matei, fui até a beira da floresta, mas percebi que havia monstros demais na vila para que eu pudesse voltar. Costureira... minha irmãzinha... eu sabia que não poderia ajudá-la, então esperei até que eles fossem embora com o prêmio: um último sobrevivente. Eu estava longe demais para perceber quem era, mas sabia que era o motivo da visita dos monstros. Tenho quase certeza de que todos os demais estão mortos.

— Por que você diz isso? — perguntou Gameknight.

Ela lhe lançou um olhar furioso, como se a pergunta tivesse sido responsável pela tragédia toda.

— Porque foram embora antes da alvorada — retrucou. — Se ainda tivesse alguém vivo, os monstros teriam ficado e caçado todo mundo.

— O que você fez depois que os monstros foram embora? — indagou Artífice, com a jovem voz embargada de emoção.

— Cacei na floresta por algum tempo, procurando alguma coisa para fazer, algum lugar onde ficar, até que encontrei uma caverna. Estava infestada de zumbis e aranhas. Concentrei minha raiva neles e os fiz pagar pelo que os primos deles fizeram com a minha aldeia. Não morreram rapidamente... não, não eram dignos de uma morte rápida, então brinquei com eles e fiz com que sofressem. — Ela virou a cabeça e olhou para o teto, a mente perdida em memórias. Sua voz baixou em volume, quase para um sussurro, e havia um toque de tristeza nela. — Achei que isso faria com que eu me sentisse melhor de alguma forma, maltratar essas criaturas... Mas só me deixou mais sedenta por vingança. — Seu olhar voltou a Artífice e Gameknight, e a voz estava agora mais alta e carregada de veneno. — Pensei em viver naquela caverna e simplesmente ficar longe de todas as coisas vivas, mas sabia que teria que voltar e ver o que tinha acontecido à minha aldeia e à minha família.

— E então você se deparou conosco? — perguntou Artífice.

— Isso.

— E você não viu os monstros levando nenhum aldeão embora? — indagou o garotinho.

Ela balançou a cabeça enquanto os sons de gemidos penetraram na casa, com os estalidos das aranhas somando percussão à performance vocal dos zumbis. Caçadora virou-se e olhou desejosa pela janela antes de responder a Artífice:

— Quando voltei da caçada, os monstros já estavam aqui... por quê?

— Na última aldeia que visitamos, eles fizeram prisioneiros.

— Então, qual é o lance dele? — inquiriu ela, apontando Gameknight. — Ele é mesmo o escolhido da profecia?

—Está vendo o nome acima da cabeça dele? — perguntou Artífice.

Caçadora grunhiu e assentiu.

—Só usuários têm seus nomes sobre a cabeça, mas, como você sabe, todos os usuários estão conectados ao servidor por um filamento que podemos ver preso ao céu. Como você pode perceber, ele não tem um filamento de servidor o conectando às CPUs.

A NPC grunhiu de novo.

—Ele é o escolhido — afirmou Artífice com confiança; confiança demais para o gosto de Gameknight. — Ele salvou o último servidor, meu servidor. Tenho certeza de que salvará este aqui também, não é, Gameknight?

Desta vez foi Gameknight quem grunhiu.

Caçadora fez uma careta, se levantou e foi até a janela. O chacoalhar dos ossos de esqueletos agora enchiam o ar. Seu arco se materializou subitamente na mão esquerda e uma flecha na direita. Gameknight não sabia bem se ela percebera que tinha sacado a arma. Os sons dos monstros a atraíram até a janela, e agora parecia que tudo o que ela queria fazer naquele momento era sair para a noite e matar. Recuperando-se, Caçadora virou-se de volta para Artífice e Gameknight. Tinha uma expressão de raiva no rosto, os olhos cheios de uma luz fria e morta, como uma criatura que não tinha mais sentimentos... exceto ódio e desprezo. Gameknight se levantou e se preparou para sacar a espada, incerto do que a mulher ia fazer em seguida.

—E agora, qual é o próximo passo? — perguntou ela.

— Estamos reunindo os NPCs para enfrentar os monstros — explicou Gameknight. — Vamos detê-los neste servidor e impedir que alcancem a Fonte.

— A Fonte... — repetiu ela numa voz em devaneio.

A Fonte era de onde vinha todo o código de computador de *Minecraft*, a origem de todas as atualizações, correções de bugs e poder de processamento que serviam para manter todos os mundos de *Minecraft* em funcionamento. Se a Fonte fosse destruída, então tudo no jogo também deixaria de existir.

— Você vai deter os monstros como fez com aquele creeper? — inquiriu ela num tom acusatório.

— Ele me pegou de surpresa, só isso! — retrucou Gameknight.

— Com certeza foi só isso.

Ele resmungou e foi até o lado oposto do aposento para olhar por outra janela. A aldeia estava iluminada com o pálido luar, uma luz prateada que fazia tudo parecer etéreo e onírico... exceto pelos monstros. Eles pareciam pesadelos. O jogador via um ou outro zumbi ou esqueleto andando pelas ruas, procurando alguma coisa para matar. Alguns creepers espreitavam dos limites da aldeia, mas não eram muitos. Era como se os monstros soubessem que esta aldeia estava esgotada, e a maioria já tinha ido para algum outro lugar.

— Por que você voltou, Caçadora, se pensava que todo mundo tinha sido morto? — perguntou Artífice.

— Eu tinha que ver se alguém da minha família tinha sobrevivido — explicou ela em voz baixa e derrotada. — Minha mãe e meu pai trabalhavam lá na câmara de produção. E minha irmã, Costureira, estava... estava...

Ela ficou ali parada, em silêncio, com uma expressão de dor no rosto.

— Eu tenho certeza de que ela está bem — afirmou Gameknight. Artífice concordou com um aceno da cabeça loira.

— E o que vocês dois sabem sobre isso? — ralhou a NPC. — Ela pode estar morta.

— Ou pode estar viva — respondeu Artífice. — Os monstros vieram aqui atrás do seu artífice, não da sua irmã. Eles não se importavam com os aldeões, só com seu artífice.

— Como sabem disso?

— Porque vimos a mesma coisa em várias outras vilas — explicou Gameknight. — Não sabemos bem o que eles estão fazendo, mas o rei ghast no Nether, Malacoda, é responsável por toda esta destruição.

— Isso mesmo, Gameknight está dizendo a verdade — acrescentou Artífice. — Malacoda está metodicamente coletando todos os artífices que consegue encontrar, para algum plano, além de levar alguns prisioneiros de volta ao Nether.

— Malacoda — resmungou ela, olhando para baixo por um momento. Espiou Artífice de novo. — Você quer dizer que Costureira pode estar viva... Que todos podem estar vivos?

Artífice se levantou e pousou uma pequena e reconfortante mão no ombro da NPC.

— Sim, e nós vamos ajudá-la a encontrá-los se você vier conosco.

Ela ficou parada por um tempo, considerando a oferta, se virou e olhou para fora, para a coleção aleatória de monstros na rua abaixo, com os dedos acariciando as penas de uma flecha quase amorosamente. Por fim ela se virou para Artífice.

— Tudo bem. Eu vou com você, mas só de manhã, não agora.

— Não tem problema — concordou Artífice. — Precisamos de descanso também. Saímos de manhã, então.

— Eu fico com o primeiro turno de vigia — disse ela.

Caçadora então se virou e desceu as escadas. Gameknight ouviu os degraus rangendo sob seu peso, e depois o barulho da porta da frente se abrindo e fechando abruptamente. O jogador foi até a janela e observou enquanto a NPC se movia com a graça de um gato predador, correndo de sombra a sombra, uma flecha preparada no arco, pronta, esperando.

— Uma história triste — comentou Artífice, balançando a cabeça.

— Uma garota estranha.

— O pesar pode transformar qualquer um. Mas venha, vamos descansar.

Gameknight se deitou na outra cama, seu corpo pareceu subitamente muito cansado, e, no instante seguinte, o sono o levou.

CAPÍTULO 9
SONHOS

A névoa dos sonhos nada repousantes se ergueu devagar da mente de Gameknight. Seu braço estava um pouco dormente, os nervos formigando forte conforme a circulação sanguínea voltava lentamente. Sentando-se, espreguiçou as costas doloridas por ficar encurvado tanto tempo. Um lado do rosto estava quente e um pouco dormente, como sempre ficava depois que ele adormecia na carteira durante a aula de História. Estendeu as mãos e esticou bem os braços para os lados, por fim esfregando a bochecha e fazendo as sensações voltarem lentamente.

Estava escuro e frio. Era como se ele estivesse num subterrâneo qualquer, e uma sensação gélida e úmida o arrepiou até os ossos. Estendendo a mão direita sem pensar, tentou pegar algo adiante, sem saber bem por quê. A mão esbarrou em alguma coisa dura, com pontas agudas que arranharam as pontas dos dedos. Tateando em busca do interruptor que já tinha usado milhares de vezes, ligou o abajur da escrivaninha, lançando luz no quarto. Olhou o abajur e viu que era feito de peças velhas de motor a jato, todas soldadas num complicado padrão em espiral, que parecia um tornado mecânico: era uma criação que seu pai tinha batizado de lâmpada-CFM56. Ele ainda não fazia ideia do que isso queria dizer.

A lâmpada de escrivaninha... a lâmpada de escrivaninha do pai dele... ele estava de volta à sua casa!!!

Tinha escapado de Minecraft... de alguma forma.

Olhando para as mãos, Gameknight via seus dedos: dedos redondos, não quadrados. Estendendo os braços, notou as formas sutilmente curvas dos pulsos e antebraços. Não era mais um personagem quadrado de Minecraft; era um humano!

Observando em volta pelo porão, viu a impressora 3D de alcaçuz, o abridor de garrafas de ketchup, a coisa óculos-iPod, a metralhadora de marshmallows... e... o digitalizador, que estava apontando diretamente para ele. Estava de volta no porão. Estava em casa! Barulhos do andar de cima desceram pela escada. Era uma musiquinha feliz de algum desenho animado infantil... a irmã dele.

Gameknight sorriu.

Tinha voltado. Alegre, pensou em sua aventura em Minecraft, nos terrores e pesadelos, e tremeu um pouco. As lembranças de garras de zumbi estendidas contra ele e creepers sibilando por perto... e Érebo... estavam todas frescas em sua mente. Ele tremeu de novo, desta vez um pouco mais forte... Érebo: o pesadelo dos pesadelos. Olhando em volta pelo porão, viu sombras estranhas lançadas sobre as paredes de concreto; eram sombras longas e serrilhadas, formadas pelas muitas bugigangas que habitavam o aposento. Algumas delas pareciam mãos monstruosas se estendendo para agarrar alguma pobre alma desafortunada. Espiando esses lugares onde a luz não conseguia chegar, ele se sentiu como se estivesse momentaneamente de volta a Minecraft, procurando zumbis nas fendas sombrias e cantos escuros de uma caverna subterrânea.

— Isto é ridículo — disse em voz alta para ninguém.

Afastando os medos que o espreitavam, Gameknight se virou de volta e encarou o monitor do computador. Uma imagem de Minecraft era exibida na tela, mas nada se mexia. Mostrava o local original onde ele tinha surgido. Havia uma alta queda-d'água se lançando de um penhasco elevado, a água cascateando até uma caverna subterrânea. Dava para ver as tochas em volta da abertura da toca-esconderijo dele, e uma longa torre de terra no alto do rochedo, com chamas decorando sua extremidade. E, no centro da imagem, estava seu personagem, seu apelido no jogo, Gameknight999, flutuando em letras brancas sobre o boneco de armadura. Estendendo a mão, ele pegou o mouse gentilmente e lhe deu o mais fraco dos empurrões.

Subitamente, um zumbido começou a soar atrás dele, como o som de muitas vespas furiosas se aproximando. O zumbido ficou mais e mais alto no tempo que ele levou para girar a cadeira e ver do que se tratava. O digitalizador estava brilhando em amarelo. Inicialmente, era só uma luz leve, mas então cresceu em intensidade conforme o zumbido ficou cada vez *mais furioso. Ele estava se ligando e se preparando para estender a mão ardente de luz a fim de levá-lo para dentro novamente.*

— Eu não quero voltar — gemeu ele para o porão vazio.

O zumbido ficou mais alto, e o brilho amarelado agora era como o sol.

— Não... NÃO!

Quando o raio de luz branca foi disparado da ponta do digitalizador, ele se lançou da cadeira para longe da escrivaninha, rolando pelo chão de concreto poeirento. Arrastando-se para longe da esfera de luz flamejante que zumbia, ele olhou por cima do ombro. Esperava ver a lança incandescente de iluminação atingindo a escrivaninha, talvez cortando-a ao meio como um laser superpoderoso, ou então a envolvendo em luz e puxando-a para Minecraft. Mas, em vez disso, o raio tinha formado um disco de luz pulsante que simplesmente flutuava no ar. O centro do círculo então mudou de cor, passando de um branco gritante a um amarelo estridente e então para um azul-escuro, o tom oscilando de uma coisa à outra em segundos. Gradualmente, a cor atingiu um lavanda profundo e consistente, algo que ele reconhecia, mesmo que não conseguisse se lembrar de onde. Partículas roxas-escuras começaram a decorar as bordas do disco, voando da mancha de luz, dançando por um instante e caindo de volta, como se sugada por uma corrente invisível.

Aquela coisa parecia com... com... Ah, não!

Foi então que alguma coisa emergiu do círculo roxo. Duas coisas longas e retas se estenderam da superfície purpúrea, cada uma trazendo cinco garras negras afiadas na ponta. As coisas eram de um verde malhado, como se feitas de matéria em decomposição. Um fedor insuportável de podre tomou o ar e preencheu o porão, fazendo Gameknight engasgar. Ele conhecia aquele cheiro horrível.

Ah, não... de novo não!

As duas longas coisas verdes e retas emergiram mais, revelando que estavam unidas por uma forma cúbica que era tingida num azul-claro na metade de cima e azul-escuro na parte de baixo. As cores pareciam esfarrapadas e desbotadas, como roupas vestidas por um século além do que deveriam. A coisa avançou até que um rosto apareceu no círculo violeta de luz: um rosto com olhos negros, frios e mortos, que expressavam um ódio devastador por todas as coisas vivas.

Não... não. Gameknight começou a choramingar enquanto engatinhava até o canto do porão. Enfiou-se entre as pernas bambas de uma velha mesa que estava coberta com vinte anos de tranqueiras descartadas e esquecidas, tentando se afastar do monstro o máximo possível.

Então o som atingiu seus ouvidos, um gemido entristecido de uma criatura que lamentava por algo que nunca poderia ter, mas de que quase sentia o gosto. Era o som de um monstro sedento por estar vivo, mas que conseguia sentir que a promessa de vida estava logo além do seu alcance. Era a voz de uma criatura que tinha se tornado amargurada e odiosa em relação a todas as coisas vivas, e queria *infligir seu sofrimento em qualquer um que encontrasse. Era um zumbi... um zumbi de* Minecraft.

O Portal de Luz... eles encontraram o portal de Luz!

Isso significava que a fonte deveria ter sido destruída, Artífice... seu amigo, Artífice...

O zumbi saiu lentamente do círculo de luz roxa, que Gameknight agora reconhecia como um portal de Minecraft. *Andando para a frente, ele estendeu os braços, esbarrando na impressora 3D de alcaçuz e a derrubando no chão, a estrutura de compensado fazendo um barulho horrível ao se estraçalhar. No instante em que o monstro se afastou do portal, outro zumbi emergiu, seguido por uma aranha gigante. As criaturas não tinham mais a familiar aparência quadradona de baixa resolução como ficavam no monitor enquanto se jogava. Em vez disso, tinham aquela aparência terrivelmente real de alta resolução que Gameknight passara a conhecer enquanto esteve preso dentro de* Minecraft; *as formas básicas cúbicas cobertas com características realistas e aterrorizantes. A luz do abajur se refletia nas unhas letais e afiadas que decoravam as mãos podres do zumbi, e fizeram o menino estremecer. As garras curvas e sombrias na extremidade de cada pata da aranha pareciam reluzir com uma luz interior, suas pontas negras, que mais pareciam agulhas, clicavam no chão de concreto enquanto ela perambulava pelo quarto. As mandíbulas curvas do aracnídeo também refletiam a luz da lâmpada, que as fazia cintilar com intenções malignas enquanto golpeavam famintas. Gameknight via os pelinhos negros* ao longo das pernas que se moviam em todas as direções ao mesmo tempo, a raiva fervendo em seus numerosos olhos vermelhos.

Eles estavam ali.

O fedor de carne podre ficou mais forte conforme mais zumbis e aranhas fluíam do portal. Os cliques das aranhas somavam uma melodia percussiva à sinfonia de gemidos que já tomavam o ar, o volume amplificado cada vez mais quando inúmeras criaturas se aglomeravam no porão. Os monstros se espremiam uns contra os outros, mas pareciam temer aquele ambiente desconhecido, tentando evitar os muitos dispositivos que brotavam da tranqueira. Porém, com o crescimento dos seus números, eles começaram a empurrar o caos do porão, derrubando uma velha máquina de costura que tinha sido desmontada pelas peças, esmagando um pequeno aspirador de pó que fora convertido num soprador de bolhas superpoderoso, virando uma velha máquina de algodão-doce refeita para disparar frisbees em alta velocidade... Invenção atrás de invenção foi destruída pelos monstros conforme emergiam do portal e entravam na sala. E então, como se estivessem todos ouvindo algum comando silencioso, as criaturas se viraram como uma e lentamente partiram na direção das escadas.

Gameknight queria detê-las, mas estava paralisado de medo. Ele não tinha nada, nem armadura, nem espada, nada. O que poderia fazer? Era só uma pessoa, só um menino.

As escadas rangeram quando os zumbis começaram a subir. Ainda dava para ouvir o desenho animado da irmã no andar de cima; algum número musical provavelmente sendo interpretado por um monte de marionetes coloridas, ou alguma outra coisa irritante.

Minha irmã... MINHA IRMÃ!!!

Ele queria gritar e avisá-la, mas não conseguia se mover. *Corra*, pensou consigo mesmo, *Corra... mas* estava congelado ali. Podia apenas ficar deitado debaixo da coleção de coisas inúteis e descartadas no porão, ele mesmo um acréscimo pertinente à coleção.

À esquerda, havia um velho e esquecido espelho de parede com uma rachadura no meio. A moldura de metal estava amassada e desbotada, com vários arranhões. O menino se virou e viu o próprio reflexo na superfície prateada, a forma aterrorizada escondida em meio às pilhas de tranqueiras e itens inúteis. Ele não aguentou ver a própria imagem. A aparência de terror covarde o deixou enojado.

Sou patético.

Foi quando gritos soaram no andar de cima, seguidos do choque de corpos contra a parede. Mas o estranho era que não tinha sido a voz da irmã dele. Fora um tipo diferente de som, nada infantil — e tampouco a voz de um pai ou de uma mãe espantados. Não, era a voz de um guerreiro com um tom de violência raivosa. Era diferente de seus pais berrando com ele por alguma transgressão; não, era alguém numa fúria violenta... uma voz de mulher, sem medo e com autoridade e ação ressoando profundamente dentro de si.

Havia alguém no andar de cima lutando pela própria vida. Não, pelas vidas de todos eles. Gamek-

night tinha que fazer alguma coisa. Tinha que aju-dar, mas seus braços e pernas pareciam fazer parte do chão empoeirado de concreto, pesados e inúteis.

Mais zumbis e aranhas saíram do portal, seguidos pelas criaturas do Nether: blazes, os corpos flame-jantes iluminando o porão com um brilho amarela-do de raiva, e homens-porcos zumbis cujas espadas de ouro cintilavam forte. Na cola dessas criaturas vieram os creepers, com suas múltiplas pernas ma-lhadas de verde se movendo num borrão enquanto eles subiam os degraus. Talvez ele pudesse agarrar um dos creepers e explodir o portal, mas a explosão o mataria da forma mais violenta e dolorosa possível. O pânico inundou sua mente com esse pensamento, imagens de seu corpo sendo esmagado na explosão, memórias de toda aquela dor terrível no último servi-dor martelando sua coragem. Não, ele não consegui-ria fazer isso.

Crash... Smash... outro corpo se chocando contra uma parede no andar de cima, seguido de um leve som de vibração, como uma corda de guitarra soli-tária.

Os monstros que saíam do portal não pareciam se importar com o barulho no primeiro andar: conti-nuavam seu desfile saindo do Portal, atravessando o porão e subindo as escadas. E então o pior medo de Gameknight apareceu: endermen. As criaturas al-tas e magricelas, com pele completamente negra e longos braços e pernas, saíram do portal, os olhos brilhando num branco raivoso. Uma gelidez amar-ga pareceu preencher o porão quando os pesadelos escuros entraram no aposento, as paredes e o piso ficando frios. Cristais facetados de gelo começaram a se espalhar pelo espelho próximo, e os dedos gélidos encobriram misericordiosamente a imagem do menino.

Dando as costas ao espelho congelado, Gameknight olhou de novo para o portal. Mais endermen saíam da passagem roxa, as altas criaturas precisando se abaixar para não bater as cabeças no teto. Isso trouxe o mais leve dos sorrisos ao seu rosto, um sorriso que logo se extinguiu quando um dos monstros se aproximou. Calafrios de medo o espetaram enquanto a criatura se virava e vasculhava o porão.

Será que ele está me procurando?

A criatura aterrorizante esquadrinhou a sala, então começou a brilhar, e partículas roxas dançavam ao seu redor. O monstro sombrio desapareceu, teleportando-se para algum local desconhecido, provavelmente com a intenção de provocar destruição. Enquanto o menino pensava que a situação não poderia ficar pior, uma risadinha maníaca veio do portal. Era uma risada vil, que trazia à tona memórias de pesadelos passados e gelava completamente seu sangue. Uma olhada rápida para o portal congelou seu estômago tão completamente que ele quase vomitou. Érebo saiu do portal, sua pele vermelho-escura parecendo quase negra na penumbra do porão. Ainda tinha aquele visual translúcido, nem completamente substancial, nem completamente transparente. O rei dos endermen parecia estar apenas parcialmente presente, mas sua raiva estava definitivamente completa. Os olhos chamejavam vermelho-vivo com malícia e ódio. Ele olhou em volta do porão, para a coleção de coisas, e fez uma cara de raiva. Golpeando os braços com velocidade cegante, esmagou o que quer que estivesse por perto, pisando em caixas e atirando livros longe. A criatura destruía tudo que estivesse ao alcance, e sua voz esganiçada gargalhava alto com alegria caótica.

Arrepios desceram pela espinha de Gameknight. Ele se sentiu completamente gelado conforme ondas de medo e pânico fluíam pelo seu corpo.

Érebo estava ali, na casa dele... Ah não.

O menino queria correr e atacar o monstro, só que, ao mesmo tempo, sentia uma necessidade incontrolável de se retirar e fugir. A criatura precisava ser detida, mas o terror controlava a mente e o corpo de Gameknight, e a coragem não passava de uma memória muito distante. Encolhendo-se, ele se arrastou mais para o fundo das sombras, se afastando ao máximo do demônio.

Bump... o espelho rachado caiu.

O rei dos endermen parou e virou a cabeça malvada, espiando as sombras com seus olhos vermelhos incandescentes. Avançando lentamente, ele pegou uma pequena caixa de ferramentas e a jogou para o lado. Ela se espatifou contra a parede, lançando chaves de fenda e alicates para todos os cantos.

Gameknight engatinhou ainda mais para dentro das sombras e esbarrou na parede: estava encurralado.

Érebo se aproximou, pegando uma velha cadeira e a atirando para o lado, como se não pesasse nada, e o móvel poeirento se chocou contra uma estante. Agora Gameknight conseguia ver apenas os pés do monstro por entre a selva de bagulhos, suas longas pernas escuras iluminadas por trás pela luz roxa do portal. O enderman se aproximou e chutou para o lado uma velha lixeira cheia de rolos de papel de presente que deveriam ter sido usados em alguma festa ou feriado. Um rolo de Papais Noéis verdes e vermelhos caiu no chão e se desenrolou, o bom velhinho sorrindo para o menino. Érebo empurrou para o lado uma escrivaninha de metal enferrujada onde ficavam algumas das invenções do pai de Gameknight999. Equipamentos e experimentos caíram no chão, apenas para ser esmagados sob as pernas finas e escuras do monstro.

— Quem se esconde nas sombras? — guinchou Érebo. — Seria um ratinho?

Empurrou para o lado uma caixa de livros como se não fosse nada, e o papelão da caixa se rasgou, despejando o conteúdo no chão. Um dos livros caiu, a capa virada para Gameknight. O título era The Crystal Tear, algo que ele tinha lido havia muito tempo. O herói na capa o encarava de volta com olhos descombinados, desafiando-o a ser corajoso.

— Talvez seja um amigo há muito perdido — gargalhou Érebo. — Venha aqui me dizer oi. Não precisa ter medo. Não vou machucar você... muito.

O enderman pegou a mesa sob a qual Gameknight estava escondido e a arremessou ao outro lado da sala.

— Ahh... é meu amigo. Nos encontramos de novo, Usuário-que-não-é-um-usuário.

Érebo se abaixou e pegou Gameknight pela camiseta, fazendo-o ficar de pé. Então ergueu o menino, segurando-o no ar, os tênis balançando no nada. Gameknight tremia descontroladamente, com cada nervo tomado por terror incandescente.

—Você tinha muita coisa para me dizer quando estávamos no último servidor. Parecia bastante cheio de si com um exército de usuários às suas costas — comentou Érebo, cujo hálito fedia a carne podre. — Não está tão convencido agora, está?

Gameknight não disse nada, apenas contemplou o portal, além dos olhos vermelhos de brasas. Mais monstros saíam dele. Havia um fluxo constante de criaturas, todas seguindo para o térreo, mas a comoção no andar de cima tinha cessado. Suspirando, ele desviou o olhar do portal e encarou Érebo novamente.

— O que você quer? — indagou Gameknight, com a voz alterada pelo medo.

— Sua morte, é claro — riu o monstro. — E então vou destruir este mundo. Tinha planejado forçar você a assistir minha vitória, testemunhar minhas tropas esmagando cada alma no seu mundo ridículo, mas acho que acabei de mudar de ideia. — Ele fez uma pausa e encarou Gameknight, seus olhos incandescentes brilhando ainda mais forte. — Acho que vou destruir você primeiro... depois destruir este mundo. Que tal lhe parece essa ideia?

Ele gargalhou aquela risada de arrepiar a espinha, garantindo que o medo do menino não diminuiria.

—Agora, Usuário-que-não-é-um-usuário, prepare-se para morrer.

Érebo então envolveu a garganta do inimigo com suas mãos frias e úmidas, e começou a apertar. Pônico se acendeu dentro da mente de Gameknight999. Ele ia morrer. Aquele era o fim. Érebo finalmente ia matá-lo, e ele estava impotente para fazer qualquer coisa. O desespero o afogou enquanto lutava para respirar, tentando se agarrar à vida o máximo de tempo possível. Então, uma coisa estranhíssima aconteceu: o porão inteiro estremeceu. Os olhos de Érebo se arregalaram quando ele tropeçou de leve, aliviando a pressão das mãos e deixando Gameknight engolir um pouco de ar. Um trovão então martelou os ouvidos deles, como se um imenso furacão os tivesse puxado para dentro de seu poderoso redemoinho, só que esse barulho não estava vindo de nenhum lugar lá fora: ele vinha do portal.

Érebo olhou por cima do ombro para a passagem interdimensional quando o chão tremeu de novo, desta vez com mais violência, o trovão ficando mais alto e mais alto até que o enderman soltou a presa e levou as mãos aos ouvidos.

Gameknight caiu no chão ofegante, com os ouvidos doendo.

O solo sofreu outro tremor, como se atingido pelo martelo de um gigante, lançando os dois ao ar. As reverberações trovejantes fizeram as paredes do porão rachar, com pedaços de concreto caindo no chão. O trovão parecia estar chamando seu nome: GAMEKNIGHT... GAMEKNIGHT...

O Usuário-que-não-é-um-usuário ergueu o olhar para o rei dos endermen e tentou se afastar. Érebo olhou para baixo, para sua presa, e começou a estender os braços para pegá-lo quando um golpe imenso atingiu o porão, estilhaçando paredes e piso, a coleção de invenções descartadas se tornando escombros imediatamente. Mais trovões martelaram os ouvidos deles, com o nome de Gameknight surfando na onda de som. Érebo ainda o encarava com raiva, mas, agora, flutuava no ar, assim como Gameknight, o porão transformado numa nuvem de destroços. Os braços negros do enderman se estenderam para Gameknight999 em meio aos escombros, tentando fechar suas mãos maldosas em volta do menino uma última vez. Por fim, tudo começou a se esvaecer, o que restou do porão lentamente ficou transparente e fora de foco. Érebo também começou a sumir, mesmo que seus braços ainda buscassem Gameknight999. Mesmo enquanto desvanecia, seus olhos pareciam brilhar mais e mais até que a luz vermelha das pupilas do enderman preencheu a visão de Gameknight, iluminando os cantos mais profundos da mente do menino com um clarão vermelho-sangue.

—Você interferiu com meus planos pela última vez! — guinchou Érebo, enquanto desaparecia. — Quando nos encontrarmos de novo, será o seu fim...

As palavras do enderman ecoaram dentro da mente de Gameknight por um instante; então, de repente, tudo se apagou.

Ele acordou, com a mente confusa. *Onde estou? Cadê Érebo? Cadê...*

—Gameknight, você está bem? — indagou uma voz do alto.

Percebeu que estava deitado no chão com a cara para baixo. Rolou, olhou para cima e se deparou com

Artífice e Caçadora observando-o com expressões preocupadas no rosto.

— Onde estou... cadê o Ér...

Ele parou, pois não queria pronunciar o nome daquela criatura terrível.

— Você estava gritando no sono, pedindo socorro — contou Artífice, enquanto lhe dava a mão para ajudá-lo a se levantar.

Gameknight ficou de pé, sentindo-se envergonhado, e então sentou-se na beira da cama, com o corpo varrido pelo cansaço, como se nunca tivesse adormecido para começo de conversa. Olhando as próprias mãos, viu que tinham o formato quadradão familiar com que ele havia se acostumado em *Minecraft*. Ele não tinha escapado... fora apenas um sonho. A decepção desabou sobre o jogador como uma onda poderosa. Sua casa agora parecia mais longe do que nunca.

Bem, pelo menos Érebo também foi um sonho, pensou em silêncio.

Foi então que o jogador notou a dor no pescoço. Ergueu a mão e sentiu que a pele em volta da garganta estava esfolada e dolorida, como se tivesse arranhado em algo áspero... ou como se alguém o houvesse esganado. Artífice e Caçadora não viram quando ele esfregou o pescoço, e, portanto, baixou a mão rapidamente.

— O que aconteceu? — perguntou Gameknight, enquanto se levantava.

— Você estava gritando — explicou Artífice. — Eu não conseguia entender o que você dizia, mas parecia aterrorizado, como se alguma coisa o atacasse.

Artífice foi até Gameknight e pousou a pequena mão no braço dele.

— Tentei acordá-lo. Chacoalhei e chacoalhei você, mas não adiantou nada. Chamei seu nome repetidamente, cheguei até a gritar no seu ouvido, mas sem efeito... Então acordei Caçadora e pedi ajuda.

O jogador deixou de encarar os olhos azuis brilhantes de Artífice para fitar os olhos castanhos escuros de Caçadora.

— Aí eu te dei um empurrão sinistro e te joguei no chão — anunciou ela orgulhosamente. — É como eu falei para esse cara aqui. — Apontou para Artífice. — Quando você precisa que alguma coisa seja feita, faça para valer. Empurrei você com toda minha força para fora da cama. Foi aí que acordou.

A NPC deu um sorriso satisfeito, como se tivesse adorado jogá-lo da cama para o chão.

— Com o que estava sonhando, Gameknight? — indagou Artífice.

Ele pensou no sonho terrível, nos monstros fluindo de dentro do portal, os sons de batalha acima, e Érebo o esganando... e estremeceu. Seria uma premonição do que aconteceria no futuro, ou só um sonho tolo? Ergueu a mão e esfregou o pescoço dolorido de novo sem perceber, em seguida recolheu a mão ao notar o que estava fazendo.

— Ahh... eu não me lembro direito — mentiu.

— Bem, tanto faz! — exclamou Caçadora. — Eu não dou a mínima para seus sonhos; só me importo em achar minha irmã. Além disso, já amanheceu: hora de partirmos.

— De acordo — acrescentou Artífice. — Está na hora de irmos embora desta aldeia e encontrarmos a próxima, para que possamos conseguir respostas e formar um plano. Gameknight, está pronto para partir?

Gameknight999 assentiu e se levantou, por dentro ainda aterrorizado pelo sonho... e por Érebo. Suspirando, ele juntou suas coisas e seguiu os dois companheiros para fora da casa.

— Vamos usar a rede de carrinhos de mina — afirmou Artífice por cima do ombro enquanto seguia ao túnel secreto que não era mais tão secreto assim.

Gameknight seguiu Artífice, ainda perdido na terrível memória de seu sonho mais recente. Teria sido real...? Teria Érebo realmente chegado ao mundo físico? Pensamentos confusos e aterrorizantes quicavam dentro do cérebro do menino enquanto seguia a dupla até a câmara de produção, com o medo infiltrando sua alma.

CAPÍTULO 10
A FACE DO TERROR

carrinho de mina freou ao entrar na nova câmara de criação na próxima vila. Instantaneamente, os ouvidos do trio foram assaltados pelos gritos e berros dos aldeões em pânico. Artífice e Caçadora saltaram de seus carrinhos, esperando pelo Usuário-que-não-é-um-usuário, esquadrinhando o salão em busca da ameaça que tinha aterrorizado todas aquelas pessoas. Caçadora já estava com o arco na mão, uma flecha já preparada, enquanto Artífice brandia sua espada, com uma expressão severa no jovem rosto.

Pulando do carrinho, Gameknight sacou a própria lâmina com relutância e parou ao lado do amigo.

Três aldeões se aproximaram. Olharam nervosamente para as armas reluzentes, porém, ao notar a bata negra com listra cinza de Artífice, pareceram relaxar. Artífice notou a trepidação em seus olhos e embainhou a espada, falando aos aldeões assustados:

— O que está acontecendo aqui?

Os três NPCs começaram a falar histericamente com o jovem Artífice. Seus rostos estavam enrugados de preocupação, com uma expressão de incerteza e terror.

— Artífice? — perguntou Gameknight.

O garotinho ergueu a mão para silenciar o Usuário-que-não-é-um-usuário por um momento enquanto escutava os três aldeões. Quando eles finalmente terminaram, Artífice se virou para o amigo.

— Esta aldeia está sendo atacada — explicou.

O medo de Gameknight voltou com toda força, e o jogador olhou em volta, mas não viu nenhum monstro. Confuso, virou-se de volta ao amigo.

— Lá em cima! — exclamou Caçadora, apontando para o teto rochoso e revirando os olhos.

— Mas é manhã, como eles poderiam...

— Eles me dizem que são criaturas do Nether atacando. Elas não devem ser tão sensíveis ao dia como os monstros da Superfície — deduziu Artífice. — Aparentemente, conseguem aguentar a luz do sol sem nenhum efeito negativo.

Malacoda, pensou Gameknight.

— Um dos aldeões veio aqui embaixo e contou ao artífice da aldeia que tinha visto blazes se aproximando — continuou Artífice. — Eles não chegaram ainda, mas estarão aqui em breve. A destruição desta vila é inevitável. Temos que fazer alguma coisa. Eles precisam do Usuário-que-não-é-um-usuário. Precisam de você.

Gameknight encarou Artífice de volta, com mil questões pulando na cabeça e a dúvida tomando conta da alma.

O que eu posso fazer? Estou apavorado.

Não queria enfrentar um monte de criaturas do Nether. Ele não era um herói. Estava assustado demais para ser um herói. Porém, foi então que um pensamento lhe ocorreu: fugir. Eles poderiam fugir, todos eles, pela rede de carrinhos de mina.

Gameknight999 foi até uma bancada de trabalho próxima e pulou em cima dela, gritando para chamar a atenção de todos. Artífice saltou na mesa ao lado também. A presença de uma criança vestida num robe de artífice segurando uma espada chamou a atenção de todos. O pânico foi abafado momentaneamente quando todos os olhares se voltaram para Artífice.

— Escutem bem, pessoal — gritou ele, erguendo a espada bem alto. — A Batalha Final se abate sobre nós. As legiões do Nether estão prestes a atacar esta aldeia e tentar destruir tudo que vocês amam. Porém, nós temos esperança. Temos uma arma que eles não esperam. Temos aqui conosco o Usuário-que-não-é-um-usuário. Escutem o que ele tem a dizer e acalmem-se.

O menino virou-se para o amigo, e todos os aldeões aterrorizados na câmara passaram a fitar Gameknight. Erguendo o olhar, eles podiam ver as letras brilhantes de seu nome de usuário flutuando sobre a cabeça. Olhando um pouco mais acima, procuraram pelo filamento de servidor que não estava lá. Foi nesse instante que o medo desapareceu momentaneamente, quando perceberam que o Usuário-que-não-é-um-usuário estava ali diante deles.

Engolindo em seco, Gameknight sufocou o próprio medo e falou à multidão:

— Eis aqui o que vocês vão fazer se quiserem sobreviver. Uma metade vai começar a produzir carrinhos de mina, um monte deles. A outra pode começar a criar espadas de ferro o mais rápido possível. Vocês aí! — Ele apontou para um grupo de aldeões vestindo armaduras de ferro. — Subam à superfície e mandem todo mundo descer para cá. Mandem todos abandonarem suas casas e vir até aqui o mais rápido possível. Terão que deixar todas suas posses. Neste momento, agora mesmo, velocidade significa sobrevivência. Agora, VÃO!

Os aldeões ficaram parados ali, olhando para ele, claramente confusos. Foi então que um grito de batalha ecoou na entrada da câmara, um grito carregado de tanta raiva e ódio que chocou a todos na caverna. Era Caçadora. Ela trazia uma expressão de ódio descontrolado no rosto enquanto erguia o arco no ar.

— Quando os monstros alcançarem sua vila, matarão todo mundo que encontrarem pelo caminho, assim como fizeram na minha aldeia — berrou ela para a multidão. — Eu vi enquanto matavam meus amigos e vizinhos, e depois demoliram completamente partes da nossa aldeia por pura diversão. Essas feras do Nether vão destruir tudo, até que não reste mais nada para entretê-los. Eu perdi minha aldeia... minha família... porque não estávamos preparados. Se vocês não quiserem perder o que eu perdi, então escutem o Usuário-que--não-é-um-usuário e façam o que ele disse.

E então ela se virou e saiu da câmara, seguindo pelos túneis que levavam à superfície, o arco numa das mãos. Gameknight sabia o que ela ia fazer e torceu para que ficasse bem. Seu grito de batalha então ecoou pelos túneis conforme ela partia para a aldeia, com um tom de raiva violenta na voz.

Suas ações colocaram os aldeões em movimento. Aqueles que vestiam armaduras saíram correndo para a entrada da caverna, enquanto os artífices começaram a martelar armas e carrinhos.

Alguém entregou uma armadura de ferro a Gameknight. Ele a vestiu rapidamente e sacou a picareta. A caverna logo se encheu com os barulhos estrondosos da produção quando cinquenta NPCs se puseram a criar espadas e carrinhos de mina. Indo de bancada em bancada, Gameknight estraçalhava os móveis de trabalho, libertando as mãos dos trabalhadores. Cada aldeão olhava para as mãos recém-liberadas com espanto, em seguida encarando o Usuário-que-não-é-um-usuário nos olhos e sorrindo. Ele soltou as mãos de NPC atrás de NPC. Aqueles que estavam libertos iam até uma bancada vazia e continuavam a fazer espadas, as armas afiadas rapidamente se empilhando no chão. Alguns dos aldeões, ao gastarem toda sua matéria-prima, pegavam uma espada e iam até o lado de Gameknight, uma expressão determinada nos rostos cúbicos.

Artífice ajudou os outros a criarem carrinhos de mina, empurrando os veículos recém-produzidos pelos trilhos para que se alinhassem com as aberturas dos túneis, prontos para o fluxo de aldeões que estava a caminho. Depois que todos os carrinhos ficaram prontos, Gameknight libertou as mãos dos artífices restantes e deu uma espada a cada um. Sua própria espada dourada atraiu muitos olhares curiosos, mas ninguém reclamou quando ele lhes deu a ordem para ficar quietos e escutar Artífice.

— Precisamos atrasar os monstros para que os aldeões possam escapar pelos túneis — explicou o amigo. — Porém, em primeiríssimo lugar, onde está o artífice da aldeia?

Um NPC velho e grisalho, vestido como Artífice, **se** adiantou. Rugas de preocupação lhe marcavam o rosto.

— Aqui estou eu — afirmou com voz roufenha.

— Excelente — respondeu Artífice. — Esses monstros estão vindo até aqui para levá-lo. Não dão a mínima para seus aldeões, mas vão matar todo mundo aqui para botar as garras em você. Precisamos privar os monstros de seu prêmio. Você precisa partir pela rede de carrinhos, agora mesmo, antes que seja tarde demais.

— Abandonar minha aldeia? Jamais.

— Escute Artífice! — exclamou Gameknight.

O artífice da aldeia olhou as letras que flutuavam acima da cabeça de Gameknight e depois contemplou o teto. Podia ver que era um usuário, mas que não havia filamento de servidor alçando voo aos céus, conectando-o à Fonte.

— Você é realmente o Usuário-que-não-é-um-usuário — disse o artífice em voz baixa.

Gameknight999 assentiu e deu um passo à frente para pousar a mão de forma reconfortante no ombro do velho NPC.

— Você precisa ouvir meu amigo — aconselhou. — Sei que ele parece uma criança, mas é um artífice como você. Viemos a este servidor de outro plano, onde enfrentamos os monstros que buscam destruir a Fonte. A batalha continua aqui, neste servidor, e, por algum motivo, esses monstros estão vasculhando o *Minecraft* inteiro e capturando artífices. Não podemos deixar que levem você. Precisa escutá-lo.

O velho NPC o encarou, os olhos preocupados mergulhando profundamente nos de Gameknight. Ele então olhou em volta, para seus aldeões, fitando cada rosto apavorado. Finalmente, voltou-se para Gameknight.

— Não se preocupe, amigo — reconfortou-o Gameknight. — Vamos tomar conta da sua aldeia e fazer o melhor possível.

O velho NPC concordou com um aceno da cabeça e depois olhou Artífice e repetiu o gesto para ele.

— Rápido, você deve partir agora — afirmou Artífice. — Sabemos que estes monstros estão aqui procurando por você, e não podemos deixar que seja capturado. Não sei por que eles o querem, mas precisamos resistir em toda e qualquer oportunidade. Você *tem* que partir agora.

— Só que, se eu deixar minha vila, estes NPCs se tornarão Perdidos. Isso os forçará a ir embora da aldeia e procurar outra. Muitos não vão sobreviver à jornada.

— O Usuário-que-não-é-um-usuário e eu não vamos deixar que isso aconteça — insistiu Artífice. — Estes aldeões logo o seguirão em carrinhos de mina. Não vamos permitir que se tornem Perdidos. — Ele estendeu a mãozinha de criança e a colocou no ombro do artífice. — Além disso, se realmente se tornarem Perdidos, eu os levarei à minha aldeia. Vou aceitar todos e mantê-los seguros. Você não precisa se preocupar, seus aldeões estão em boas mãos.

A preocupação se dissipou do rosto do velho NPC quando ele assentiu. Foi até um carrinho de mina e parou ao lado dele, claramente ainda aflito.

Subitamente, barulhos alcançaram a caverna, vindos da entrada do túnel. Soava como se um enorme grupo de criaturas — NPCs ou monstros — estivesse se aproximando pelos túneis. Gameknight e Artífice se viraram para as portas de ferro que estavam abertas.

— Todos para a entrada! Precisamos ganhar tempo para o seu artífice — ordenou Artífice àqueles na caverna que agora seguravam espadas. Depois se virou e encarou o velho NPC. — Meu camarada, você precisa ir embora, agora.

Então, Artífice se virou e seguiu pelos degraus até a entrada da caverna. Gameknight girou e observou o amigo enquanto ele liderava as forças até as portas da caverna, desaparecendo ao entrar nos túneis. Era tão corajoso. Gameknight desejava ter uma fração que fosse da coragem de Artífice. Naquele momento, ele se sentia como um balde transbordando de medo.

Deu meia-volta e viu o artífice da vila subir lentamente no carrinho. O velho NPC olhou mais uma vez seus preciosos aldeões conforme investiam pela escadaria para enfrentar a ameaça que vinha contra eles. Por fim, virou-se para encarar Gameknight.

— Tome conta deles por mim — pediu o artífice, com lágrimas escorrendo pelo rosto.

— Não esquenta, vamos fazer o que for possível. Você estará com eles em breve, mas precisa ir agora, ou eles o alcançarão. E não podemos permitir que isso aconteça.

O artífice concordou com um aceno de cabeça e partiu pelos trilhos, desaparecendo nas trevas do túnel. Malacoda não poria os tentáculos em sua presa, mas ainda havia mais um artífice aqui. O Artífice *dele*.

Gameknight encarou a entrada da caverna e saiu correndo pelos degraus, na esperança de alcançar o amigo e então escapar. No alto, ele disparou pelas portas de ferro e entrou no grande salão redondo, igual àquele onde ele encontrara Artífice pela primeira vez. Estava lotado com NPCs armados, e as tochas nas paredes lançavam sombras pontudas por conta das espadas erguidas. Artífice e os aldeões, agora soldados, aguardavam de prontidão. Gameknight sentia o gosto do medo na câmara; afinal, a primeira batalha era sempre a mais aterrorizante. Porém, sabia que os NPCs não chegavam nem perto do pavor que ele sentia. Já via as garras pontudas dos zumbis se estendendo para ele na própria imaginação, as bolas de fogo dos blazes buscando sua carne. Estremeceu.

Parando ao lado de Artífice, sussurrou ao amigo:

— O artífice da vila já partiu em segurança, mas temos que tirar você daqui também. Malacoda ainda pode usá-lo para o que quer que esteja planejando. Precisamos fugir antes que seja tarde demais.

— Não até terminarmos de ajudar os aldeões a escapar — respondeu Artífice, com a coragem evidente na voz. — Não sabemos o que aquele ghast vai fazer quando descobrir que o artífice se foi. Ele pode matar todos que ficarem para trás. Temos que ajudá-los.

Gameknight se inclinou para ainda mais perto.

— Artífice, esta não é nossa batalha.

— Do que você está falando? — retrucou Artífice, recuando um passo. — Tudo isto é nossa batalha. Este mundo inteiro é nossa batalha. Estamos aqui para deter os monstros e salvar *Minecraft*, e qualquer coisa que pudermos fazer para resistir aos planos de Malacoda é nossa batalha. Agora saque a espada e fique pronto.

A bronca de Artífice o envergonhou a ponto de fazê-lo sacar a arma. Gameknight estava aterrorizado com a ideia de enfrentar os monstros do Nether, mas tinha ainda mais medo de deixar o amigo na mão. Ao lado dos defensores da aldeia, ele esperou.

Odeio ficar com tanto medo, pensou consigo mesmo. *Odeio! Por que não posso ficar de cabeça erguida e ser corajoso como Artífice?*

A vergonha da covardia o desgastava, o medo se envolvendo em sua alma como uma víbora faminta, pronta para atacar.

Vamos lá, Gameknight, mexa-se!, gritou para si, com pensamentos que soavam ridiculamente patéticos. A frustração começou a crescer dentro dele.

Estava com tanto medo.

Vamos lá, cabeça erguida e coragem, pensou, não, implorou ele. *CABEÇA ERGUIDA E CORAGEM!*

— CABEÇA ERGUIDA E CORAGEM!!!

Ah, não, eu disse isso em voz alta?

Gritos de vivas irromperam dos NPCs enquanto mãos quadradas lhe davam tapinhas nos ombros e nas costas; os sentimentos de coragem e bravura agora visíveis em todos os rostos.

— É isso mesmo! — gritou Artífice. — Fiquem de cabeça erguida ao lado do Usuário-que-não-é-um-usuário e tenham coragem! Vamos enfrentar essas feras e salvar sua aldeia!

Outra comemoração explodiu no salão redondo enquanto os sons do túnel adiante ficavam mais altos.

Alguém ou alguma coisa estava chegando.

Eles ouviam o arrastar dos pés; pareciam poucos, mas logo o barulho cresceu. Muitos passos ecoavam no túnel.

Um *monte* de alguma coisa estava chegando.

Gameknight segurou a espada com firmeza e olhou em volta. Viu que as portas de ferro que levavam à câmara de criação estavam abertas. Precisou de toda força que lhe restava para manter os pés imóveis e não sair correndo até aquelas portas e fugir.

Eu odeio ficar com medo!

Segurando a espada com ainda mais força, virou-se de volta ao túnel e a massa de corpos que se aproximava. Dava para ver os vultos se movendo pelo túnel, muitos deles, conforme as coisas se aproximavam do salão.

Seriam monstros...? Zumbis, creepers e aranhas?

Foi então que uma multidão de aldeões invadiu o salão, os NPCs correndo a toda velocidade, monocelhas franzidas de preocupação. Um suspiro de alívio tomou a câmara. Não eram os monstros... ainda não.

— Rápido, sigam o caminho até o piso da caverna — orientou Artífice. — Entrem nos carrinhos de mina e escapem pelos túneis. Há carrinhos suficientes para todo mundo... rápido!

Os aldeões olharam espantados para o garotinho que falava, mas a voz do comando ecoava em suas palavras. Artífice avançou para que pudessem ver suas roupas. Eles instantaneamente o reconheceram como um artífice e seguiram suas instruções. O fluxo de aldeões era quase constante, com pais guiando filhos enquanto vizinhos ajudavam os idosos e os mais fracos. Todos corriam para a salvação abaixo: a rede de trilhos de minas.

O cheiro de fumaça começou a se infiltrar a partir da entrada do túnel. Primeiro, era apenas um toque, como se alguém tivesse riscado um fósforo ali perto, mas, em seguida, foi ficando cada vez mais forte. Lentamente, o túnel se encheu de uma névoa fumarenta, e o odor acre começou a irritar o fundo da garganta de Gameknight a cada respiração aterrorizada.

Os monstros... Eles estavam chegando.

Os últimos dos aldeões vieram correndo pelo túnel, cobertos de fuligem e cinzas, alguns com roupas parcialmente queimadas.

— Eles estão chegando — avisou um deles numa voz aterrorizada. — Blazes, um monte deles.

— E ghasts, zumbis e cubos de magma também — continuou outra. — Tem centenas deles... talvez mil, e aquela mulher sozinha contendo todos com suas flechas.

— Mulher sozinha? — perguntou Artífice. — Quem?

— Não sei quem ela é — respondeu a última aldeã, enquanto corria para a escada que levava ao piso da caverna. — Nunca vi uma aldeã com cabelos vermelhos assim, mas ela está impedindo os monstros de chegarem à torre, usando o arco. Quando as flechas acabarem... ela vai morrer.

— Ouviu isso? — disse Artífice a Gameknight. — Temos que ajudá-la. Vamos lá, pessoal, a batalha é lá em cima.

E então Artífice investiu adiante pelo túnel fumacento até a escadinha que levava à superfície, e os outros soldados aldeões seguiram seu jovem líder, deixando Gameknight parado ali, envolto em medo.

Ele não era um herói. Era só um menino que gostava de jogar *Minecraft*, mas não poderia deixar o amigo, seu único amigo neste servidor, Artífice, enfrentar aquela ameaça sozinho. Precisava ajudá-lo, mesmo que o medo dominasse sua mente e a coragem que ele tinha sentido no último servidor não passasse de uma lembrança distante. Indo em direção ao túnel, ouviu o estrépito das espadas ecoando em seu interior: Artífice.

Correndo com toda energia que possuía, ele disparou túnel abaixo, atravessando as nuvens de fumaça que sufocavam a passagem, a espada dourada bem erguida. Adiante, viu o cintilar do aço contra ouro: seus soldados estavam engajados com os homens-porcos zumbis. Abriu caminho por entre a multidão e atacou um zumbi cuja carne podre estava pendurada sobre o corpo em tiras, com parte do crânio e das costelas exposta onde a pele estava ausente; era um alvo atraente para sua espada afiada como navalha. Aquilo era algo que ele já tinha feito muitas vezes; em algumas ele enfrentara monstros, em outras atacara outros jogadores. Seu histórico de bullying cibernético não era algo de que Gameknight se orgulhasse, porém a experiência lhe era bem útil naquele momento quando se esquivava de ataques e cravava a espada em corpos de zumbis. Gameknight999 tinha se tornado uma máquina de destruição, agindo sem pensar, sua mente perdida no calor da batalha. Com eficiência nascida da prática, ele estraçalhou os monstros, acutilando a espada sob placas blindadas e bloqueando golpes mortais enquanto dançava pelas linhas de batalha com graça letal.

Atacando monstro atrás de monstro, Gameknight abriu caminho no choque de corpos, tentando alcançar o amigo. Podia vê-lo mais adiante, o garotinho cortando pernas com sua espada de ferro, se esquivando de ataques e tirando vantagem de sua estatura diminuta. Chutando um monstro para longe, Gameknight999 trespassou outro com a espada, fazendo o corpo apodrecido desaparecer com um estalo ao zerar seu HP. Girou para bloquear uma lâmina dourada e lacerou uma peluda aranha negra. Afastando uma garra escura com um golpe, ele talhou o zumbi e estocou a aranha, matando ambos. Cortando e talhando um depois do outro, o Usuário-que-não-é-um-usuário lutava com puro instinto, abrindo à força um caminho pelo túnel. Finalmente, ele alcançou o amigo.

Artífice enfrentava um homem-porco zumbi que vestia armadura, a carapaça dourada parecendo manteiga derretida. Avançando na velocidade da luz, Gameknight acutilou os pontos fracos da armadura: sob o braço, perto do pescoço, na cintura... Atacava os pontos onde as placas de metal se encontravam, e manobrava a espada para que deslizasse para dentro e cortasse a carne macia. Em poucos momentos, a criatura foi destruída, dando-lhe tempo para conversar com o amigo.

— Artífice, temos que tirar você daqui.

— Não até salvarmos Caçadora — argumentou Artífice.

— Mas Malacoda quer você tanto quanto qualquer outro artífice. É atrás de você que ele está agora, não desses poucos NPCs. Vamos lá, precisamos tirá-lo daqui.

Foi então que Caçadora apareceu, coberta em fuligem. Partes das roupas dela estavam chamuscadas, e a barra da bata ainda fumegava um pouco. Seu rosto parecia feito de pedra, a rígida determinação misturada com ódio descontrolado marcados profundamente na pele.

— Ah, ótimo, vocês estão aqui! — exclamou ela rapidamente. — Algum de vocês tem flechas? Estou quase ficando sem. — A NPC sorriu para os dois, os olhos cheios de energia e sede de batalha.

— O que você está fazendo? Temos que sair daqui! — berrou Gameknight por cima do estrépito dos combates.

Nesse exato momento, um homem-porco zumbi investiu contra o grupo. Caçadora desviou a lâmina dourada com o arco enquanto Gameknight talhava o flanco da criatura, atingindo-a rapidamente com três ataques precisos. O monstro evaporou, deixando para trás bolinhas luminosas de XP que voaram até ele.

— Legal — comentou Caçadora com um sorriso peculiar. Em seguida ela girou e disparou outra flecha no túnel escuro, atingindo algum monstro ao longe.

Subitamente, uma bola de fogo veio das trevas e explodiu acima de suas cabeças.

— Blazes ou coisa pior — anunciou Gameknight, com um tom de inquietação na voz. — Temos que sair daqui.

— Acho que tem razão — concordou Caçadora.

— TODO MUNDO, RECUAR PARA A REDE DE CARRINHOS DE MINA! — berrou Artífice, sua voz aguda perfurando os sons da batalha.

Os aldeões começaram sua retirada de volta à caverna de produção. Os homens-porcos zumbis ficaram confusos de início, mas então correram atrás da presa. Gameknight e Artífice puderam atacá-los pela retaguarda, talhando suas costas e pernas, matando-os num instante. Flechas voavam sobre a cabeça de Gameknight enquanto Caçadora buscava alvos próprios, matando monstros mais adiante na passagem. Em minutos, tinham exterminado todos os zumbis restantes no túnel, e seguiram os aldeões aos carrinhos de mina. Correndo até a câmara de criação, eles desceram em disparada os degraus até o piso da caverna. Assim que pisaram no solo, bolas de fogo choveram no salão, atingindo um aldeão atrás do outro, fazendo-os queimar, diminuindo seu HP rapidamente... até que nada restasse. Mais bolas de fogo voaram câmara adentro enquanto um exército de blazes irrompia pelas portas gêmeas de ferro. Eram criaturas de fogo e fumaça, com bastões amarelos brilhantes que giravam em volta do centro, com uma cabeça amarela fulgurante flutuando acima do corpo de chamas. Seus olhos negros mortos contemplavam os aldeões sobreviventes com ódio ilimitado. Os blazes lançavam os projéteis flamejantes contra os NPCs, e as esferas ardentes os atingiam e consumiam seu HP em segundos. Os monstros tomavam cuidado ao fazer pontaria longe de Artífice, sendo que Gameknight e Caçadora se beneficiavam disso por estarem ao seu lado.

— Rápido, entrem nos carrinhos! — gritou Artífice.
— Se você for o último, quebre o trilho atrás de você... VÃO!

Os aldeões sobreviventes rumaram para os carrinhos, e Gameknight e seus companheiros fizeram o mesmo. Subitamente, um barulho soou na entrada da caverna. Era um som terrível, como o uivo de um gato ferido e choroso. Era um ruído feito por uma criatura cheia de um desespero indizível misturado com uma sede de vingança contra aqueles que estavam vivos e felizes. Poucos tinham ouvido esse grito e continuado vivos, pois vinha da mais terrível das criaturas do Nether: um ghast.

Gameknight se virou e viu uma enorme criatura branca descer flutuando da entrada da caverna. Nove longos tentáculos pendurados sob o grande cubo pálido como osso, cada um deles se contorcendo e dobrando, loucos para agarrar a próxima vítima. Aquele não era um monstro normal. Era a maior criatura que Gameknight jamais vira em *Minecraft*, muito maior que o ghast padrão. Não... aquilo era diferente... era algo terrível. Este horrendo ghast era o rei do Nether: Malacoda.

Gameknight ficou petrificado de medo. Aquela era a criatura mais horrenda que já vira, e fazia facilmente Érebo parecer um brinquedo de criança. Este monstro era a encarnação da desesperança e do desespero atados com o arame enferrujado do ódio e da raiva. Era o rosto que os pesadelos temiam; era a face do terror.

Os gemidos de Malacoda trouxeram um silêncio fantasmagórico ao salão. Os aldeões se viraram na direção do barulho e ficaram boquiabertos de choque. Eles nunca tinham visto nada tão horripilante em suas vidas e instantaneamente entraram todos em pânico. NPCs se acotovelaram conforme todos dispararam em direção aos carrinhos de mina, quase subindo uns em cima dos outros num esforço para escapar.

O rei do Nether atacou um dos aldeões restantes, jogando uma imensa bola de fogo contra a vítima indefesa, engolfando assim a pobre alma numa tempestade de chamas que, misericordiosamente, consumiu seu HP em meros segundos.

Malacoda riu.

— Hahahaha — estrondou o ghast. — Esse se apagou rapidinho.

Esquadrinhando a câmara em busca da próxima vítima, Malacoda lançou uma bola de fogo contra outro NPC, depois outro, e mais outro, até que seus olhos vermelhos encontraram Artífice, Gameknight e Caçadora, interrompendo o ataque. Os aldeões se aproveitaram da brecha, e aqueles que ainda estavam lá saltaram para os carrinhos de mina e partiram, deixando os três companheiros para enfrentar o rei do Nether.

— Ora, o que temos aqui? — Os olhos vermelhos incandescentes analisaram Artífice com atenção meticulosa. — Uma criança que é mais do que uma criança... isto é interessante. — A voz maliciosa preencheu a câmara enquanto ele apontava Artífice com um dos tentáculos serpentinos. — Andei procurando por você.

— Você não conseguirá um artífice sequer nesta aldeia, demônio! — rebateu Artífice com um grito.

— É mesmo, é? — disse Malacoda.

Ele gesticulou os tentáculos na direção de um grupo de blazes. As criaturas incandescentes flutuaram lentamente na direção do trio, fagulhas e cinzas voando dos corpos em chamas.

— Rápido, para os carrinhos — instruiu Artífice. — Eu vou por último, eles não vão atirar bolas de fogo e arriscar me atingir.

Dando três passos rápidos, Caçadora saltou num carrinho e saiu em disparada pelo túnel. Em seguida, Gameknight e Artífice pularam no último carrinho, bem quando Malacoda cuspiu uma imensa bola de fogo no túnel, na esperança de cortar a rota de fuga deles. A caçamba partiu velozmente pelos trilhos logo adiante da bola incendiária, e os fundos do túnel irromperam em chamas explosivas. O túnel desabou logo atrás deles, felizmente selando o caminho.

Tinham escapado, mas por muito pouco.

Enquanto disparavam pelos trilhos, Gameknight ouviu os berros ensurdecedores de frustração de Malacoda, o rei ghast gritando a plenos pulmões:

— EU AINDA VOU PEGAR VOCÊS...

CAPÍTULO 11
PESADELOS REVELADOS

Artífice e Gameknight se abaixaram e ficaram juntinhos enquanto corriam pelo túnel no carrinho de mina. O calor da bola de fogo de Malacoda ainda preenchia a passagem, irritando os olhos e fazendo gotas de suor escorrerem por seus rostos. Uma sutil névoa fumacenta preenchia o ar, mas se desfez gradualmente conforme eles avançavam pelos trilhos.

— Essa foi quase — comentou Artífice, dando tapinhas no ombro do amigo. — Malacoda pareceu meio chateado com a nossa fuga.

— Chateado! — exclamou Gameknight. — Ele estava insano de fúria, uma fúria assassina completamente focada na gente, e provavelmente continua assim. Não sei se vamos ter tanta sorte da próxima vez.

— Pode ser.

Gameknight afastou o olhar, encarando os trilhos de mina. O túnel tinha levado direto para longe da caverna de criação, mas estava agora subindo lentamente um aclive. O ritmo das rodas nos dormentes criava um efeito hipnótico, o *ka-chunk, ka-chunk, ka-chunk* afastando as imagens horripilantes de Malacoda da mente dele.

Então, subitamente, o carrinho mergulhou num declive acentuado. Virou para a esquerda e para a direita, então para a esquerda de novo enquanto corria pela carne de *Minecraft*. Gameknight sabia que os trilhos contornavam aquelas seções da rede ferroviária que tinham parado de funcionar corretamente, uma porção do sistema que se tornara visível aos usuários por algum motivo. Quando isso acontecia, os NPCs convertiam aquela seção dos trilhos numa mina abandonada e a enchiam com os famigerados baús repletos de itens: uma espada aqui, comida e ferramentas ali. Era isso que os NPCs faziam: mantinham o mecanismo de *Minecraft* em funcionamento. Ele desejava que estivessem indo apenas em linha reta, porque as curvas súbitas afetavam seu estômago, e todo aquele tremor era desagradável. Porém, no momento em que estava prestes a reclamar, os trilhos se aplainaram de novo. Suspirando, relaxou um pouco.

Muito de repente, a parede rochosa do túnel afastou-se em curva e se abriu, revelando uma imensa fenda que se estendia até o céu, e o fundo mergulhava bem além do nível dos trilhos. Olhando para cima, Gameknight viu nuvens quadradonas flutuando pela estreita fatia de céu visível pela abertura da fenda. No fundo, ele notou um estreito rio correndo ao longo do abismo, com uma ou outra fonte de lava brotando e se derramando no córrego. A combinação de água e rocha derretida formava a obsidiana escura, de tom azul-meia-noite, que cintilava ao longe com fagulhas roxas. Sombras cobriam o fundo do estreito vale; os paredões verticais e a largura reduzida protegiam a fenda da luz do sol exceto ao meio-dia. Essas sombras permitiam que os monstros da noite, as criaturas da Superfície, vagueassem sem entrar em combustão. Dava para ver zumbis e esqueletos agrupados bem ao lado das paredes, ainda temendo a falta de proteção do fundo e o sol ardente que emergiria ao meio do dia.

A cena imediatamente o lembrou do sonho que tivera dias atrás, o sonho no qual Érebo lhe aparecera pela primeira vez, o princípio do pesadelo constante Estremecendo, seu rosto se paralisou quando o terror daquele sonho se repetiu na mente, deixando-o de olhos arregalados e com a boca entreaberta. Esperando ver braços verdes e apodrecidos tentando agarrá-lo das sombras, os olhos de Gameknight dardejavam, conferindo os dois lados do túnel enquanto ao mesmo tempo tentava se manter absolutamente imóvel, na esperança de que os monstros em sua mente não o notassem.

O jogador foi despertado do estado de transe por um aperto no ombro e uma voz soando nos ouvidos.

— Gameknight... tudo bem com você? — indagou Artífice. — O que há de errado?

— Ahh... bem... é... ahh... nada. Não é nada.

— Acho que chegou a hora de você me contar a verdade — exigiu Artífice, com a monocelha franzida de preocupação.

— Bem... eu ando tendo uns sonhos — confessou Gameknight. Ele se sentia meio ridículo falando sobre... pesadelos.

— Sonhos? NPCs raramente sonham quando dormem. Simplesmente ficamos desativados. Acho que o código de computador que nos controla em *Minecraft* faz uma pausa e deixa os recursos de CPU serem usados em outras funções. Só conheci um NPC que disse ter sonhado, e foi meu tio-bisavô Carpinteiro. Ele costumava chamar a si mesmo de andarilho dos sonhos, por mais que eu nunca tenha entendido o que isso queria dizer. — Fez uma pausa por um momento. Seu rosto parecia empolgado, quase infantil. — Como é... você sabe... sonhar?

Gameknight suspirou. Ele podia ver a empolgação no rosto de Artífice, mas sabia que precisava contar a verdade.

— Estes não são exatamente sonhos.

— Não exatamente? O que você quer dizer?

Subitamente, uma coluna de luz do sol penetrou o túnel. A parede se afastou novamente, revelando outra caverna aberta no topo. Dava para ver mais monstros perambulando no fundo, se mantendo nas sombras salvadoras. Imagens de Érebo irromperam em sua memória.

Ele estremeceu de novo.

— Não são sonhos. São pesadelos. Estou tendo pesadelos com Érebo. — A voz dele falhou com a emoção. Engolindo em seco, continuou: — O primeiro pesadelo foi há alguns dias. Eu estava num túnel tipo este. Num carrinho, voando pelos trilhos. Viajei por cavernas como essas que a gente passou... E então o carrinho parou.

O jogador pausou para ver se, de alguma forma, o carrinho de mina iria imitar o sonho e desacelerar até parar. Em vez disso, continuou mergulhando pelos trilhos, as paredes do túnel se aproximaram de novo e a caverna ficou para trás.

Com um suspiro de alívio, Gameknight continuou:

— Eu estava cercado por um nevoeiro estranho no sonho. Havia monstros na cerração por todos os lados. Eu não conseguia vê-los muito bem, mas sabia que estavam ali. E então começaram a vir atrás de mim com as garras afiadas e presas pontudas; zumbis e aranhas fluindo até mim de todas as direções. Eu não conseguia reagir... Estava assustado demais, então fiquei simplesmente parado ali e deixei os monstros me atacarem. A dor foi terrível, como se cada nervo no meu corpo tivesse pegado fogo. Eu gritei por ajuda, mas não havia ninguém lá: só eu e todos aqueles monstros. — Estremeceu enquanto as imagens se repetiam na mente dele, e depois continuou: — Só que, de repente, tudo parou.

Pausando para recuperar o fôlego, Gameknight sentiu o coração batendo forte no peito, a mente perdida em meio àquelas memórias dolorosas. Olhou para Artífice com o canto do olho. O NPC jovem-velho estava sentado imóvel, completamente fascinado pelo que o amigo estava dizendo, então o jogador seguiu com a história:

— Os monstros todos recuaram e pensei que, talvez, o pesadelo tivesse acabado, mas então ouvi uma risadinha, uma gargalhada arrepiante que fez ondas de pânico fluírem pelo meu corpo todo. Eu conhecia aquela risada, aquele riso maníaco, maldoso.

O jogador parou por um instante.

— Era Érebo — prosseguiu Gameknight em voz baixa, os olhos dardejando pelas sombras que agora cercavam o carrinho de mina. — Ele voltou.

— Mas como isso poderia ser verdade? Você disse que ele foi morto naquela explosão no último servidor.

— Eu sei, mas ele deve ter feito a travessia... coletado XP suficiente para reaparecer no plano de servidores seguinte, como nós fizemos. Ele não parece completamente sólido, está mais insubstancial e transparente do que fisicamente presente, mas ainda me mata de medo.

— Então você acha que ele está aqui?

— Não tenho certeza. Não sei bem o que os sonhos significam, ou se são verdadeiros, mas tem uma coisa que eu sei: Érebo está ficando mais sólido a cada pesadelo. Está se tornando real, e isso me assusta.

Gameknight ergueu a mão e esfregou a garganta, onde a pele ainda estava arranhada e dolorida.

— Era com isso que você estava sonhando noite passada — falou Artífice — quando Caçadora teve que derrubá-lo da cama?

Gameknight suspirou. Olhando pelos trilhos numa longa reta, conseguiu ver um outro carrinho ao longe, com um emaranhado de cabelos vermelhos vibrantes esvoaçando na brisa: era Caçadora. Desejou ter a força e a coragem dela.

Assentindo, o jogador continuou:

— O último sonho foi o mais real de todos. Sonhei que tinha voltado para casa no mundo físico. Na verdade, achei que eu *estivesse* em casa, e que tudo isto aqui havia sido um sonho. Então um portal se abriu no meu porão, bem ao lado da minha escrivaninha. Monstros começaram a sair: zumbis, aranhas, creepers... bem no *meu* porão. Eles foram direto para a escada, subindo na direção da minha casa. Ouvi algum tipo de luta, mas não sei o que estava acontecendo.

Ele baixou a voz, envergonhado.

— Eu estava com medo de subir e olhar. Os monstros poderiam estar atacando meus pais, ou... talvez... minha irmãzinha. — Uma lágrima cúbica lhe desceu pelo rosto. — Mas eu estava assustado demais para sair do porão. Me arrastei para debaixo de uma mesa e me escondi nas sombras. Não podia fazer nada. Não tinha nenhuma arma, nenhuma armadura, nada. O que eu poderia fazer?

Ele pausou, esperando algum tipo de resposta, mas Artífice continuou calado, ouvindo, com solidariedade estampada no rosto. O carrinho fez uma curva brusca, dando um tranco para a esquerda, e então se endireitou de novo. O choque súbito fez Gameknight voltar à narrativa:

— E aí, quando achei que não poderia ficar pior, Érebo saiu do portal. Ele parecia saber que eu estava ali. Empurrou para o lado as coisas que usei para me esconder e me pegou pela camisa, me erguendo no ar como se eu fosse um brinquedo. Então, começou a me esganar. Eu podia sentir que estava morrendo. Não conseguia respirar, então comecei a entrar em pânico. Estava tão aterrorizado que não podia nem pensar. Só fiquei ali pendurado nas mãos do monstro enquanto minha vida se esvaía lentamente... e então vocês me acordaram. Vocês me salvaram.

O jogador fez uma pausa para deixar que as imagens apavorantes sumissem devagar da mente.

— Mas teve uma coisa que notei no sonho, algo que parece ser importante.

— E o que foi isso? — perguntou Artífice em voz baixa.

— Érebo parecia mais sólido que no primeiro sonho... mais presente que ausente. Acho que está quase aqui.

Ergueu a mão e esfregou-a outra vez o local em que Érebo o tinha esganado. Não acreditava realmente que o sonho tivesse causado o pescoço dolorido — talvez não *quisesse* acreditar —, porém, por algum motivo, guardou esse fato para si.

— Artífice, sinto tanto medo o tempo todo. Quando nós descemos naquela primeira câmara de criação, eu estava aterrorizado. E, quando você quis procurar por sobreviventes na aldeia de Caçadora, eu quase não o segui porque estava assustado demais. Estou à beira do pânico a cada segundo... Não sou um herói.... Não posso fazer isso, enfrentar Malacoda e todos os monstros do Nether. E ainda por cima agora parece que terei que combater Érebo também. — Ele suspirou e enxugou uma lágrima do rosto. — Não posso mais lutar nessas batalhas épicas, derrotar esses monstros poderosos e conquistar todos os seus lacaios. Não sou um herói, sou só um menino assustado e covarde.

Com isso, ele se calou.

Artífice o encarou por um longo momento, com compreensão plácida no olhar e a monocelha curvada num arco solidário. Estendeu a mão quadrada e a pousou no ombro de Gameknight. Quando estava prestes a falar, o carrinho fez mais uma de suas mudanças súbitas de curso, ziguezagueando para a direita, ziguezagueando de volta à esquerda e depois mergulhando numa descida com uns vinte blocos de profundidade antes de se endireitar de novo.

— Entendo que você esteja com medo. Todos nós estamos.

— Não a Caçadora — retrucou Gameknight num tom de autorrecriminação.

— Caçadora está num caminho perigoso que só pode levar à violência e à morte. Ela precisa matar monstros para encobrir a angústia que habita seu coração. Ela não é corajosa; ela busca a morte. Mas você, Usuário-que-não-é-um-usuário, é muito mais.

— Só que estou assustado demais para fazer coisas heroicas.

— Você se lembra de Escavador, na minha velha aldeia? — indagou Artífice.

— Claro que me lembro — respondeu Gameknight solenemente. O jogador tinha causado a morte da esposa de Escavador quando ainda era um troll, uma pessoa que só jogava *Minecraft* para destruir coisas. Seu comportamento impulsivo tinha destruído uma família, só pelo prazer de ver monstros matando NPCs. Arrependia-se tremendamente do próprio passado. Era uma culpa que tinha carregado consigo desde que conhecera Artífice e aprendera sobre as vidas que existiam dentro de *Minecraft* e a guerra que estava se formando ali. — Eu me lembro bem até demais.

— Bem, o filho dele morria de medo da água. Não sabia nadar, mas amava pescar. Todos os amigos saíam de barco no lago perto da aldeia para pescar e ajudar a alimentar a vila. Só que o filho de Escavador não podia acompanhar as outras crianças... porque não sabia nadar. Ele sempre vinha a mim, aos prantos, quando alguns dos outros meninos o provocavam, mas ainda assim tinha um medo mortal da água.

— O que isso tem a ver com... — interrompeu Gameknight, sendo silenciado em seguida pela mão erguida de Artífice.

— Então, um dia, um dos outros meninos trouxe para casa um peixão realmente grande, e a aldeia ficou muito animada. Era o maior peixe que todo mundo já vira. Escavador ficou tão impressionado que cumprimentou esse outro menino na frente da vila inteira, o que levou seu filho às lágrimas. Lá estava o filho de Escavador, ouvindo o pai falar tão orgulhosamente dos feitos de outra criança. Ele se sentia inútil. Sentiu vergonha de ter medo da água, de estar sempre assustado demais para aprender a nadar. Então ele saiu correndo sem avisar a ninguém.

Artífice fez uma pausa e encarou Gameknight, os olhos azuis brilhantes sustentando o olhar do jogador sem hesitar.

— E aí? — perguntou Gameknight999. — O que aconteceu? Você não pode sair correndo assim por aí, sozinho, sem armas. É muito perigoso em *Minecraft*, especialmente para uma criança. Alguém o seguiu?

— Sim... eu segui, mas não deixei que notasse que eu estava lá. Segui o menino pela floresta, e então pela passagem rochosa até que ele chegou ao lago. E você sabe o que eu encontrei lá, no lago?

Gameknight fitou o amigo com um olhar inquisidor, ficando um pouco irritado. *Será que essa história acaba um dia?*

— O que você encontrou? — perguntou rispidamente.

— Um herói — respondeu Artífice com um sorriso.

— Ahh... o quê?

— Encontrei um herói no lago, e era o filho de Escavador. Veja bem, ele viu o respeito nos olhos do pai ao contemplar aquele peixe, e soube que teria que fazer alguma coisa ou sentir eternamente a vergonha de *não* tentar. Então lá encontrei o filho de Escavador, que depois ficou conhecido como Pescador, mergulhando de cabeça no lago.

— E o que aconteceu? Achei que ele tivesse medo da água. Como que isso faz dele um herói?

Artífice se aproximou, para que o Usuário-que--não-é-um-usuário pudesse ouvi-lo por sobre o estardalhaço das rodas do carrinho.

— Veja bem, o medo que Pescador sentia da água era devastador. Ele tinha paralisado o menino além da habilidade de pensar, e o fazia tremer de medo e chorar só de imaginar que entrava na água. Tinha que pescar bem de longe nas margens do lago, usando uma vara extralonga para que pudesse jogar a linha e pegar alguma coisa. Os outros meninos costumavam provocá-lo por causa da vara, perguntando se ele estava tentando pescar uma lula ou alguma outra criatura do mar profundo. Mas Pescador respondia aos insultos com silêncio, pois sentia que o abuso era merecido.

Artífice fez uma pausa, antes de prosseguir:

— Bem, o dia do peixão foi a gota d'água. Ele não aguentava mais aquela situação, então desceu até o lago e confrontou seu demônio... e foi a coisa mais corajosa que eu já tinha visto em todos os meus anos de *Minecraft*. Vi um menininho assustado encarar a coisa que mais o aterrorizava, aquilo que transformava sua espinha em gelatina e seus pés em rochas. Vi o menino se atracando com aquilo que o atormentava, usando forças que ele não sabia ter. Pois, veja bem, alguma coisa tinha mudado dentro de Pescador, algo muito importante.

Artífice parou de falar para contemplar os trilhos adiante. Os dois viam Caçadora à frente, logo antes do limite das trevas que os envolviam, os cabelos lustrosos fluindo como uma bandeira de liberdade... ou um estandarte de guerra.

— O quê...? Vamos lá, Artífice, o que foi que mudou? — perguntou Gameknight.

— Ele começou a aceitar a possibilidade de que poderia ser capaz de fazer esta grande coisa, conquistar seu medo da água e aprender a nadar. Começou a imaginar a si mesmo superando o obstáculo... Ele passou a acreditar.

Gameknight jogou as mãos para cima, exasperado.

— E como isso faz dele um herói? Só porque ele começou a acreditar? Como aprender a nadar, uma coisa tão insignificante assim, pode fazer dele um herói?

Artífice se inclinou para mais perto, para que Gameknight pudesse sentir a importância de suas palavras.

— Pescador finalmente parou de ser uma vítima e encarou o medo, e foi isso que fez dele um herói. Veja bem, não é a tarefa que faz o herói, mas o obstáculo que precisa ser superado. Claro, uma pessoa que mata um enderman poderia ser chamada de herói, mas será que você chamaria Caçadora de heroína por causa de todos os monstros que ela destruiu?

Gameknight ponderou... Caçadora. A coragem dela era notável, sua habilidade com o arco era provavelmente lendária, mas não, ele não pensava nela como uma heroína. Pensava nela como impulsiva, precipitada, matando coisas por conta de um desejo insano de vingança, como se isso a fizesse de alguma forma, se sentir melhor. Não, Caçadora não era uma heroína. Era descuidada e violenta, agindo por si, e não pelos outros e, no fim das contas, não passava de uma máquina insana de matar.

— Veja bem, o medo que Pescador sentia da água, do afogamento, era devastador — continuou Artífice. — Ele foi governado por esse medo até não passar mais de uma sombra do seu verdadeiro eu. Ele sempre tentava esconder a insegurança e o medo dos outros, dando desculpas, escondendo sua verdadeira face. Porém, quando aquele peixão enorme foi trazido à aldeia, quando o próprio pai admirou o outro menino pelo que tinha feito, algo dentro de Pescador se rompeu. As muralhas do medo que tinha contido sua coragem começaram a desmoronar, derrubadas pela esperança que ele sentia, a percepção de que ele *poderia*, sim, aprender a nadar. E a crença de que poderia superar o medo foi o que lhe permitiu tentar. Quando o menino encarou seu demônio, seu medo, e o enfrentou sem piscar, sem vacilar, confiante... foi nesse momento que ele se tornou um herói.

— Ele aprendeu a nadar? — perguntou Game-knight, agora empolgado com a história.

— Pescador se tornou o melhor nadador da aldeia, e o melhor pescador também, melhor que muitos homens crescidos... Você tinha que ver a inveja dos outros pescadores. — O NPC fez uma pausa e deixou a ficha cair por um momento. — Feitos não fazem um herói, Gameknight999 — afirmou em voz alta, como se tentasse proclamar ao mundo inteiro. — É como alguém supera seus medos que faz dessa pessoa um herói. — Artífice finalmente se calou.

Gameknight fechou os olhos e considerou as palavras enquanto elas ecoavam nas paredes do túnel, penetrando-o por todos os lados. E, conforme reverberavam na cabeça dele, o jogador sentiu uma mínima fagulha de compreensão. Não notou o fim do túnel se enchendo de luz conforme o carrinho de mina se aproximava de outra câmara de criação; outra vila, esta calma e pacífica. Concentrando-se nas palavras de Artífice com todo o seu ser, sentiu que havia algo de importante para ele ali; para todos eles.

Abriu os olhos, e seu fluxo de pensamentos foi interrompido pela sensação daquela aldeia onde tinham acabado de chegar. Podia dizer que aquele era o lugar de que todos eles precisavam, o foco do conflito que estava prestes a desabar sobre este reino digital. Podia, de alguma forma, sentir toda a raiva e ódio dos monstros da Superfície e das criaturas no Nether flamejante. Toda aquela fúria logo estaria concentrada naquele ponto... nele. O jogador estava confiante de que seria ali o início da Batalha Final por aquele servidor.

— Artífice — disse baixinho o Usuário-que-não-é--um-usuário. — Esta aldeia... Eu sinto que será aqui que faremos nossa defesa. É aqui onde a Batalha Final acontecerá neste servidor. Este é o lugar.

O jovem NPC com olhos sábios encarou Gameknight e concordou com um aceno da cabeça, em seguida se virou e olhou a câmara onde eles tinham acabado de chegar.

— De alguma forma — continuou Gameknight —, temos que trazer todas as nossas forças para cá; todos os NPCs desta terra. Mas como?

— Deixe isso comigo.

Artífice saltou do carrinho e sacou a espada. Segurando-a com as mãos, ele a ergueu bem alto e então a cravou direto no chão de pedra. Quando a arma se chocou com o piso, um estalo alto soou, interrompendo toda a atividade na câmara e convergindo todos os olharas para a dupla. Artífice se ajoelhou, continuou segurando a espada com força, fechou os olhos e se concentrou. Reuniu todo o seu poder de criação e estendeu-se pelo servidor, ao longo de todas as linhas digitais de código que sustentavam aquele plano de existência, e chamou seus aldeões. Forçando os poderes ainda mais, se estendeu além, chamando todos os NPCs, todos os Perdidos para aquele local... para a Batalha Final. Enquanto soava esse chamado silencioso, Artífice começou a brilhar num azul tremeluzente e translúcido que iluminou a câmara de criação num tom sutil de índigo.

Um silêncio espantado recaiu sobre a câmara enquanto todos os NPCs assistiam ao espetáculo, todos cientes de que alguma coisa importante estava acontecendo, mesmo que não soubessem que a batalha por este servidor tinha começado.

CAPÍTULO 12
PESADELO
REALIZADO

Um crepitar de luz, como uma tempestade de raios altamente concentrada, ou as centelhas de um milhão de choques de estática, começou a se formar sobre uma bela planície relvada. A bola de luz incandescente e giratória pulsava como um coração elétrico. Sua forma se contraía e expandia muito levemente, então de forma mais perceptível e amplificada. A pulsação fazia o globo de luz cintilante e estalante parecer se contrair como se sentisse imensa dor, disparando bolas de fogo crepitante de suas profundezas. As fagulhas e chamas queimaram o terreno, matando toda vida que tocavam, calcinando uma mancha doentia na superfície de *Minecraft*. Um odor podre e decomposto veio da bola de luz, um fedor que atacava os sentidos e ofendia a própria natureza. Era um aroma tão vil e nojento que afastou todos os animais próximos, e fez as próprias lâminas de grama tentarem se curvar para longe.

Então algo começou a emergir. Primeiro um par de longas pernas compridas apareceu, seguido por um torso pequeno, com braços igualmente longos e magricelos, e finalmente uma cabeça escura, os olhos de um vermelho ardente e com ódio de todas as coisas vivas.

Érebo tinha retornado a *Minecraft*.

O rei dos endermen contemplou a nova terra ao seu redor com desdém por toda a sua beleza. Seu vulto esguio se elevava sobre os animais próximos, e seus braços e pernas finos faziam com que parecesse ainda mais alto. Vacas mugiram ao longe. Um grupo de porcos grunhiu ali perto. Ovelhas passaram pelo enderman, despreocupadas, seus balidos levando Érebo a um ataque de raiva. Rápido como um raio, ele golpeou a ovelha mais próxima, cravando um punho rígido na criatura macia e matando-a imediatamente. A ovelha simplesmente deixou de existir, largando para trás um cubo de lã.

Sorrindo, Érebo virou-se na direção das distantes montanhas rochosas. Sabia que encontraria túneis nas entranhas de *Minecraft*. Seria ali que *seus* monstros residiriam. Eles não sabiam que eram dele, ainda não, mas logo viriam a entender que ele era seu rei... ou morreriam. Partículas roxas começaram a se formar em volta do enderman enquanto concentrava seu poder de teleporte, e então, na velocidade do pensamento, ele estava no sopé da montanha.

Observando as encostas, logo localizou uma abertura que o levaria ao subterrâneo. Teleportando-se àquela posição, ele se materializou na abertura. Caminhou casualmente túnel adentro e soltou sua risada maníaca e fantasmagórica. Sabia que ela atrairia os monstros até ele: sempre o fazia. Enquanto Érebo mergulhava mais e mais no covil subterrâneo, encontrou zumbis e aranhas escondidos em cantos, e os sempre presentes creepers espreitando como de costume. Atraindo-os com a própria força de vontade, foi descendo às profundezas, sua horda crescendo a cada passo. Muitos de seus irmãos endermen se materializaram nos túneis, teleportando-se de algum lugar desconhecido, aparecendo para se juntar à causa. Aprofundando-se cada vez mais, Érebo viajou pelo labirinto de túneis que levava sempre mais para baixo. Às vezes, tinha que abrir um túnel selado que lhe impedia o progresso. Mandava um creeper se posicionar junto à parede rochosa, e depois comandava a fera verde a detonar; sempre faziam como ele desejava. O fim explosivo de suas vidas abria as passagens bloqueadas e permitia que o exército crescente continuasse a jornada.

Finalmente, depois de viajar até as regiões mais profundas da Superfície, Érebo alcançou o nível da lava e se sentiu em casa. Tinha liderado a horda de monstros até uma imensa caverna com uma queda d'água de um lado, e um grande lago de lava do outro. Onde os dois se encontravam, havia faixas de pedregulhos e obsidianas: os resultados da mistura de lava com água. Estendendo seus poderes de enderman, convocou todos os monstros da área a se apresentarem na caverna e se curvarem perante o novo mestre. Os monstros, sendo pobres em inteligência e ricos em ódio pelas coisas vivas, afluíram até ele e sua promessa de destruição. Em vinte minutos — uma hora, no máximo — centenas de monstros chegaram para se juntar à multidão.

Érebo se teleportou até uma projeção rochosa que lhe permitiria estar acima dos súditos. O rei dos endermen contemplou do alto o próprio exército e, em seguida, ergueu os longos braços negros, comandando silêncio.

— Irmãos — guinchou ele com a voz aguda. — Chegou a hora do fim de *Minecraft*. A Batalha final se aproxima, e a Profecia está perto de sua conclusão, com vocês, meus irmãos, conquistando tudo.

Os monstros comemoraram, os gemidos dos zumbis se misturando aos estalos das aranhas, aos saltos das slimes e às risadinhas dos endermen. Creepers sibilaram e começaram a brilhar ao iniciar o processo de detonação, apenas para desligá-lo em seguida; sua única forma de emitir ruído.

Alguns withers flutuavam sobre a multidão, seus olhos sombrios fitando os monstros inferiores com desdém antes de encarar Érebo. Um som chocalhante, reverberante, vinha dos monstros de três cabeças enquanto eles flutuavam no ar: soava como um saco de ossos sendo chacoalhado dentro de uma sala de pedra vazia. Os ecos perduravam enquanto as criaturas se moviam, fazendo os demais monstros recuarem um passo. Com três cabeças de caveira e um corpo que não passava de um torso de esqueleto, aquelas eram feras assustadoras. Os três crânios olhavam em todas as direções ao mesmo tempo, olhos frios e mortos esquadrinhando o ambiente em busca de ameaças. Os crânios se assentavam numa coleção de ossos enegrecidos como se tivessem sido rolados nas cinzas de algum fogo ancestral. A espinha dorsal e as costelas do tórax esquelético estavam completamente expostas, assim como acontecia com seus primos da Superfície, os esqueletos, mas estas criaturas não tinham pernas, apenas um toco de coluna vertebral como uma cauda na parte inferior do corpo. Para se mover, os withers flutuavam como se sobre pernas invisíveis, capazes de pairar bem alto no ar, com a ponta ossuda da espinha jamais tocando o solo.

Eram horríveis de se olhar, mas ainda mais terríveis de enfrentar em batalha. Disparavam caveiras flamejantes venenosas, chamadas de caveiras wither, a uma grande distância, enquanto pairavam bem longe do chão. Portanto, eram muito difíceis de matar. Como cada uma de suas cabeças ossudas era capaz de se concentrar em um alvo, ou talvez num único usuário ou NPC, eles eram oponentes temíveis no campo de batalha. Érebo sabia tudo isso e assentiu com a cabeça escura e quadrada enquanto os via flutuar no ar: eram uma adição poderosa ao seu exército.

Esses withers darão excelentes generais, pensou Érebo, enquanto observava os outros monstros se afastando das criaturas de três cabeças. Um sorrisinho fino se espalhou pelo rosto dele.

— Esta é a hora dos monstros neste servidor e, em breve, em todos os servidores. Estamos a um passo da Fonte, e ela também logo será nossa.

As criaturas comemoraram de novo, desta vez mais alto.

— Eu vi o Portal de Luz. Sei que a existência dele é real, e também sei que está quase ao nosso alcance. Não vai demorar para que nós abandonemos os limites destes planos digitais e passemos a fluir ao mundo físico, onde conquistaremos todas as coisas vivas e estenderemos meu domínio até incluir tudo que há.

— Mas por que deveríamos seguir você? — gritou uma bruxa que estava parada perto do mar de lava.

Ela parecia como qualquer aldeão NPC normal, com os braços cruzados diante do tórax e um nariz bulboso dominando o rosto. Tinha longos cabelos negros como a meia-noite, que refletiam a luz do lago de lava próximo, de modo que ficavam com um brilho ondulado cintilante. Usava um chapéu cônico marrom, símbolo de sua posição, inclinado um pouco para o lado, formado por minúsculos cubinhos.

Érebo virou a cabeça de repente para a voz e se teleportou imediatamente até a bruxa. Com uma velocidade que fez o ataque contra a ovelha parecer letárgico, ele a golpeou com três socos rápidos e devastadores. Cada impacto a empurrou para trás alguns passos, e o rei dos endermen se teleportou adiante um passo a cada soco, para continuar a investida. O último golpe impulsionou a bruxa sobre a beirada rochosa, para o mar de lava. Ela morreu rapidamente. O monstro virou-se e encarou aqueles mais próximos, em seguida se teleportou de volta à projeção rochosa.

— Não se enganem. Eu era o rei dos endermen no último servidor, onde governava sem oposição. E, agora, sou o rei da Superfície aqui, neste servidor. Reivindico esta terra pelo meu direito e pelo meu poder. EU SOU O SEU REI!!! — A voz ecoou pela câmara, quase fazendo as paredes tremerem. — Mais alguma objeção?

Érebo esperou que a próxima alma perdida falasse, mas ninguém ousou desafiá-lo.

—Como eu pensava — disse, com satisfação na voz.

Contemplando o exército de monstros que se derramava aos seus pés, ele encarou cada um deles. Aquelas criaturas queriam matar todos que vivessem acima do solo: os NPCs e os usuários que infestavam *Minecraft*. Podiam quase sentir o cheiro do medo lá em cima; os aldeões patéticos cuidando de suas vidinhas patéticas, sempre assustados.

Érebo abriu um sorriso seco e maldoso.

Bem, vamos dar aos NPCs e usuários um motivo para sentir medo de verdade, pensou, enquanto o sorriso se alargava. *Eles vão descobrir por que temem a noite.*

Usou os poderes de teleporte para dar comandos silenciosos à massa de monstros, sussurrando no ouvido de cada criatura quase simultaneamente, mandando-os se dispersar. Eles seguiriam os túneis que os levariam à aldeia mais próxima; o primeiro alvo em sua campanha de terror e destruição.

Érebo purgaria este servidor de todas as coisas vivas, e então os monstros governariam. Fechou os olhos e imaginou a onda de destruição que ele derramaria sobre *Minecraft*; seria uma inundação incansável e impiedosa de dor e desespero, e havia apenas uma coisa no caminho dele, uma pessoa: o Usuário-que-não-é-um-usuário. Érebo tinha visto esse tal de Gameknight em seus sonhos e sabia que ele não era mais uma ameaça. Alguma coisa tinha acontecido ao Usuário-que-não-é-um-usuário quando subiu do último servidor, e agora ele estava consumido pelo medo. Não havia como aquele covarde pudesse detê-

-lo. Logo, o rei da Superfície faria esse Gameknight se ajoelhar diante dele e forçaria o Usuário-que-não-é--um-usuário a testemunhar o triunfo do monstro sobre todas as coisas vivas. E no momento em que sua desesperança chegasse ao fundo do abismo, quando ele não tivesse mais forças para implorar pela própria morte, então Érebo o destruiria, e sua vitória sobre os vivos estaria completa. Tateando mentalmente com seus poderes de teleporte, o enderman procurou o inimigo. Varreu a paisagem do mundo com a mente, tentando sentir Gameknight999, e subitamente o encontrou. Porém, assim como no sonho, o que viu foi um garotinho aterrorizado, não o grande guerreiro que derrotara o exército de Érebo no último servidor. Era patético e fraco... Bem melhor.

Abrindo um sorriso terrível e pavoroso, Érebo soltou uma risada assassina que preencheu a câmara com ecos. Suas gargalhadas ondularam a partir da caverna de lava até o próprio tecido digital de *Minecraft*.

—Estou indo atrás de você, Usuário-que-não-é--um-usuário — disse ele em voz alta para ninguém... Para todos.

CAPÍTULO 13

ESCOLHENDO UMA TRILHA

Um estranho calafrio percorreu Gameknight999. Parecia que minúsculos flocos de neve estavam sendo salpicados em cada centímetro da pele dele, enquanto ao mesmo tempo seu corpo ardia por dentro; gotas de suor se formavam nos braços e pescoço. Não eram só as sensações físicas que o preocupavam, mas as emoções também. Sentia-se como se estivesse nos espasmos de uma batalha: seus batimentos cardíacos se aceleraram, a respiração ficou ofegante, as veias estavam cheias de adrenalina. Simultaneamente, porém, o jogador se viu petrificado por um medo que parecia bem familiar, e sabia exatamente de onde essas sensações vinham... De um sonho. Não, de um pesadelo.

— Gameknight, está tudo bem? — indagou Artífice. O garotinho com olhos velhos e sábios se aproximou rapidamente do amigo. — Você parece pálido... e sua respiração... Você está sem fôlego. O que está errado?

Os dois estavam na vila que se erguia acima da câmara de criação aonde o carrinho os levara, habitando a torre estilo castelo que protegia a entrada da caverna. Gameknight olhava pela janela que se abria para a aldeia quando o sentimento o invadira.

— Venha, sente-se — sugeriu Artífice, enquanto levava o amigo a uma cadeira quadrada de madeira que ficava no canto da sala. — Conte-me o que há de errado.

Gameknight ficou simplesmente sentado, fitando a parede de pedregulhos, tentando compreender as emoções que o dominavam. Então começou a tremer bem de leve, o medo trespassando cada nervo do corpo. Um som no andar abaixo atraiu a atenção de Artífice para longe do amigo. Alguém tinha entrado na torre, e agora estava subindo a escada até o andar de cima. Os barulhos de mãos e pés ficaram mais altos conforme o visitante se aproximava. Foi então que a cabeleira ruiva de Caçadora surgiu pelo buraco no chão enquanto ela subia o que faltava da escada, e entrava no aposento. Parou ali ao lado da entrada, confiante e forte, observando a cena.

— Gameknight, conte-me o que está acontecendo — insistiu Artífice, com preocupação na voz.

— Ele chegou — murmurou Gameknight.

— O quê?

— É ele... Está aqui — gemeu.

— Quem? — indagou Caçadora, da entrada.

Pressentindo perigo, ela levou uma flecha ao arco e foi rapidamente até a janela, procurando por ameaças na aldeia.

Gameknight tremeu violentamente por apenas um instante quando os dedos gélidos do medo apertaram seu coração, mas então a sensação aterrorizante desapareceu.

— Érebo... ele está aqui, em algum lugar deste servidor.

— Érebo, quem é Érebo? — perguntou Caçadora, enquanto guardava a flecha, mas mantinha o arco na mão, sempre preparada.

— Ele soltou aquela gargalhada fantasmagórica de enderman — contou Gameknight, com a voz ainda um pouco trêmula. — Eu o senti. E percebi que ele podia me sentir também. Sabe que eu estou aqui, neste servidor. — Fez uma pausa para se forçar a respirar de forma lenta e calmante, agora que as estranhas sensações tinham passado, mas o medo ainda persistia. — Ele está vindo, e sente meu medo.

— Gameknight, está tudo bem. Vai ficar... — começou Artífice, mas foi interrompido.

— Medo... medo é uma coisa boa — afirmou Caçadora com uma voz forte. — Medo significa que ainda tem alguma coisa a matar. Você não precisa ter medo desse tal de Érebo. Um enderman é igualzinho ao outro, só mais um monstro que precisa ser morto.

— Você não entende! — exclamou Gameknight rispidamente. — Estamos falando de Érebo, autoproclamado rei dos endermen. Ele lidera um exército de monstros maldosos e implacáveis. Vão atacar aldeia atrás de aldeia até terem destruído tudo neste servidor. Conseguimos detê-lo no último, mas tivemos ajuda. Vários usuários famosos de *Minecraft* vieram combater os monstros. Agora, temos só aldeões... e não serão suficientes para virar a mesa, não aqui. Além disso, não podemos enfrentar Érebo aqui na Superfície e Malacoda no Nether. Não sabemos se estão trabalhando juntos ou separados, mas, de um jeito ou de outro, eles provavelmente têm monstros demais para encararmos.

Gameknight se levantou, finalmente sentindo-se melhor, e voltou à janela para continuar olhando a aldeia serena. Via os NPCs cuidando de suas vidas, abençoadamente ignorantes da onda de destruição que estava prestes a atingi-los. Deu as costas à vista e olhou para Artífice, esperando que o garotinho tivesse algumas respostas escondidas naquela cabeça idosa.

— Precisamos de informações — afirmou Artífice, enquanto se levantava e atravessava a sala até o amigo. — Precisamos descobrir o que Malacoda está fazendo para então decidirmos qual ameaça é mais urgente: o rei do Nether ou o rei dos endermen. Precisamos escolher uma trilha e enfrentar uma das duas ameaças *agora*. — Parou para olhar Caçadora, cujos olhos estavam sedentos de aventuras, de mortes, e então se virou novamente para Gameknight. — Precisamos viajar ao Nether.

— O Nether... — gemeu Gameknight. Ele sabia o que isso significava: homens-porcos zumbis, blazes, cubos de magma e, é claro, os terríveis ghasts. Era um lugar perigoso, um pesadelo vivo... O jogador ficou com medo, porém, as palavras de Artífice piscaram em sua mente como uma vela sendo acendida nas trevas. *"Feitos não fazem um herói..."* Havia muito medo para ser superado, mas o feito parecia grande também.

— Podemos fazer isso — aconselhou Artífice —, ou esperar que Érebo chegue, e então possivelmente sermos forçados a encarar dois exércitos.

A imagem de dois grandes exércitos dominou a mente de Gameknight: uma imensa horda de criaturas da Superfície de um lado, e os monstros do Nether do outro. O pensamento fez com que ele estremecesse, e soube que Artífice tinha razão. Olhando em volta, admirou os dois NPCs diante dele. Havia Artífice, com sua amizade inabalável além da compaixão e sabedoria sempre presentes; e também Caçadora, com aquela bravura devastadora e, às vezes, irracional. Os dois tinham alguma coisa de que Gameknight precisava desesperadamente: confiança e coragem.

Suspirando, percebeu que sabia qual trilha precisavam seguir, e aonde ela levaria.

— Tudo bem, Artífice. Ao Nether.

— Vocês dois são insanos — interveio Caçadora. — No Nether só há morte e fogo. Já há o suficiente disso na Superfície, por que sair procurando por mais?

— Porque *precisamos* saber qual é o plano de Malacoda — afirmou Artífice. — Você viu todas aquelas feras do Nether na última aldeia. Ele está mobilizando um exército e coletando artífices por algum motivo. Nós *temos* que descobrir o que está acontecendo.

— Bem, me incluam fora dessa — retrucou ela. — Já há coisas suficientes para matar aqui neste mundo. Não preciso ir àquela dimensão infernal para encontrar coisas para flechar. Podem ir sem mim.

— Sua ajuda seria muito bem-vinda — disse Gameknight baixinho, enquanto olhava para o chão, envergonhado em lhe pedir ajuda.

— Não vai rolar — respondeu ela, com os brilhantes cabelos ruivos esvoaçando enquanto girava e seguia até a saída. Segurou nos degraus e desceu pela escada, no caminho para o interior da aldeia.

—Acho melhor não contar muito com a ajuda dela, né? — comentou Gameknight com um sorrisinho amarelo.

Artífice riu e deu um tapa nas costas do amigo.

— Talvez não... Vamos lá, vamos cuidar disso. Temos só que dar uma olhada e ver o que está acontecendo lá embaixo no Nether. Estaremos de volta num instante.

Concordando apreensivamente, Gameknight seguiu Artífice até o térreo, ficando na cola do amigo pela escadinha secreta que levava à câmara de criação.

Lá chegando, os ouvidos de Gameknight foram agredidos com todo tipo de comoção e ruído. Tinham convencido o artífice da aldeia a mandar seus NPCs passarem a produzir armas e armaduras, espadas de ferro aos milhares e armaduras para as massas que logo seriam convocadas a resistir à maré de destruição que estava prestes a inundar o servidor. Por toda a câmara de criação, agora havia NPCs, cada um deles produzindo engenhos de guerra. Pilhas de armaduras e armas eram socadas nos cantos e debaixo de carrinhos de mina, além dos baús, já transbordantes.

Enquanto eles criavam, Gameknight via os numerosos carrinhos chegando à caverna com NPCs dentro, alguns com expressões otimistas: comunidades inteiras atendendo ao chamado de Artífice. Porém, alguns dos NPCs traziam o desespero estampado no rosto. Esses eram os Perdidos, aldeões que tinham perdido seus artífices e estavam procurando uma nova moradia. Artífice tinha rapidamente se tornado

uma lenda para esses NPCs, e os desabrigados e sem-
-lar acorriam a esta aldeia para ser adotados por Artífice e se tornar parte de uma comunidade novamente.
Quando eles chegaram ao piso da caverna, os novos
NPCs se aglomeraram em volta de Artífice, todos querendo se reclinar contra o novo líder. Gameknight se
afastou conforme os aldeões cercavam o amigo. Enquanto observava, viu Artífice brilhar com uma suave
luz azul ao aceitar esses novos aldeões em seus cui-
dados, os rostos agora cheios de júbilo e orgulho.

Gameknight999 sorriu.

Enquanto inspecionava algumas das espadas sendo produzidas, assistiu enquanto Artífice falava em
voz baixa com o artífice da vila, tanto o menininho
quanto o velho NPC vestidos do mesmo jeito. Mas o
artífice da vila claramente demonstrava respeito e de-
ferência aos anos de experiência e sabedoria de seu
amigo. Depois da rápida conversa, Artífice correu pelos degraus e se aproximou de Gameknight.

— Os escavadores vão começar a minerar obsidiana — explicou o NPC.

Gameknight viu um grupo de 20 aldeões, com picaretas de ferro nos ombros, descendo por um poço
de mina, alguns outros, portando espadas, seguiam
logo atrás. Era sempre perigoso descer ao nível da
lava: aquele era território de monstros. Os mineiros e
guerreiros olharam por sobre os ombros para Gameknight, em seguida se endireitando conforme o Usuário-que-não-é-um-usuário acenava para eles.

— Vamos precisar da obsidiana para fazer um portal para o Nether — disse Artífice. — Vou ficar aqui su-
pervisionando. Você deveria tentar dormir. Está com
uma cara horrível.

— Nossa, obrigado — respondeu Gameknight com um sorriso.

— Além disso — continuou Artífice —, acho que vamos precisar de cada grama da nossa força para viajarmos ao Nether. Vá descansar. Vou subir também, depois que eles começarem a fazer o portal.

Gameknight assentiu, percebendo como estava realmente cansado.

O Nether... A ideia de ir àquela terra terrível de fumaça e fogo o preencheu com trepidação. Mas o jogador sabia que não poderia simplesmente se esconder naquela aldeia e esperar que Érebo o encontrasse. Tinha que fazer alguma coisa para alterar a equação, ou todos estariam condenados. Com um suspiro, ele deu meia-volta e subiu pelos degraus que levavam à superfície. Gameknight ia descansar, mesmo que, enquanto andava, já sentisse os monstros do Nether afiando as garras em antecipação.

CAPÍTULO 14
NOVO PESADELO

ameknight999 tentou olhar através da névoa prateada, mas a cerração rodopiante e úmida era espessa demais para que sua visão a penetrasse. Ele sentia o beijo molhado nos braços e rosto. Deixava uma sensação fria e ensopada no corpo e na camiseta, que o gelava até os ossos.

Vultos estranhos se moviam ao longe, formas sombrias surgindo e então desaparecendo enquanto manobravam pelas nuvens grossas, seus corpos apenas contornos indefinidos — irreconhecíveis. Um medo gélido começou a saturar sua consciência do ambiente conforme as aparições se moviam pelo nevoeiro; havia uma presença indefinida ali, uma forma sombria que flutuava pelas nuvens prateadas e o enchia de pavor. As criaturas se moviam por perto como se quisessem atrair seus sentidos e atiçar sua imaginação, seus medos preenchendo as imagens vazias com detalhes assustadores. Ele começou a tremer de medo.

— Onde estou? — indagou às sombras. — Que lugar é este?

A voz ecoou pelo vapor nublado e voltou a ele de todas as direções, fazendo-o sentir-se como se estivesse cercado. Risadas então começaram a se infiltrar na névoa, começando como o mais leve espectro de uma risadinha e crescendo até uma gargalhada maníaca, que destroçou seus últimos vestígios de coragem. O ruído o atacou por todos os lados, forçando o jogador a levar as mãos às orelhas, o que não ajudou muito. Na verdade, o movimento pareceu deixar o barulho mais alto, como se estivesse vindo de dentro dele, em vez de partindo do nevoeiro prateado aterrorizante.

E aí, subitamente, a risada parou.

Gameknight olhou em volta, tentando discernir por que o barulho tinha desaparecido subitamente, mas, de qualquer maneira, estava grato pelo alívio. Ainda assim, sentia na parte mais profunda da própria alma que o silêncio provavelmente era tão perigoso e aterrorizante quanto a risada. As formas misteriosas dentro do nevoeiro tinham todas parado de se mexer, e agora estavam completamente imóveis: aquelas estátuas fantasmagóricas o circundavam.

Então começou... Um ronronar suave que derreteu algumas das estalactites de gelo que estiveram cravadas em sua alma. O som suave e reconfortante o preencheu com um calor que se espalhou pelo corpo. O jogador calculou que o ronronar vinha da esquerda. Era como se uma multidão de gatos estivesse ali, em algum lugar da névoa, seu contentamento reverberando com cada respiração. A satisfação dos bichos trouxe um leve sorriso ao rosto de Gameknight. Então, o som começou a mudar. Um sussurro de choro se misturou ao ronronar suave, como um bebê que estava muito distante, chorando desesperadamente pela mãe. O choro ficou mais alto e se aproximou. Ao chegar mais perto, porém, o barulho mudou sutilmente. Não parecia mais apenas uma criança sentindo falta da mãe. Não, o choro soava furioso e rancoroso, como se o bebê estivesse sendo punido por algum crime terrível e agora buscasse vingança. Os gritos acentuavam os sentimentos de raiva e malícia.

Um vulto começou a se formar dentro do nevoeiro, claramente a fonte dos uivos. Era uma grande forma quadrada, com coisas penduradas debaixo do enorme corpo. Gameknight sentiu que deveria reconhecer a sombra, mas sabia que estava no mundo dos sonhos de novo, e coisas como memória e razão nem sempre funcionavam muito bem por ali. O que sabia era que tinha medo daquela criatura, medo que crescia até virar terror conforme a monstruosidade se aproximava.

E então a criatura gigantesca atravessou o nevoeiro. Um grande rosto quadrado e infantil emergiu da cerração e o encarou do alto, lágrimas furiosas manchando a pele sob os olhos aterrorizantes: era Malacoda.

— Bem-vindo à Terra dos Sonhos, Usuário-que--não-é-um-usuário — retumbou ele, a voz grave reverberando. — Já estou esperando você há algum tempo.

— Que lugar é este? — indagou Gameknight, olhando o terrível rosto da besta. — Isto aqui não é real... Você não é real. Isto é só um sonho.

O rosto de Malacoda se iluminou quando exibiu um sorriso sinistro. Desatou numa risada malévola e trovejante. O som foi instantaneamente acrescido das risadas das outras formas na névoa, algumas delas agora brilhando como se em chamas.

— Usuários... Sempre tão ignorantes a respeito das coisas no interior de Minecraft — rimbombou Malacoda, e estalou um dos tentáculos para silenciar os lacaios. As risadas morreram imediatamente, deixando apenas um som de chiado mecânico. — As coisas na Terra dos Sonhos são tão reais quanto o sonhador as faz. Você não entendeu isso ainda, Usuário-que-não-é-um-usuário?

— Eu... ah...

Com a velocidade de um relâmpago, Malacoda disparou um tentáculo na direção de Gameknight, envolvendo o corpo do menino com o apêndice úmido, prendendo seus braços. Com lentidão excruciante, puxou Gameknight em direção ao seu enorme rosto branco como osso, erguendo o Usuário-que--não-é-um-usuário do chão até que estivessem face a face. O jogador lutou contra o grosso tentáculo, mas este era como aço frio: implacável e sólido.

— Eu trouxe você aqui para lhe dar uma chance de escapar da morte — explicou o rei do Nether. — Veja bem, você não pode me deter. Vou levar meu exército à Fonte e destruirei todos esses mundos de Minecraft, quer você resista ou não. Você e aquele artífice de araque não são nada comparados a mim. Minhas forças varrerão completamente este mundo, depois farão o mesmo à Fonte, e não há nada que você possa fazer quanto a isso. A única esperança

que lhe resta é correr e se esconder. Desfrute dos seus últimos dias de vida. Sua morte é inevitável.

O medo fervia por Gameknight999 enquanto essas palavras eram marcadas a fogo em sua alma. Imaginou a irmãzinha parada no topo da escada do porão, gritando enquanto os monstros fluíam lentamente, tudo por causa dele. Podia quase vê-la no nevoeiro, seus gritos aterrorizados silenciosos o esfaqueando, esfaqueando seu medo. Enquanto esses pensamentos lhe passavam pela cabeça, Malacoda abriu um sorriso malévolo e conhecedor, como se pudesse ler a mente de Gameknight.

— Uma irmã — trovejou o ghast. — Você tem uma irmã... Que interessante. Mal posso esperar para conhecê-la. Hahaha.

Malacoda encheu o ar com sua risada ribombante.

— Deixe-me mostrar-lhe como as coisas serão com sua irmã e o resto da sua família.

Imagens passaram na mente de Gameknight, como se ele estivesse vendo um filme, mas um filme que ele não podia parar de assistir. Fechou os olhos com força, mas não fez diferença. As imagens estavam dentro da mente dele.

Viu Malacoda emergir do portal formado pelo digitalizador de seu pai, a imensa criatura mal capaz de passar pela abertura. O monstro derrubou pilhas de caixas e livros ao flutuar pelo porão. Ao alcançar os degraus, um dos tentáculos disparou para cima e agarrou alguma coisa à porta. Trouxe seu prêmio para baixo lentamente. Gameknight percebeu que era sua irmã, com o rosto pálido de pavor e lágrimas *escorrendo pelas bochechas. Malacoda a segurou com firmeza ao flutuar escada acima. O monstro se espremeu pela porta e chegou à cozinha. Blazes e homens-porcos zumbis seguiram o rei enquanto ele vasculhava a casa, procurando outras vítimas. Rapidamente, os pais de Gameknight foram arrebanhados até a sala por alguns esqueletos cujas flechas afiadas estavam apontadas às suas costas indefesas. Investindo com os longos tentáculos, Malacoda também agarrou os pais de Gameknight999 e os segurou com força, puxando-os para perto da filha. Os esforços deles não faziam diferença; eram prisioneiros, completamente indefesos.*

Com um gesto rápido de outro tentáculo, Malacoda mandou alguns Blazes derrubarem a parede lateral da casa. Bolas de fogo das criaturas flamejantes se chocaram contra a parede da sala de estar, explodindo-a em milhões de pedaços, incendiando sofá e cadeiras imediatamente. A fumaça subia da casa enquanto Malacoda saía à rua, seguido por um fluxo constante de monstros. Zumbis esmagaram portas, e creepers explodiram paredes, deixando aranhas gigantes e esqueletos entrarem nos lares para atacar os habitantes frágeis.

A cena se repetiu por toda vizinhança, então pela cidade, e aí pelo estado: ataques implacáveis. Os cidadãos foram incapazes de resistir à inundação de monstros que fluía do Portal de Luz no porão. Com sua derrota em Minecraft, Gameknight999 tinha causado, sem querer, toda essa destruição. Era culpa dele. Olhou a irmã e viu seu rosto aterrorizado fitando-o de volta, esperando que o irmão mais velho de alguma forma desse um jeito naquilo tudo e a salvasse. O jogador se sentiu um fracasso e se debateu para se soltar. Malacoda segurou com força a família de Gameknight com seus tentáculos, forçando-os a assistir à destruição do próprio mundo; o ghast estava reservando os três para o fim.

Gameknight tentou afastar as imagens de seu cérebro, mas não conseguiu reagir. Malacoda parecia controlar sua mente.

— Nããoo... — gemeu ele, com lágrimas escorrendo dos olhos retangulares.

Malacoda riu.

— Sim, vou guardar sua família para o fim, e forçá-los a ver a destruição da própria espécie — confirmou, a voz grave ressoando com orgulho. — Então vou extinguir suas vidas inúteis e me tornar o governante de tudo. Meu exército varrerá o mundo físico como uma tempestade implacável, limpando tudo em seu rastro.

— NÃÃÃOO — gritou Gameknight de novo, com os olhos agora ardendo.

— Sim, certamente estou ansioso para encontrar essa sua irmã.

O monstro riu novamente enquanto estalactites de gelo se cravavam no coração de Gameknight999. Ele pensou no olhar de terror absoluto estampado no rosto da irmã e tremeu descontroladamente. Ela estava apavorada, e eu deveria protegê-la, pensou ele. Sou o irmãozão dela, e esse é meu trabalho: mantê-la em segurança!

A raiva começou a borbulhar dentro dele, não direcionada contra o monstro horrendo que envolvia

*seu corpo com tentáculos frios, mas focalizada para
dentro, para si mesmo.*

Não posso deixá-la na mão. Eu me recuso.

*— E, aliás, Usuário-que-não-é-um-usuário, diga
àquele fiapo de artífice que eu vou atrás dele em
seguida — afirmou Malacoda num tom particular-
mente vil, apertando os tentáculos mais um pouco,
dificultando a respiração. — Estou construindo algo
especial, e está quase completo. Tem um lugar de
honra reservado só para seu amigo.*

*Foi então que imagens do Nether invadiram a
mente de Gameknight. Ele via a imensa fortaleza,
construída em pedra escura, erguida no topo de altas colunas, com passagens elevadas se estendendo
por todos os lados da imensa estrutura. A visão que
Gameknight tinha da fortaleza se acelerou diante
de seus olhos como se estivesse voando, seu ponto
de vista lentamente se deslocando sobre a paisagem. Percebeu que ainda estava no gélido tentáculo
de Malacoda. A monstruosidade flutuava acima da
fortaleza dentro da Terra dos Sonhos, espiando por
sacadas altas e por janelas gradeadas. Gameknight
ficou chocado com o tamanho da estrutura. Deveria
ter pelo menos 200 blocos de altura, se não mais.*

*Malacoda subitamente voou até a torre gigante
no centro da fortaleza, mergulhou por uma sacada
aberta e emergiu dentro da estrutura. Perante os
dois havia um grande salão quadrado feito de pedra do Nether, com o exterior salpicado de janelas
gradeadas. Gameknight via pessoas dentro da estrutura: tristes vultos trajados em preto com longas
listras cinzas descendo pela frente: artífices.*

— Contemple o futuro lar do seu amigo — anunciou Malacoda numa voz sinistra. — Ele logo será um hóspede aqui, mas seu verdadeiro posto de honra será em outro lugar.

O ghast então girou e disparou para fora da imensa torre. Sem partir nenhum bloco, atravessou a parede da fortaleza e emergiu do lado de fora. Flutuando bem alto, sobrevoou o imenso mar de lava e deu meia-volta para contemplar sua poderosa cidadela. Gameknight notou uma grande abertura no sopé da fortaleza, com degraus que levavam à entrada. Incontáveis criaturas entravam e saíam da cidadela, algumas delas NPCs prisioneiros forçados a trabalhar. A entrada se escancarava em direção ao imenso mar de lava que se estendia ao longe, a costa oposta mal visível em meio à fumaça e à névoa. Pontes estreitas corriam sobre o oceano derretido, alcançando uma ilha rochosa circular. Em volta da margem da ilha, Gameknight notou doze blocos de obsidiana distribuídos em intervalos regulares, posicionados na pedra como números num relógio. Em cima da maioria dos cubos escuros de obsidiana, havia um único bloco azulado de algum tipo; algo que parecia uma bancada de trabalho, mas não era. Eram diferentes, mas familiares ao mesmo tempo. Gameknight percebeu que nem todas as bases de obsidiana tinham uma daquelas coisas no topo, mas a maioria sim. No centro da ilha havia uma grande estrutura de talvez quatro blocos de altura, com degraus que subiam dos quatro lados, todos feitos de obsidiana. E foi até ali que Malacoda levou Gameknight.

— Eu queria lhe mostrar de onde sua derrota virá. Será aqui que me vingarei de você e destruirei aquele artífice insignificante que você chama de amigo. Sua ruína abrirá o caminho para a minha vitória, e, quando eu não precisar mais dele, o esmagarei completamente.

Os tentáculos que envolviam Gameknight999 apertaram mais um pouco, dificultando ainda mais a respiração.

Artífice... não posso vê-lo morrer novamente, como no último servidor.

A raiva do jogador começou a se tornar uma fúria ardente, agora, enquanto imagens de chamas lhe preenchiam a mente. E, naquele instante, notou que estava literalmente pegando fogo. Estranhas chamas azuladas e iridescentes dançavam por seu corpo. Eram da mesma cor que uma arma encantada, algo entre o azul e o roxo, mas continham uma sensação de poder implícita. Conforme a fúria aumentava, a intensidade das labaredas cor de safira cresceu também, seu beijo começando a fazer os tentáculos de Malacoda estremecerem e se contorcerem.

Gameknight percebeu, de repente, que as chamas vinham dele: a imaginação era dele, o sonho era dele. Tal conclusão o encheu com um vislumbre de esperança. Tinha um medo devastador de Malacoda, o rei do Nether, que agora frequentava seus pesadelos, mas algo que Artífice dissera ecoou no fundo da mente do jogador: "Feitos não fazem um herói, Gameknight999. É como alguém supera seus medos que faz dessa pessoa um herói."

A voz jovem do amigo preencheu sua mente, afastando as imagens da irmã e dos pais de volta às trevas: tinham sido banidas de sua mente.

Não, *pensou.* Não vou deixar que nada disso aconteça!

Feitos não fazem um herói...

As chamas azuis arderam um pouco mais brilhantes, fazendo os tentáculos de Malacoda se contorcerem com mais força, ainda firmes, mas já soltando o prisioneiro.

NÃO, eu não vou mais me fazer de vítima, *pensou Gameknight. As chamas arderam ainda mais fortes, formando um círculo azul dentro da névoa ao redor dele.*

É como alguém supera seus medos que faz dessa pessoa um herói...

— NÃO... NÃO! — *exclamou ele em voz alta.*

De repente, Gameknight era um sol resplandecente de fogo azul, chamas que feriam os tentáculos de Malacoda, como uma espada encantada de diamante. O ghast o soltou num instante, se afastando para o alto em seguida, fora de alcance.

— *Então, o filhote aprende* — comentou Malacoda sarcasticamente, com o sorriso substituído por um esgar maldoso no rosto quadrado. — *Muito melhor. Agora, deixe-me dar a você uma liçãozinha própria. Mas lembre-se, Minecraft é meu. Logo, seu mundo será meu também, e não há nada que você possa fazer quanto a isso.*

Uma imensa bola de fogo alaranjada começou a se formar entre os tentáculos de Malacoda. Ardeu cada vez mais forte até sobrepujar completamente as labaredas celestes de Gameknight. Malacoda então atirou a bola de fogo contra o jogador com velocidade de raio. Num instante, ele estava envolvido pelo petardo, a dor reverberando por cada nervo, a mente parecendo incendiada. E, quando ele achou que não poderia mais aguentar a dor, o fogo sumiu, e o rosto de Malacoda estava direto diante dele.

—Você vai fracassar, Usuário-que-não-é-um--usuário — afirmou o rei do Nether. — E então você será meu.

E, com um tranco do imenso corpo, os tentáculos de Malacoda se lançaram contra a cabeça de Gameknight, martelando-o com um golpe poderoso. Por fim, as trevas o engoliram.

CAPÍTULO 15

VIRANDO AS MARÉS DA GUERRA

Gameknight acordou de supetão: parecia que alguém tinha lhe dado um choque.

Estamos sendo atacados? O que está acontecendo? Onde estou? Os pensamentos quicavam pela cabeça dele conforme a névoa do sono se evaporava gradualmente.

O jogador se sentou e olhou em volta. Paredes de pedregulho o cercavam. Tochas colocadas em cada uma delas lançavam círculos de luz dourada que preenchiam o aposento. Ao olhar à esquerda, viu Artífice dormindo na cama ao lado, o jovem NPC respirando num ritmo constante. Ainda estava adormecido.

Gameknight se levantou lentamente da cama e atravessou o pequeno quarto para olhar pela janela. Era noite. Havia monstros vagueando por ali, zumbis e esqueletos procurando os incautos. Porém, a vila estava bem preparada. Blocos de pedra tinham sido colocados em frente às portas de madeira, para que os punhos de zumbis não as arrombassem. Tochas foram posicionadas por toda aldeia, mantendo o nível de iluminação bem alto: isso evitava que os monstros fossem gerados dentro da aldeia. Entretanto, mesmo com tantos preparativos, ainda havia criaturas por perto. À noite, sempre havia monstros à espreita.

Enquanto olhava pela janela, Gameknight sentiu que havia algo de diferente. Alguma coisa tinha mudado. A música do mundo fora alterada de alguma forma, tão levemente a ponto de ser imperceptível, só que, mesmo assim, o mecanismo de engrenagens eletrônicas que controlava o mundo estava tocando uma canção diferente naquela noite. Dava para notar a variação, mesmo que não fosse possível enxergá-la. Era como se as regras do jogo tivessem mudado, como se tivesse acontecido algum tipo de atualização do programa, mas os efeitos dessa atualização ainda não fossem evidentes. Gameknight acompanhou os movimentos de um zumbi enquanto tentava determinar essas mudanças, identificar o que havia de diferente. Não teve sorte; aparentemente, a nova música de *Minecraft* guardava fortemente seu segredo. Gameknight suspirou.

Fechou os olhos e tentou se concentrar nos sons de *Minecraft* — os sons daquele mecanismo que movia este mundo eletrônico —, a música de *Minecraft*. Porém, em vez disso, lembranças do sonho ressurgiram em sua mente: os artífices presos na cela de rocha do Nether e o círculo de pedra no mar de lava. Essas imagens pareciam importantes.

— Gameknight, está tudo bem?

Ele se virou e viu Artífice parado ao lado de sua cama, com a espada de ferro desembainhada.

— Tá — respondeu. — Só achei que tivesse ouvido alguma coisa.

Artífice deu alguns passos e parou quando seus olhos se arregalaram de preocupação.

— Seu queixo... o que aconteceu?

Gameknight ergueu a mão quadrada e esfregou o maxilar. Estava dolorido, um pouco inchado, e tinha um hematoma.

O que fiz para machucar minha mandíbula?

E então o fim do sonho voltou a ele em detalhes horríveis: Malacoda. O rei do Nether o tinha socado com um enorme punho de tentáculos, e o impacto o nocauteara e arremessara para fora da Terra dos Sonhos. Era a segunda vez que Gameknight havia sido ferido na Terra dos Sonhos: primeiro quando Érebo o esganara, e agora pelo soco de Malacoda.

O que aquilo tudo queria dizer?

— Eu tive outro sonho — contou Gameknight lentamente, as imagens ainda gotejando por seu cérebro.

— Érebo?

— Não... Desta vez foi Malacoda.

Gameknight esfregou o queixo de novo quando Artífice se aproximou para olhar melhor.

— Artífice, ele me mostrou o que iria fazer... à minha família... à minha irmã! — O menino fez uma pausa enquanto as emoções embargavam sua voz. Pequenas lágrimas cúbicas fluíram dos olhos conforme o sonho agonizante repassava na mente dele. Balançando a cabeça para forçar as imagens a sumir, continuou: — Ele me contou sobre os artífices. Estão lá embaixo com ele, na fortaleza, dentro de uma cela de prisão.

— O quê? Na fortaleza de Malacoda?

Gameknight assentiu.

—Ele os colocou numa cela de prisão. Mas tem mais. — Esfregou a mandíbula novamente e olhou nos olhos azuis brilhantes do amigo. — Ele disse que estava te procurando e que tinha um lugar especial para você. Era nessa ilha de pedra num mar de lava. Havia esses estranhos blocos em volta da ilha toda, como bancadas de trabalho, só que feitas de diamante. Eu acho que tinha talvez uns dez deles, talvez mais, e eles estavam...

Artífice ofegou espantado, com olhos arregalados de pavor.

—O que você disse? — inquiriu, dando um passo mais para perto.

—Eu disse que tinha talvez uns dez deles em volta da ilha toda e...

—Não — retrucou Artífice. — Antes disso. Que tipo de blocos você falou que eram?

—Não sei direito. Nunca vi nada igual antes. Pareciam bancadas de trabalho de diamante. Só que isso não faz nenhum sentido. Como poderiam ser...

—Doze — interrompeu-o Artífice. — Serão doze delas, e então uma no centro.

—É, isso mesmo. Como que você sabia?

—Existe uma velha Profecia; a Profecia dos Monstros, e parece que ela está sendo realizada no Nether — explicou Artífice em voz baixa, com os olhos fixados no chão. — Nossa Profecia nos conta sobre a vinda do Usuário-que-não-é-um-usuário para nos salvar durante a hora das provações, quando os monstros da Superfície tentarão dominar tudo e alcançar a Fonte. Porém, existe outra profecia... A Profecia Perdida.

O NPC fez uma breve pausa antes de prosseguir:

— Todos os artífices conhecem a Profecia Perdida. Ela fala das criaturas do Nether e de um anel de blocos de diamante, especificamente bancadas de trabalho de diamante. Elas só podem ser produzidas por um artífice veterano, e são feitas à custa da vida do artífice. Quando doze dessas bancadas forem ativadas num anel, com uma décima terceira no centro, um portal será formado para levar as criaturas do Nether diretamente à Fonte.

Artífice pausou para respirar fundo e deixar suas palavras serem processadas. Erguendo o olhar, encarou Gameknight999, com uma expressão de incerteza e medo estampada no rosto quadrado. Suspirando, continuou:

— Se ele terminar esse portal, então poderá levar seu exército diretamente ao servidor que abriga a Fonte, e tentar destruí-lo. — Artífice fez outra pausa, perdido em pensamentos, e depois perguntou: — Ele tinha um grande exército?

— Vi um monte de monstros em volta da fortaleza, mas não acho que o exército dele seja supergrande; pelo menos, ainda não — respondeu Gameknight. — Porém, o que mais me preocupa foi a quantidade de geradores de monstros que vi. Ele tem centenas e centenas deles. Em mais ou menos uma semana, o exército será tão grande que realmente *vai ser* imbatível.

— Se eles terminarem o que estão fazendo lá embaixo e criarem o portal gigante, Malacoda vai mover *todos* os seus monstros para a Fonte — afirmou Artífice, com a voz agora afiada. — E, se ele continuar a expandir seu exército, então... — Um ar de desolação surgiu no rosto do jovem NPC. — Temos que fazer alguma coisa... e agora.

— O que podemos fazer para deter Malacoda?

Assim que disse isso, uma imagem surgiu na mente de Gameknight: Malacoda, gritando de raiva ao descobrir sua cela de prisão obsidiana vazia, seus preciosos ocupantes roubados e devolvidos à Superfície. Um sorriso cresceu lentamente em seu rosto.

— Eu sei o que vamos fazer — anunciou o Usuário-que-não-é-um-usuário com orgulho. — Vamos roubar os artífices dele. Isso vai detê-lo... por enquanto.

— É claro! — exclamou Artífice, dando tapinhas no ombro do amigo. — Chegou a hora de inverter as marés desta guerra. Vamos levar a batalha à Malacoda em vez de apenas reagir ao que ele faz, e sei exatamente como. Vamos lá... à câmara de criação. Precisamos de suprimentos e do portal ao Nether. Vamos ver como estão os mineiros.

Artífice correu até o buraco no chão e escorregou pela escada até o piso. Gameknight viu o amigo partir, mas hesitou.

O Nether... Será que eu quero mesmo ir ao Nether?, pensou. *Mas que escolha tenho? Não posso deixar Artífice ir sozinho. Eu preciso estar lá para ajudar.*

Imagens de homens-porcos zumbis, blazes, esqueletos wither e ghasts preencheram sua mente: todas as criaturas do Nether que adorariam matar o Usuário-que-não-é-um-usuário. E, é claro, a ideia de enfrentar Malacoda paralisava seus pés, tornando impossível se mover. Malacoda... Era o novo pesadelo de Gameknight, alguém que realmente fazia Érebo parecer insignificante. O jogador jamais teria pensado que poderia haver uma criatura mais aterrorizante em *Minecraft* que o Rei dos Enderman. Mas Malacoda... Malacoda era a coisa mais assustadora que Gameknight poderia imaginar.

O que vou fazer?, pensou, enquanto uma sensação devastadora de terror percorria seu corpo, fazendo-o tremer.

Subitamente, uma pequena cabeça surgiu no buraco do chão, dois olhos azuis brilhantes fitando o Usuário-que-não-é-um-usuário.

— Ei... Gameknight... você vem comigo? — perguntou Artífice.

— Tô indo — respondeu Gameknight999, andando até a abertura apesar do medo que ribombava dentro dele.

CAPÍTULO 16
A FÚRIA DE ÉREBO

É rebo uivou de raiva: tinham chegado a mais uma aldeia sem nenhum aldeão. O que estava acontecendo? Ele queria matar NPCs, precisava do XP deles para avançar ao próximo servidor e se aproximar da Fonte, mas não estava fazendo progresso algum. Alguma coisa, ou alguém, estava alcançando as aldeias antes e esvaziando todas elas antes que ele pudesse chegar e matar qualquer um. Isso o enchia de fúria ardente.

— Onde estão eles? — guinchou Érebo, a voz aguda ferindo os ouvidos de quem estivesse por perto.

—Não sabemos — respondeu um dos generais wither.

Érebo contemplou o meio-esqueleto flutuante. A criatura era difícil de ver nas trevas. Durante o dia, os ossos queimados teriam se destacado em forte contraste às colinas relvadas que cercavam esta aldeia; porém, o abraço sombrio da meia-noite dificultava as coisas. O rei dos Endermen conseguia divisar apenas três caveiras em cima de um torso ossudo, duas delas esquadrinhando a área em todas as direções, procurando inimigos, enquanto a cabeça central se concentrava em Érebo.

— Esta é a terceira aldeia que nossos batedores encontraram abandonada — relatou o general wither. — Elas estavam completamente vazias, sem nenhum sinal de batalha. É como se todos os NPCs simplesmente tivessem ido embora.

— Algumas dessas vilas abrigavam pelo menos cem NPCs. Vocês não viram seus rastros no chão e seguiram? — perguntou Érebo com raiva quase fora de controle.

Eles entraram numa das casas, a ferraria, e olharam em volta. Érebo teve que baixar a cabeça para não batê-la no teto. Num canto da sala havia um baú, com a tampa aberta e completamente vazio, como se alguém tivesse levado seu conteúdo e partido com pressa. Mas para onde? Érebo se teleportou da entrada até o baú e olhou ali dentro, depois bateu a tampa com força, a caixa se estilhaçando com o impacto. Lascas de madeira voaram pelo ar e choveram nele, fazendo a raiva fervente ficar ainda maior.

Engolindo a raiva, Érebo saiu da casa. Viu a grande torre tipo castelo no centro da aldeia, uma estrutura elevada que se erguia sobre a área. Foi naquela direção. Todas as aldeias tinham uma, era um posto de vigia. A memória de Gameknight999 de pé no topo de uma dessas torres no último servidor durante aquela terrível batalha na aldeia ainda assombrava a mente do enderman. O irritante Usuário-que-não-é--um-usuário tinha conseguido de alguma forma fazer os aldeões lutarem. Ficara lá em cima no alto da torre enquanto o exército de monstros do próprio Érebo se aproximara da aldeia fortificada. Érebo se lembrava do ódio que sentira pelo menino quase imediatamente, e a própria derrota naquele último servidor tinha apenas alimentado as chamas de sua raiva.

— Estou indo atrás de você, Usuário-que-não-é--um-usuário — disse Érebo em voz baixa, para ninguém em particular.

Chegou rapidamente à torre, com a horda de monstros seguindo a uma distância segura, jamais querendo ficar muito perto do líder de pavio curto; apenas withers ousavam se aproximar. Érebo ainda ouvia a risada zombeteira de Gameknight no fim daquela batalha, além dos insultos que ele tinha lançado contra o rei dos endermen: as memórias ainda estavam vívidas. Todos os aldeões permaneceram no alto da muralha que tinham erigido em volta da vila, aclamando o Usuário-que-não-é-um-usuário, muitos deles também zombando de Érebo enquanto assistia ao restante do seu exército batendo em retirada de volta às sombras. A lembrança o deixava cada vez mais furioso. Esta torre era claramente um símbolo daquela derrota. Tinha que ser destruída... AGORA.

— Creepers, adiante — comandou ele.

Um grupo de creepers malhados de verde avançaram rapidamente, seus pequenos pés um borrão de movimento. Todos correram até Érebo e o encararam com olhos frios e negros, com as bocas permanentemente caídas e escancaradas.

— Quero doze creepers dentro daquela torre ali — ordenou. — Procurem quaisquer aldeões. Continuem procurando até eu mandar sair.

Os creepers, sabendo que qualquer recusa seria fatal, avançaram rapidamente pela porta aberta e se aglomeraram no primeiro andar da torre. Alguns começaram a subir as escadas até o segundo andar, procurando os aldeões que o rei dos endermen sabia que não estariam ali.

Ainda ouvia a risada de Gameknight no fundo da mente. Érebo continuava muito furioso com a derrota naquela vila. Virou-se para olhar o general, disse três palavras em voz baixa, apenas para os ouvidos do comandante wither.

— Ponha fogo neles — ordenou.

— Senhor? — indagou o general, confuso.

— O que você não entendeu, *wither*?

Érebo desapareceu e instantaneamente reapareceu do lado oposto da criatura, depois se teleportou de modo a ficar diretamente diante do monstro esquelético de três cabeças e transportou-se mais uma vez para ficar atrás dele, cada vez tocando o monstro de leve, para que ele soubesse que poderia ser destruído a qualquer instante. Voltando ao lugar original, o rei dos endermen encarou o subalterno novamente.

— Será que preciso repetir o que disse? — perguntou Érebo, com a raiva controlada por um fio.

Ele ainda via Gameknight999 parado no topo da torre, sorrindo aquele sorriso idiota. A memória espantava qualquer pensamento racional.

— Por que você está aí parado, sem fazer nada? OBEDEÇA!

Com isso, o wither disparou uma torrente de caveiras negras flamejantes pela porta aberta, atingindo os creepers mais próximos e iniciando o processo de ignição. As feras verdes começaram a brilhar e inchar cada vez mais, ficando maiores e maiores, os corpos se tornando incandescentes até que...

BUM.... BUUM, BUUM, BUUM.

A reação em cadeia de explosões estremeceu a aldeia. Os creepers que explodiram primeiro acenderam o pavio dos creepers seguintes, criando uma série de detonações que devastou a torre como um punho explosivo. Blocos de pedregulhos choveram sobre a aldeia, e um enorme ferimento foi rasgado na superfície de *Minecraft*. Quando os blocos se assentaram e a fumaça se dissipou, Érebo encarou os restos da torre com alegria. A coisa que o lembrava tanto daquele dia humilhante, daquela derrota terrível, não existia mais, e agora só restava uma profunda cratera.

— Espere um minuto... O que é aquilo? — perguntou ele, apontando a cratera com um dos longos braços escuros.

No fundo do buraco fumegante havia um poço escuro que mergulhava direto para baixo. Era claramente algo construído pelos aldeões, uma galeria perfeitamente vertical, com os restos de uma escada pendurados em um lado. Érebo se teleportou para o fundo da cratera, cercado por uma nuvem de partículas roxas por um instante, depois de se materializar. O solo ainda estava quente. O cheiro acre de enxofre pairava ao redor, os restos fragrantes dos creepers marcando o ar.

O tirano se inclinou e espiou o túnel. A escada afixada à parede se estendia na escuridão; o fim do túnel não era visível nem para os olhos aguçados de um enderman.

Isso foi claramente feito por aqueles NPCs idiotas para ir da vila patética a algum lugar subterrâneo, pensou consigo mesmo. *Mas por quê? O que há lá embaixo?*

Levantou-se e percebeu que seu exército agora circundava a cratera: zumbis, esqueletos, creepers, endermen, aranhas e slimes todos olhavam para ele. Um dos withers flutuou até o mestre, a escura forma esquelética se destacando contra a rocha cinzenta e a terra marrom que forravam a vala.

— Quais são suas ordens, senhor? — indagou o wither com uma voz seca e crepitante.

Os olhos de Érebo consideraram as tropas na beira-da da cratera. Espiando um grupo de esqueleto, mandou que se aproximassem com um aceno. Os monstros se entreolharam rapidamente, os olhos negros indistintos de alguma forma parecendo apavorados. De forma lenta e hesitante, o grupo de quatro esqueletos foi até o líder, seus ossos sacolejantes ecoando no ar.

— Desçam por esta escada e descubram aonde leva — comandou Érebo. — Depois que descobrirem, um de vocês vai voltar e me relatar, enquanto os outros ficarão lá para manter tudo em segurança.

Avançando rapidamente, os esqueletos desceram a escada, desaparecendo nas trevas. Depois de mais ou menos dez minutos, um deles voltou, a cabeça emergindo do túnel como um troféu desincorporado.

— Tem uma grande câmara lá embaixo — contou o esqueleto cuja voz de chocalho soava como o raspar de osso contra osso. — Mais ou menos vinte banca-das de produção cobrem o piso da caverna, e uma sé-rie de trilhos de carrinho de mina segue para dentro de túneis. Eles vão em todas as direções: talvez trinta ou quarenta túneis, no total, com carrinhos guardados em baús próximos.

— Então é assim que eles fazem — murmurou Érebo.

— O que, senhor?

— Os NPCs — continuou o rei dos endermen. — Eles eram capazes de se comunicar rapidamente com outras aldeias, mover pessoas de um lugar ao outro sem ter que caminhar pelo mundo. Deviam ter uma rede de carrinhos de mina.

A voz dele começou a rachar de indignação. Percebeu de repente que aquela rede tinha sido parte fundamental de sua derrota no último servidor, e tal conhecimento o preencheu com raiva fervente e um desejo de matar.

— Os caminhos de ferro parecem estar em condições de funcionamento? — inquiriu, a voz esganiçada transmitindo sua irritação.

— Acredito que sim — respondeu o esqueleto humildemente, sabendo que, se estivesse errado, isso provavelmente lhe custaria a vida.

— Muito bem — respondeu Érebo, virando-se em seguida para se dirigir às tropas. — Os aldeões mantiveram esse segredo de nós, os monstros da Superfície. Enquanto eles podem se mover de aldeia em aldeia pelo subterrâneo, somos forçados a correr o risco de viajar pela superfície, sempre com medo de sermos flagrados pela luz do sol, algo que sabemos ser mortal para alguns de nossos irmãos e irmãs. Esses NPCs mantiveram esse segredo de nós, cientes de que custaria muitas de nossas vidas.

Alguns dos monstros começaram a resmungar entre si, claramente agitados. Érebo desapareceu e ressurgiu na beira da cratera, o corpo cercado pelas partículas roxas faiscantes do teleporte. Parou diante de um grupo de zumbis.

— Esses NPCs ficariam satisfeitos de vê-los sofrerem as chamas do dia desde que assim eles pudessem ter mais da Superfície para si. Eles se deliciam com seu sofrimento, se deleitam com o conhecimento de que nós, os monstros deste mundo, somos forçados a viver no subterrâneo, recebendo apenas migalhas da mesa de banquetes que é *Minecraft*.

Mais murmúrios de descontentamento dos monstros eram ouvidos conforme a raiva crescia, mas a multidão ainda não tinha chegado ao ponto que Érebo queria, então ele continuou falando:

— Nós dividimos a menor fatia deste mundo por tempo demais — guinchou. — Esta rede de carrinhos permitirá que circulemos pelo servidor com impunidade, livres da destruição do sol.

Os zumbis e esqueletos começaram a rosnar e comemorar, seguidos pelos estalos das aranhas gigantes. A empolgação e a raiva estavam quase em ebulição.

— Meu exército fluirá por este mundo como uma inundação, se vingando com selvageria dos NPCs e usuários até que sejam extintos. Uma vez que todos estiverem mortos, vamos atravessar até a Fonte, nos libertar das limitações de *Minecraft* e conquistar o mundo físico!

O exército agora gritava vivas, e o cântico de "Destruir os NPCs... Destruir os NPCs... Destruir os NPCs..." ecoava pelo mundo.

— Agora, meus amigos, SIGAM-ME ATÉ NOSSO DESTINO.

E, com isso, Érebo se teleportou à abertura do túnel e mergulhou nas trevas, seu exército de monstros escorrendo pela cratera, uma inundação implacável de criaturas furiosas com apenas um pensamento em mente: destruir.

CAPÍTULO 17
EMBATE DE REIS

Érebo e seu exército se moveram de aldeia em aldeia pela rede de carrinhos de mina, despreocupados com a hora do dia. A primeira vila que encontraram estava vazia, com a câmara de criação completamente abandonada, itens descartados espalhados pelo chão de pedra. Érebo mandou alguns dos monstros resistentes ao sol para a superfície, mas eles relataram apenas uma aldeia desocupada.

Érebo se enfureceu... *Onde estavam os aldeões?*

A horda se reuniu em volta dos carrinhos e embarcou de novo, avançando contra a vila seguinte, onde a situação se repetiu: o povoado estava abandonado.

Érebo se enfureceu ainda mais... *O que estava acontecendo ali?*

— Talvez seja melhor se nos dividíssemos — sugeriu o wither comandante. — Esses aldeões não representam ameaça para nós.

— Não — retrucou Érebo. — O Usuário-que-não-é--um-usuário está lá fora em algum lugar, e está preparando as peças do jogo dele. Não podemos correr o risco de dividir nossas forças.

— Mas os aldeões não podem lutar — insistiu o wither.

— Claro que podem, seu idiota. Você não sabe de nada? A presença do Usuário-que-não-é-um-usuário muda tudo, até as regras da guerra. Ele não pode ser subestimado. Cometi esse erro uma vez e não vou cometer de novo. Nós continuaremos juntos.

Os monstros se empilharam nos carrinhos de mina mais uma vez, os withers e endermen indo na frente, seguidos por esqueletos, creepers, aranhas, zumbis e slimes protegendo a retaguarda. Érebo rumava à frente da coluna, agindo como a ponta da lança. O exército fluía facilmente pela galeria de transporte, seu descontentamento se acumulando a cada aldeia vazia que encontravam. Érebo sentia algum tipo de padrão ali; sentia o envolvimento de Gameknight.

— Eu encontrarei você em breve, Usuário-que-não-é-um-usuário — disse para si mesmo, enquanto avançava pelo túnel ferroviário, reconfortado pelas trevas.

E então ele viu uma luz fraca no fim do túnel. Virou-se para trás e gesticulou para os withers que o seguiam, sinalizando que ficassem prontos. Quando irromperam na câmara fortemente iluminada, Érebo foi recebido por um som maravilhoso e alegre que era a melhor música para os ouvidos: gritos de terror.

— Monstros na câmara de criação! — berrou um dos NPCs. — Todo mundo, CORRA!

Antes que alguém pudesse sair, Érebo se teleportou para o lado oposto da câmara. Agarrou a terra na qual os trilhos de carrinho estavam afixados, e removeu os blocos, fazendo os trilhos caírem no chão e fechando aquela rota de fuga. Teleportou-se de trilho em trilho, destruindo todas as vias que levavam embora da câmara de criação, selando os habitantes ali dentro.

Os withers adentraram a câmara e começaram a jogar suas caveiras negras mortais, e os blocos flamejantes atingiam os NPCs sem remorso, matando os alvos e ferindo aqueles em volta. Mais monstros invadiram a câmara enquanto os gritos aterrorizados dos NPCs preenchiam o ar. O som chocalhante dos ossos começou a ecoar pelo espaço conforme os esqueletos entraram na batalha, seus projéteis serrilhados de morte riscando o ar e mordendo carne.

Quando o resto do exército de Érebo deixou os túneis para trás, uma imensa explosão estremeceu o solo, seguida de um baque repetido de detonações menores. E aí, subitamente, a porta no topo da câmara foi arrombada para dentro, e Érebo não pôde acreditar no que viu... Um ghast com olhos vermelho-sangue.

— O que está acontecendo com os meus prisioneiros? — retumbou o ghast, a voz felina preenchendo a câmara com medo.

Uma massa de blazes emergiu da porta destroçada enquanto o ghast subia lentamente no ar, pairando bem alto perto do teto, com os nove tentáculos estremecendo de emoção. Na cola dos blazes vieram homens-porcos zumbis e depois esqueletos wither, que eram primos distantes dos withers comandantes de Érebo. O salão estava lotado de monstros, todos confusos e sem saber o que fazer.

— Estes NPCs não são seus prisioneiros — retrucou Érebo. — Eu sou o rei dos endermen, e essas vítimas me pertencem.

O olhar de Malacoda se voltou rapidamente a Érebo, uma mancha de fúria venenosa naquele rosto enganadoramente inocente.

— Escute aqui, enderman! — exclamou Malacoda com um esgar. — Você não sabe o que está acontecendo por aqui. Estamos numa guerra por *Minecraft*, e você está interferindo com meus planos.

— É claro que sei sobre a guerra, *ghast*. — Érebo deu um passo à frente, permitindo que três bolas brilhantes de XP fluíssem até ele. A sensação de poder crescente era estimulante conforme ele subia de nível. Sorrindo, olhou feio para a criatura. — Já enfrentei o Usuário-que-não-é-um-usuário em combate no último plano de servidores e o segui a este servidor para destruí-lo. Vou drenar este mundo de XP e então levar meu exército à Fonte, e você está no *meu* caminho.

Malacoda se moveu lentamente pelo ar, em seguida disparando para baixo na direção de Érebo com uma velocidade que quase todos teriam acreditado ser impossível para uma criatura tão grande. Enrolando seus longos tentáculos no corpo do enderman, ele flutuou de volta ao teto, segurando o rei dos endermen, que se debatia bem alto acima do chão. Um brilho arroxeado começou a envolver Érebo, mas foi subitamente extinto quando o enderman foi impedido de se teleportar para longe.

— Você não pode se teleportar na minha presença, *enderman*. Eu controlo o funcionamento de todos os portais próximos, e suas patéticas habilidades de transporte não são exceção.

Malacoda esperou para ter certeza de que todos os olhares estavam neles. Queria ter certeza de que a horda da Superfície soubesse quem estava no comando ali. Suas tropas continuaram a invadir a câmara enquanto ele mantinha o rei dos endermen no alto e os blazes assumiam posições estratégicas em volta das maiores ameaças, os withers.

— Agora, eu vou soltar você, *enderman*.

— O nome é Érebo.

— Muito bem... vou soltar você, Érebo, e então você obedecerá a meus comandos ou sofrerá minha fúria. Entendeu?

Érebo grunhiu um consentimento esganiçado, agudo, que soou como o ranger de uma dobradiça enferrujada, e então parou de se debater. Malacoda flutuou para baixo um pouco e o soltou, deixando que Érebo caísse pelo resto do caminho. Enquanto mergulhava, Érebo tentou se teleportar para longe, mas descobriu que ainda estava sendo bloqueado, provavelmente por causa da sua proximidade com o ghast. Atingiu o solo com força, recebendo algum dano ao seu HP. Exclamações de espanto soaram entre suas tropas.

Levantou-se rapidamente e gritou ordens:

— Withers, ataquem o ghast AGORA!!!

Antes que qualquer um dos monstros de três cabeças pudesse até mesmo se mover, uma barragem de bolas de fogo choveu sobre eles. Os blazes disparavam de suas posições ao redor da câmara. Então os ghasts menores que tinham entrado no salão também abriram fogo, suas bolas flamejantes de morte buscando os monstros esqueléticos negros de três cabeças. Em segundos, dez dos withers estavam mortos e pequenas pilhas de carvão e ossos salpicavam o piso da caverna. Os monstros da Superfície deram alguns passos atrás, baixando o olhar, na esperança de não serem transformados no próximo exemplo.

— Agora, deixe-me explicar como são as coisas, Érebo — começou Malacoda em sua voz alta e ronronante, que fez os NPCs na caverna se encolherem de medo. — Eu sou Malacoda, rei do Nether, e sou o líder desta guerra. Vou compartilhar com você meus planos para este mundo e para a Fonte, mas só depois que você provar seu valor.

Um dos esqueletos avançou para ficar ao lado de Érebo, com um olhar de desafio no rosto ossudo. Malacoda estava lá num piscar de olhos, envolvendo a criatura em seus pálidos tentáculos. Subindo bem alto na câmara, o rei do Nether apertou e apertou. Todos no recinto podiam ouvir o estalar, como uma pilha de gravetos sendo pisada por algum gigante... E então os sons cessaram abruptamente. Malacoda soltou a presa e deixou uma pilha de ossos cair no chão, os pedacinhos se espalhando pelo piso da caverna, desconectados. Todos os olhares contemplaram os restos do esqueleto e depois se fixaram de volta no ghast.

— Porém, meu primeiro comando a você é parar com esse massacre idiota de NPCs — continuou Malacoda. — Em vez disso, você vai coletá-los para mim. Pode matar alguns deles para encorajar os outros a obedecer, mas não machuque os artífices. Eles são especiais e não podem ser feridos.

Malacoda apontou um dos tentáculos na direção do artífice da aldeia: o NPC de bata negra estava no canto, cercado de aldeões que trajavam ferro. Um grupo de blazes abriu caminho pela multidão e cercou o artífice, enquanto os outros aldeões se encolhiam de medo.

— Escutem, monstros da Superfície — retumbou Malacoda. — Estou preparando um caminho para a Fonte que pode incluir a todos se me servirem bem. Seu patético *rei* vai servir como um dos meus generais e ajudar a acelerar a coleta de NPCs e artífices. Tudo depende da acumulação dos artífices, e eles estão ficando raros, por algum motivo. Vocês vão me ajudar, ou sofrerão o mesmo destino daqueles ossos no chão da caverna.

Olhos monstruosos se deslocaram do ghast flutuante à pilha de ossos; também contemplaram os contornos fumacentos dos withers de três cabeças que foram para sempre marcados nas superfícies de pedra. Finalmente, voltaram a fitar o novo líder.

— Os aldeões que forem fortes e saudáveis serão levados de volta ao Nether para trabalhar em nossa causa. Os fracos e enfermos podem ser despachados da maneira como vocês preferirem. — Malacoda então escrutinizou Érebo. — Traga-me aldeões e artífices, e será recompensado. Desobedeça, e será destruído. Vou mandar blazes e ghasts com você para garantir que minhas ordens serão cumpridas. — Ele então flutuou para baixo de modo a deixar o imenso rosto quadrado frente a frente com Érebo. — Entendido?

Érebo enfiou a raiva que sentia no lugar mais profundo e escuro de sua alma e engoliu em seco. Sufocou o orgulho e assentiu com a cabeça.

— Ótimo — retrucou Malacoda. — Traga-me meus aldeões e prêmios rapidamente. Quero que os entregue pessoalmente ao Nether. Os blazes vão mostrar a localização dos meus portais. — Ele então se inclinou mais para perto e falou em voz baixa, de modo que só Érebo poderia ouvi-lo: — Não se atrase se quiser evitar o castigo.

E, com isso, o rei do Nether deu meia-volta e retornou à entrada da câmara, seguido de perto por um círculo de ghasts que arrastava o artífice.

Érebo encarou as costas do ghast furiosamente, completamente ultrajado. *Como essa criatura ousa me tratar assim? Eu sou Érebo, rei dos endermen.*

Ele fez uma pausa e deu um pequeno sorriso conforme um pensamento se infiltrava por seu cérebro maldoso. *Quando aquela monstruosidade flutuante menos esperar, eu terei minha vingança. Mas, primeiro, o Usuário-que-não-é-um-usuário. Depois, esse idiota que acha que é rei... e, por fim, a Fonte.*

As peças do quebra-cabeça começaram a se encaixar nos devidos lugares dentro daquela mente violenta e depravada, e um sorriso malicioso se espalhou pelo rosto de Érebo.

CAPÍTULO 18
RESGATE

A câmara de criação estava agitadíssima com toda a atividade de expansão dos escavadores, que aumentavam a caverna para abrir espaço a todos os NPCs que chegavam à aldeia atendendo ao chamado de Artífice, que ainda ecoava na música de *Minecraft*. Havia um fluxo quase constante de NPCs chegando pelos carrinhos de mina, e os lares na superfície estavam lotados. Escavadores abriam novos túneis, e a partir dessas passagens, criavam novos alojamentos para os recém-chegados: lares para os novos guerreiros de *Minecraft*.

Os escavadores não apenas expandiam a câmara de criação, mas muitos estavam também minerando bem fundo solo abaixo. Gameknight assistiu com curiosidade enquanto os NPCs emergiam da mina, cada um transportando uma imensa carga de pedra, minério de ferro e carvão. Aqueles que escavavam mais fundo voltavam com pequenas quantidades de diamante e obsidiana. Já estavam trabalhando assim havia dias, abrindo caminho pelas entranhas de *Minecraft*, procurando matérias-primas raras. Obviamente, obsidia-

244

na era o principal objetivo dos seus esforços. Era o bloco fundamental necessário para construir um portal para o Nether, e o meio mais certo de obtê-la era escavar até o nível da lava e minerá-la com picaretas de diamante.

Uma vez que os bolsões de lava eram encontrados, os mineiros escavavam passagens ao redor da rocha derretida, marcando o perímetro. NPCs com baldes criavam, então, torrentes de água e cuidadosamente permitiam que os córregos fluíssem sobre a lava. Assim que a água corrente tocava a lava, ela temperava a rocha derretida e formava os blocos roxo-escuros. Por fim, os mineiros botavam mãos à obra com picaretas de diamante, a única ferramenta forte o bastante para romper os cubos preciosos.

Conforme os mineiros chegavam pelas galerias com seus tesouros, o portal ia tomando forma gradualmente. Os construtores primeiro instalaram dois blocos de obsidiana em buracos lado a lado no chão, depois empilharam três blocos de cada lado do par incrustado, e finalmente montaram dois cubos negros de obsidiana numa trave no topo; dez blocos foram usados no total, e o anel de rocha negra lentamente se completou.

Gameknight ficou espantado com a velocidade com que os mineiros encontraram as matérias-primas. Enquanto o anel era formado, ele se aproximou para contemplar a bela obsidiana. Os blocos escuros, com seus flocos de cor roxa, criavam um forte contraste com a rocha cinzenta que cobria a maior parte da imensa câmara de criação. Eles pareciam chamá-

-lo, os clarões de cor o lembrando das partículas dançantes que sempre cercavam um enderman.

Foi andando até o anel silencioso, estendeu o braço e colocou a mão na superfície lisa. A obsidiana estava fria ao toque, mas também viva com energia. Dava para sentir o poder que pulsava dentro das pedras: o poder de fogo e água; um resquício do choque violento durante a criação do bloco.

Estendendo seus sentidos, sem saber bem como, Gameknight percebeu algo do outro lado destes blocos — não atrás deles, mas do outro lado da dimensão que estavam prestes a abrir. Sabia da fúria incandescente que espreitava naquela dimensão paralela: calor raivoso, tanto dos rios de lava sempre presentes quanto da ferocidade do ódio que as criaturas do Nether sentiam por aqueles da Superfície. E então, subitamente, sentiu uma erupção violenta de malícia vindo da rocha sombria, o espectro de algo vil e maligno do outro lado sentindo sua presença. Tentou atacá-lo pela pedra, mesmo que o portal ainda não estivesse completo, a imagem de um pálido tentáculo serpentino surgindo na mente num clarão.

Malacoda.

Gameknight puxou a mão de volta rapidamente e se afastou do anel de obsidiana conferindo os dedos quadrados em busca de cicatrizes ou queimaduras. Olhou em volta do aposento, tentando ver se alguém tinha notado. Com a atividade intensa que acontecia na câmara — mineiros chegando das galerias, NPCs produzindo armas e armaduras, blocos de minério de ferro sendo derretidos em lingotes, carrinhos viajando em todas as direções no emaranhado de trilhos —, ninguém notara a reação dele, exceto Artífice.

— O que foi isso? — indagou o garotinho, com uma sombra de preocupação no olhar idoso.

— Nada — mentiu Gameknight. — Eu estava só sentindo a pedra antes que o portal fosse ativado.

— Bem, já está quase na hora. Você está pronto?

Mil perguntas surgiram na mente de Gameknight — motivos pelos quais ele não estaria pronto —, mas ele sabia, bem lá no fundo, que eram apenas desculpas para não ir. Nenhuma das razões era real; todas tinham sido simplesmente fabricadas pelo medo que envolvia sua mente. Fitando o amigo, viu esperança nos olhos azuis brilhantes de Artífice, a confiança refletida no rosto jovem e quadrado, e soube que não podia decepcioná-lo. Tinha que levar aquilo ao cabo.

— É, não acho que vou ficar mais pronto do que já estou. Vamos lá.

— Ainda não — interveio Artífice. — Primeiro, temos que vesti-lo adequadamente.

Gesticulou para um grupo de NPCs próximos e chamou o artífice da vila. O NPC se adiantou e parou à frente de Gameknight.

— Sei que você certamente já usou coisa de maior qualidade, mas isto é o melhor que conseguimos preparar para você num prazo tão curto — anunciou ele numa voz grave e rouca.

Acessou o inventário e retirou uma armadura de ferro completa, jogando os pedaços no chão, aos pés do Usuário-que-não-é-um-usuário. As placas blindadas pairaram subindo e descendo gentilmente diante do jogador, e, por um momento, Gameknight se perguntou por que as coisas faziam aquilo em *Minecraft*, por que o criador daquele mundo, Notch, as programara para agirem assim.

Agora provavelmente não era o melhor momento para responder a tal pergunta.

Gamknight999 pegou os pedaços de armadura e vestiu o peitoral, perneiras, botas e elmo conforme foram surgindo no inventário. Instantaneamente se sentiu mais confiante, o revestimento metálico o animando um pouco. Flexionou os braços e pernas, e ficou surpreso com a leveza da armadura. Tinha descartado há muito tempo sua própria proteção de ferro, pois o metal tinha ficado rachado e amassado pelos numerosos monstros que se sentiram compelidos a deixar marcas. Mas esta armadura era algo diferente. Tinha uma fina malha entremeada de fio de aço perto do pescoço e cintura, e desenhos elaborados nos joelhos e ombros. Pequenos rebites juntavam tudo a uma faixa que se estendia sobre o peito. As placas sobrepostas estavam cobertas com cota de malha para fechar vãos que, de outra forma, permitiriam a entrada de pontas aguçadas na carne. No geral, era um exemplo incrível de habilidade de criação Minecraftiana. Ele se sentiu honrado em receber um presente tão fantástico.

— Sentindo-se melhor agora? — indagou Artífice.

Gameknight assentiu e sorriu.

— Pode entregar a ele — disse Artífice ao artífice da vila.

O velho NPC deu meia-volta de forma a ficar de costas a Gameknight, abriu o inventário e puxou uma longa coisa metálica que parecia tremeluzir e emitir um brilho azul iridescente. Virando-se de volta, o artífice ergueu uma espada de ferro que luzia um azul-cobalto caloroso, com ondas de energia encantada fluindo pela lâmina letalmente aguçada. Estendendo-a com o cabo para a frente, ele a ofereceu ao Usuário-que-não-é-um-usuário. Gameknight olhou ao longo da lâmina e viu o incrível peso da responsabilidade que acompanhava a arma. Ele estava com medo e deu um passo atrás.

— Peço-lhe desculpas, Usuário-que-não-é-um-usuário, mas tivemos que usar todo o diamante que encontramos para fazer as picaretas — explicou o artífice. — Tínhamos amplas reservas de ferro para esta espada, e todos os mineiros doaram seu XP para que você pudesse ter uma arma adequada. Ela tem *Repulsão 2* e *Afiação 3*.

Gameknight estendeu a mão para pegar a arma e então hesitou. Artífice viu a trepidação passar num clarão pelo rosto do amigo, e se aproximou dele.

— Meu tio-avô Tecelão uma vez me contou sobre a primeira grande invasão de zumbis em *Minecraft* nos velhos tempos — falou baixinho ao chegar mais perto. — Ele disse que os monstros quase sobrepujaram todos os aldeões do nosso servidor, mas havia uma coisa que evitou que todos os NPCs fossem destruídos: a esperança. Tecelão me falou: "A esperança é uma arma poderosa, mesmo para aqueles que não têm uma espada ou um arco. A esperança impede que as pessoas desistam e se rendam aos seus medos. Ela permite que as massas aterrorizadas acreditem em alguma coisa maior do que elas mesmas." — Artífice fez uma pausa para deixar que as palavras fossem digeridas, e então continuou: — Esperança é o sonho de que alguma coisa melhor é possível.

Artífice se aproximou mais. Ele chegou tão perto que seus lábios tocaram a orelha de Gameknight enquanto o amigo sussurrava baixinho, para que somente Gameknight pudesse ouvir suas palavras:

— Todas estas pessoas acabaram de aceitar a possibilidade de que elas *talvez* prevaleçam. Antes deste momento, todas achavam que estavam perdidas, que Malacoda, Érebo e seus exércitos eram simplesmente problemas grandes demais para serem superados. Só que, agora, com o Usuário-que-não-é-um-usuário ao lado desses aldeões, eles aceitaram que *talvez* seja possível que *Minecraft* seja salvo. E aceitar a ideia de que o sucesso é uma possibilidade real, mesmo que seja difícil de alcançar, é o primeiro passo em direção à vitória. — Artífice parou por um instante e olhou em volta do salão, com Gameknight seguindo seu olhar. Olhos brilhantes e esperançosos estavam concentrados nele, e sorrisos começavam a surgir em meio aos rostos preocupados. — Aceitar que você *pode* fazer alguma coisa torna essa coisa factível, não importando quão difícil pareça ser, e você concedeu essa dádiva a estas pessoas. Você lhes deu esperança.

Se ao menos eu tivesse a mesma esperança em mim, pensou Gameknight consigo mesmo, mas sabia que não poderia deixar Artífice e, agora, estes outros NPCs na mão.

Estendeu o braço e, usando os dedos quadrados e atarracados para segurar o cabo que ainda era oferecido a ele, apertou com força. Afastou gentilmente a lâmina da mão do artífice e a ergueu alto, apontando para o teto. Gritos e vivas ecoaram pela câmara de criação, as paredes quase se estufando com a ferocidade do júbilo e da alegria. Agarrando a arma com determinação, Gameknight sentia o poder mágico pulsando pela espada, o gume aguçado pronto para a batalha. Ao olhar em volta pelo salão, o Usuário-que-não-é-um--usuário compreendeu que, talvez, apenas talvez, eles *poderiam* vencer a batalha final e salvar *Minecraft*.

Quando baixou a espada, um par de NPCs se aproximou de Artífice, com os braços cheios de TNT. Depositaram os blocos rubro-negros aos pés dele, e o jovem artífice os pegou rapidamente, guardando-os no inventário.

— Por que todos esses explosivos? — indagou Gameknight.

O garotinho virou-se para encarar o amigo enquanto guardava o resto do TNT no inventário.

— Outra coisa que aprendi com meu tio-avô Tecelão — explicou. — Ele me disse assim: "Muitos problemas com monstros podem ser resolvidos com alguma criatividade e um pouco de TNT." Concluí que a gente vai esbarrar em alguns monstros no Nether, então provavelmente é prudente levar *um monte* de TNT, só por via das dúvidas.

Gameknight olhou o amigo, mas não sorriu. A sensação de responsabilidade extrema lhe pesava nos ombros, como um manto de chumbo. Estremecendo, ele tentou afastar a ansiedade ao se virar para o portal silencioso. Foi até o anel de obsidiana e embainhou a espada enquanto o artífice da vila pegava um pedaço de pederneira de aço. Com um gesto rápido do pulso, uma fagulha saltou da pederneira e atingiu os blocos escuros, e, num instante, um campo arroxeado se formou dentro do anel sombrio. Faíscas cor de ameixa dançavam no ar diante do portal, o mesmo tipo que estava sempre perto dos endermen quando se teleportavam. As partículas flutuavam em redor da passagem, depois lentamente indo até ela, como se puxadas por uma correnteza invisível. O campo de teleporte coloria as monótonas paredes cinzentas da câmara de criação num tom de lavanda tremeluzente.

Subitamente, uma voz se fez ouvir gritando da entrada da caverna. As palavras eram ininteligíveis, mas o tom era claro. Alguém estava furioso, dando um ataque de raiva notável: Gameknight podia adivinhar facilmente quem era. Deu as costas ao portal e espiou as duas portas de ferro que estavam abertas à entrada da câmara. Caçadora irrompeu por elas, os cabelos ruivos flutuando atrás dela enquanto descia correndo os degraus até o piso.

— Saiam do meu caminho! — gritou ela aos outros NPCs enquanto descia pelos degraus que levavam ao piso.

A mulher atravessou a câmara segurando o arco encantado, rumando diretamente até Artífice e Gameknight, com a armadura de ferro tilintando e estalando enquanto andava. O mar de trabalhadores se abriu enquanto ela caminhava confiante. A maioria dos NPCs preferia manter distância dela. Era mais seguro evitar alguém com tamanha sede de matar.

— Vocês dois estão loucos?! — exclamou Caçadora ao se aproximar, sem fazer a menor questão de manter a voz baixa. — Se enfiar no Nether com só uma meia dúzia de soldados é uma maluquice!

— Caçadora, eu sei como isso pode parecer, mas muitos de nós conversamos e concluímos que este é o melhor caminho — explicou Artífice. — Vamos nos esgueirar com mais ou menos cinquenta NPCs e libertar os artífices da fortaleza de Malacoda. Com apenas cinquenta, poderemos avançar pelo Nether mais ou menos em segredo. Se levássemos um grande exército, seríamos detectados imediatamente. Este é o melhor curso: esgueirar-se rápida e silenciosamente.

— Você é insano! — retrucou ela, se virando em seguida a fim de olhar feio para Gameknight. — E você concorda com esse plano ridículo?

— Bem, ãhhh... eu acho que...

— "Bem, ãhhh..." — zombou ela. — Eu acho que *você é* um idiota!

Então que um grupo de NPCs entrou na câmara de produção, cada um envergando uma armadura de ferro completa e brandindo espadas brilhantes. Aproximaram-se de Artífice e Gameknight, mas pararam a alguns passos de distância, preferindo evitar Caçadora.

— Já chega — ralhou Artífice. — Estamos seguindo este caminho para o bem ou para o mal. Estou farto de reagir a Malacoda. Se continuarmos sempre um passo atrás do rei do Nether, ele vai vencer. Sei o que ele está construindo lá no Nether, e precisa ser detido, ou tudo estará perdido. Chegou a hora de assumirmos a iniciativa e levarmos a batalha até ele. — Artífice contemplou seus cinquenta voluntários blindados e sorriu, e em seguida passou o braço pelo ombro de Gameknight. — Já é hora de atacarmos os monstros do Nether e deixarmos que saibam que não vamos nos render sem resistir! — exclamou em voz bem alta, para que todos pudessem ouvir suas palavras. Uma comemoração irrompeu pela câmara. — Este é nosso mundo! Estas são nossas famílias, nossos amigos... nossa comunidade, e não vamos deixar que eles nos sejam tomados! Agora é a hora de reagirmos e gritar "JÁ CHEGA".

Artífice olhou Gameknight e sorriu, e o Usuário-que-não-é-um-usuário sorriu de volta, conhecendo o papel que esperavam que ele desempenhasse. Sacou a espada encantada e a ergueu bem alto, e o brilho tremeluzente da lâmina encantada preencheu a área com sua pacífica iluminação azul. Ele então olhou para Caçadora e lhe deu um cutucão com o ombro. Ela revirou os olhos, ergueu o arco sobre a cabeça e guinchou um gritinho de batalha sem convicção.

— Viva! — exclamou ela de forma nada convincente.

— Por *Minecraft*! — gritou Gameknight.

— POR *MINECRAFT* — respondeu a câmara, o grito de batalha sendo urrado a plenos pulmões por todos os presentes. As paredes da caverna brilharam de leve.

— VENHAM, SIGAM-ME! — convocou Artífice, e saiu correndo para o portal que brilhava de forma agourenta num dos extremos da câmara de criação.

Virando-se para olhar sobre o ombro, Artífice deu um sorriso irônico e disparou portal adentro, com Gameknight ao seu lado e Caçadora seguindo logo atrás.

— Não tenho um bom pressentimento quanto a isso — resmungou ela, enquanto saltava pelo portal e desaparecia do Mundo da Superfície, com a onda de tropas blindadas vindo em seguida.

CAPÍTULO 19
OS PLANOS MAIS CUIDADOSOS

Eles emergiram do portal certos de que os monstros do Nether estariam esperando por eles. Mas, para surpresa de todos, não havia ninguém, apenas o calor sufocante daquela terra fustigando o grupo enquanto a fumaça acre fazia suas gargantas arderem.

— Rápido, espalhem-se — comandou Artífice. — Matem todo monstro que virem fugindo; não podemos deixar que notícias de nossa chegada alcancem os ouvidos de Malacoda. Porém, não toquem em nenhum dos homens-porcos zumbis, não queremos que tais criaturas nos atacando em campo aberto.

Os guerreiros se espalharam, assegurando-se de que a área estava segura. Fumaça e cinzas enchiam o ar, fazendo os olhos de Gameknight999 arderem e lhe causando tosse. O jogador pigarreou e olhou morro abaixo. Viu homens-porcos zumbis vagando sem rumo, com suas espadas de ouro brilhando forte na luz alaranjada de chamas do Nether.

Esquadrinhou a área e viu que estavam num platô elevado, talvez uns cem blocos acima da planície distante. De um lado havia uma colina com um aclive suave, que se estendia ao longe. Seria uma baita queda se seguissem por aquela direção. Do outro lado havia altos penhascos que provavelmente seriam escaláveis, mas, logo à direita, Gameknight encontrou o que precisava. Havia uma ravina profunda escavada na paisagem. Daquela distância, parecia uma imensa ferida marcada na superfície do Nether, como um resquício de alguma terrível guerra entre gigantes. As paredes verticais da fenda e seu interior sombrio pareciam sinistras e perigosas.

Além da ravina, ao longe, erguia-se a fortaleza de Malacoda, uma estrutura sombria e agourenta que parecia emanar malícia e ódio. Pequenos vultos se moviam, aqui e ali, alguns brilhando como se estivessem em chamas, enquanto outros caminhavam lentamente, com as costas curvadas pelo trabalho pesado. Observando cuidadosamente, o jogador percebeu que essa segunda categoria era composta de aldeões forçados a trabalhar na poderosa estrutura, expandindo a fortaleza, provavelmente para conter mais monstros. Perto dos aldeões condenados estavam os blazes, seus guardas e provavelmente carrascos quando chegava a hora em que a exaustão impossibilitava que continuassem trabalhando.

Pobres coitados, pensou ele.

— Está gostando do que vê? — perguntou uma voz zombeteira atrás dele.

Gameknight se virou e encontrou Caçadora parada ao seu lado, com os olhos castanho-escuros cravados nele. Os cabelos ruivos encaracolados pareciam brilhar à luz do Nether, parecendo um halo ardente flutuando ao redor da cabeça.

Foi então que ele notou o brilho azul iridescente do arco da mulher.

— Onde você arranjou esse arco encantado? — perguntou Gameknight.

— Eu o tomei de um esqueleto que se esgueirava perto da aldeia — respondeu ela deleitada. — Era de se imaginar que aquela criatura seria capaz de atirar com precisão usando uma arma tão fantástica, mas só veio a provar que a arma só é tão boa quanto o atirador.

Gameknight assentiu.

— Na verdade — acrescentou ela —, consegui achar um para você também, igualzinho ao meu. Tem *Força IV, Chama I e Infinidade I.* — Ela ergueu a arma tremeluzente diante dos olhos e contemplou o arco como se ele estivesse vivo e fizesse parte dela. — Eu amo este arco. Espero que você possa fazer jus a ele.

Caçadora tirou outro arco do inventário e o jogou ao Usuário-que-não-é-um-usuário. Gameknight o pegou rapidamente, grato por ter uma arma tão boa. Lembrou-se do arco encantado que usara, no último servidor e sentiu saudades dele, como se fosse um velho amigo; mas este aqui teria que servir por enquanto. Sorrindo, o jogador deu tapinhas amistosos no ombro da NPC, e ela sorriu de volta, demonstrando um companheirismo inesperado.

Subitamente, Artífice estava ao lado do jogador, seguido por um dos guerreiros NPCs.

— Tudo seguro, nossa presença ainda é um segredo — anunciou o NPC, espiando Gameknight e depois

Artífice, sem saber muito bem quem realmente estava no comando.

— Excelente — respondeu Artífice. — Usuário-que--não-é-um-usuário, estamos prontos para ir?

Gameknight se virou e encarou o amigo. Deparou--se com a tropa parada atrás dele, toda a parede de guerreiros blindados encarando-o com expectativa.

— Chegou a hora — declarou Gameknight, tentando reunir tanta coragem quanto pôde em sua voz fraca. — Vamos trazer nossa gente de volta.

Os NPCs comemoraram quando ele se virou e desceu a colina em direção à ravina aterrorizante, com os soldados seguindo de perto. Ele avançou, quando era possível, de cobertura em cobertura, escondendo--se atrás de uma pilha alta de quartzo do Nether, depois se agachando atrás de uma pequena projeção de rocha, tentando se manter longe dos olhos curiosos que ele sabia que estavam aguardando lá embaixo na fortaleza. Olhando para trás novamente, viu que os soldados estavam seguindo seu exemplo, também se curvando e se abaixando para ocultar a própria presença o máximo de tempo possível.

Eles se moviam lentamente, descendo a colina a pé. A necessidade de se manterem ocultos fazia tudo ficar ainda mais lento, porém, em geral, NPCs e usuários eram lentos ao cruzar campos de batalha. E isso era um ponto fraco do plano. Gameknight sabia, por ter jogado jogos como *StarCraft*, *Command & Conquer* e *Age of Empires* que, em combate, velocidade era vida. Aqueles que tinham a maior mobilidade e podiam reagir mais rapidamente eram capazes de mudar suas táticas no calor da batalha. A frase "nenhum plano de batalha sobrevive ao primeiro contato com o inimigo" tinha sido comprovada repetidas vezes na história, e Gameknight tinha aprendido a verdade de tal declaração muitas vezes em escaramuças on-line. No momento, o plano deles tinha dois componentes críticos: velocidade e ocultação. Eles precisavam alcançar os artífices silenciosamente, sem ser notados. Uma vez que arrombassem as muralhas da prisão e libertassem os cativos, provavelmente os alarmes soariam, e então as únicas coisas importantes seriam velocidade e sorte.

Todos os aspectos do plano aterrorizavam Gameknight. A ideia de ter que encarar Malacoda e sua horda novamente lhe trazia calafrios ao mesmo tempo que o fazia suar. O medo o consumia e lhe dava vontade de simplesmente cavar um buraco e se esconder, mas sabia que não podia fazer aquilo. Os NPCs cativos lá embaixo dependiam dele, assim como os amigos que o seguiam agora mesmo. Precisava levar aquilo a cabo, mesmo que a antecipação da batalha iminente parecesse espremer a sua coragem até que não restasse mais nada. Gameknight afastou esses pensamentos problemáticos da mente e se concentrou no momento — naquele exato instante —, e focalizou sua atenção em dar mais um passo adiante. Ignorou com determinação as imagens da batalha vindoura, de Malacoda e os outros monstros que acabariam por confrontá-lo. Em vez disso, pensou simplesmente em botar um pé na frente do outro. Surpreendentemente, a ansiedade recuou um pouco. As imagens do rei do Nether e seus lacaios desapareceram conforme o jogador afastava da própria mente os pensamentos a respeito do que *poderia* acontecer.

Talvez eu consiga fazer isto.

Gameknight saiu correndo de uma pequena alcova na rocha do Nether e avançou rapidamente até a abertura da ravina, seguindo pelo declive. As paredes íngremes do desfiladeiro lhe davam uma sensação de segurança, pois sabia que os olhos vigilantes dos monstros teriam dificuldades em vê-los ali dentro. Adentrou mais ou menos cinquenta blocos na garganta e esperou os amigos. Artífice logo parou ao lado dele, embainhando a espada e parando para recuperar o fôlego. Caçadora então correu até os dois, só que, ao invés de parar, continuou ravina abaixo, passando em disparada como se estivesse numa missão particular. O resto das tropas entrou na ravina e também parou para descansar um momento, e o clangor dos corpos blindados esbarrando uns nos outros ecoou no ar.

— Shhh! — exclamou Artífice em voz baixa, olhando para os guerreiros.

Eles instantaneamente ficaram imóveis e depois se espalharam um pouco, abrindo espaço para respirar. O único som que podiam ouvir agora eram os guinchos dos morcegos enquanto as criaturas negras esvoaçavam por ali, alguns se erguendo mais no ar e voando para fora do topo da ravina. Caçadora voltou, correndo trilha acima. Havia certo ar de violência nela, o corpo todo tenso e pronto para golpear qualquer um e qualquer coisa que entrassem no seu caminho. A expressão em seus olhos, como buracos negros no céu, era de fúria insaciável: parecia que ela havia visto a própria família sofrer sob as garras odiosas dos monstros outra vez.

— O que estão fazendo? — perguntou ela a Gameknight e Artífice.

— Precisamos de um rápido descanso — respondeu Artífice.

— Não se descansa até que a posição esteja segura — ralhou ela. — Coloque alguns guerreiros na frente e outros na retaguarda. — Ela se virou para encarar os soldados. — Não se aglomerem aí, seus idiotas. Uma única bola de fogo de um ghast poderia matar todos vocês.

Gameknight e Artífice se entreolharam, envergonhados pelo próprio desleixo.

— Para enfrentar um inimigo com sucesso, você precisa pensar como ele. Se eu quisesse acabar com este grupo de idiotas, colocaria um ghast à nossa frente e outro atrás, e pegaria todos no fogo cruzado. — Ela se virou aos guerreiros novamente. — Vocês três, peguem seus arcos e subam de volta para cobrir nossa retaguarda. Vocês quatro — continuou Caçadora, apontando outro grupo de NPCs —, usem seus arcos e façam o reconhecimento à frente. Matem todos os blazes ou ghasts que encontrarem. Lembrem-se, provavelmente só conseguirão dar um tiro ou dois antes que eles disparem de volta, então todos precisam mirar no mesmo alvo. Agora VÃO!

Os guerreiros olharam para Artífice e Gameknight, buscando permissão.

— Vocês escutaram — disse Gameknight. — Vão.

Eles assentiram e saíram correndo pela trilha abaixo, os outros três retornando para cobrir a retaguarda.

—Agora, vamos em frente — comandou Caçadora. — Quanto mais rápido pudermos acabar com esta tolice, mais rápido poderemos voltar para casa. — Girando rapidamente sobre um dos calcanhares, ela começou a descer pela ravina. — EM FRENTE! — gritou sem nem olhar para trás.

Artífice e Gameknight se entreolharam e encolheram os ombros, e depois seguiram a companheira, com o resto da tropa no encalço.

—Espalhem-se — disse Gameknight, olhando por sobre o ombro. — Façam como Caçadora mandou.

Os guerreiros concordaram e se distribuíram por uma longa e fina fila couraçada, seguindo tão silenciosamente quanto a armadura de metal permitiria, com olhos fixos no alto da ravina, procurando ameaças.

O grupo se deslocou com rapidez e sem incidentes, descendo de forma gradual pela trilha serpenteante escavada na ravina. Na extremidade inferior, a passagem se abria para uma planície imensa, que se estendia pelo mundo adiante. Gameknight viu os homens-porcos zumbis perambulando, com as espadas douradas se destacando contra o fundo enferrujado. A carne podre parecia ter quase um tom rosadinho graças aos muitos rios de lava que entrecortavam a paisagem. As criaturas estúpidas vagueavam sem propósito, com espadas de ouro reluzindo.

Ao longe, Gameknight999 viu um gigantesco mar de lava, uma massa calcinante de rocha derretida que emanava um laranja brilhante. Fumaça e cinzas se erguiam do mar fervente para criar um nevoeiro cinzento que obscurecia quaisquer características da margem oposta, fazendo com que o mar parecesse impossivelmente sem fim. A ideia de toda aquela lava se estendendo pelos nacos infinitos de *Minecraft* provocou uma sensação de pavor nele.

Como poderia haver tanta lava em um só lugar?, perguntou-se, enquanto contemplava o imenso mar borbulhante.

Mas a coisa mais aterrorizante à sua frente era a gigantesca fortaleza que se esparramava por aquele mundo. Torres negras coroadas com blocos flamejantes de rocha do Nether se destacavam contra a paisagem laranja enferrujada. Erguiam-se bem alto no ar, como garras ardentes de alguma fera titânica. As torres ameaçadoras eram conectadas por passarelas elevadas, muitas delas completamente fechadas. Os tijolos escuros do Nether usados em sua construção lhes davam uma aparência sombria e sinistra. Tochas incandescentes pontilhavam as laterais da imensa estrutura, lançando círculos de luz aqui e ali, mas a iluminação não fazia a fortaleza parecer nem um pouco menos aterrorizante.

Era a maior estrutura que Gameknight já vira em *Minecraft*.

As passarelas elevadas se estendiam em todas as direções, espalhando-se pela terra. Mas a parte mais incrível e pavorosa da estrutura inteira era a torre central principal. Tratava-se de um vasto prédio quadrado, que subia no ar por pelo menos cem blocos, se não mais. Ameias serrilhadas pontilhavam o topo, decorado com blocos flamejantes de rocha do Nether. Nas laterais, Gameknight viu sacadas espetadas aqui e ali. Ele sabia que elas continham múltiplos fazedores de monstros conhecidos como geradores: era algo que tinha visto no sonho. Centenas de monstros eram trazidos à vida naquelas sacadas, suas vozes furiosas somando-se aos gemidos e uivos que já cavalgavam os ventos quentes. Esta fortaleza trazia sentimentos de histeria ao Usuário-que-não-é-um-usuário, porque ele sabia que era aquela coisa que ameaçava as vidas eletrônicas que ele lutava para proteger.

Gameknight afastou o olhar da fortaleza e voltou a atenção à planície diante de si. Um largo espaço exposto se interpunha entre a boca da ravina e a fortaleza de Malacoda, uma paisagem salpicada com blocos flamejantes, rios de lava e incontáveis homens-porcos zumbis. Colinas ásperas de rocha do Nether surgiam à direita e à esquerda, com laterais quadradas e íngremes que se destacavam contra a planície suavemente inclinada.

Um morcego passou de repente, uma forma negra que esvoaçava erraticamente enquanto seguia na direção de uma das colinas — provavelmente seu lar. Gameknight ouvia o bicho guinchando enquanto voava, muito possivelmente pelo desconforto do calor. Morcegos eram criaturas das cavernas, pequenos animais acostumados a espaços frios e úmidos do subterrâneo. Aqui, no Nether, não era nem frio nem úmido, e a criatura provavelmente estava sofrendo.

O grupo partiu com muita cautela, correndo pelos espaços abertos enquanto traçavam uma rota serpenteante em volta dos homens-porcos zumbis, cujos gemidos tristes soavam no ar. Avançando pelo trajeto mais curto que era possível tomar sem provocar os monstros apodrecidos, o grupo seguia em disparada, tentando alcançar seu destino: a fortaleza.

A imensa estrutura preenchia todo o campo de visão dos invasores, estendendo-se desde as altas colinas na distância nevoenta, passando pela planície inclinada e descendo até beijar a costa do mar de lava. Gameknight via o aterrorizante círculo de pedras assentado na superfície do lago fervente de magma, os pedestais negros de obsidiana mal distinguíveis daquela distância. Sentia a raiva e a violência que emanavam da ilha: todos os sentimentos dissonantes e impactantes no mecanismo de *Minecraft* estavam destacados naquele local.

Tudo será decidido nessa ilha, pensou Gameknight consigo mesmo. Ele sabia que o destino de todos seria determinado ali. Antecipação e medo se infiltraram na psiquê dele conforme o pensamento de alguma terrível batalha sendo travada naquele aglomerado de rocha nublava a sua mente. E então ele se lembrou de algo que o pai tinha lhe dito uma vez. Não fizera muito sentido na época, mas, por algum motivo... nesta situação... caiu a ficha.

— Ter medo de algo que ainda não aconteceu é como um floco de neve temeroso de cair do céu por conta de seu pavor pelo verão — dissera-lhe o pai. — O pobre floco de neve perderia todas as delícias do inverno: ser transformado num boneco de neve ou jogado numa briga de bolas de neve. Perderia a chance de estar vivo por causa do medo que lhe consumiria. Há tempo mais que suficiente para se ter medo de algo depois que essa coisa acontecer. Não desperdice um segundo sentindo temor antes disso. A antecipação pode às vezes ser pior que a própria coisa. Pense *no agora* e liberte os medos que se estendem ao futuro. Concentre-se *no agora... no agora... no agora...*

As palavras do pai lhe ecoaram na memória, enchendo o jogador com calor e coragem. Afastando os pensamentos da batalha iminente, Gameknight se concentrou *no agora* e no que havia em volta dele... Artífice... Caçadora... seus guerreiros... blazes.

O que... blazes?

—BLAZES! — gritou Gameknight, apontando o morro irregular de rocha do Nether.

Um exército de blazes e cubos de magma estava saindo de trás da colina à esquerda, vindo na direção deles. Gameknight indicou a ameaça e virou a cabeça, se deparando com Artífice ao lado. Percebeu o jovem líder gesticulando à direita, em direção ao outro morro alto. Mais um batalhão composto de blazes, esqueletos e homens-porcos zumbis estava emergindo dali, também vindo direto até eles.

O agora estava subitamente cheio de monstros, todos sedentos pela destruição do grupo. O ar começou a se encher do matraquear dos ossos de esqueleto, do estalar das aranhas e da respiração mecânica dos blazes: era uma sinfonia de ódio.

Gameknight sentia pânico e terror correndo por cada nervo do corpo, como um choque elétrico.

Olhou para trás e calculou as distâncias. Os dois exércitos os alcançariam muito antes que pudessem chegar à fortaleza. E, mesmo que conseguissem libertar os artífices, não haveria como voltar para casa: ficariam todos presos ali dentro, com os inimigos diante deles e os monstros de Malacoda da fortaleza atrás.

O regate fracassara.

Olhou o amigo e notou a expressão de derrota estampada também no rosto de Artífice, a monocelha franzida em tristeza e arrependimento.

— Fracassamos — afirmou o jovem NPC com desânimo. — Lamento, meus amigos.

Gameknight não sabia bem se ele estava falando com aqueles ao seu redor ou com os pobres artífices aprisionados na fortaleza, mas não fazia diferença. O que importava agora era voltar à Superfície em segurança.

Mas como?

Do jeito que as coisas estavam, eles mal conseguiriam retornar antes que os monstros os alcançassem. Será que havia mais um exército na outra ponta da ravina, fechando a rota de fuga até a Superfície? Eles precisavam andar mais rápido ali no Nether, mas as pernas quadradonas não tinham sido feitas para a velocidade.

— O que vamos fazer? — indagou Artífice, com a voz cheia de incerteza.

— Muitos problemas com monstros podem ser resolvidos com alguma criatividade e um pouco de TNT — murmurou Gameknight para si mesmo, em seguida falando mais alto e com mais confiança; *o agora* motivando sua coragem. — Artífice, você ainda tem aquele TNT?

— Claro que sim — respondeu Artífice com a voz ainda fraca.

— Eu também — acrescentaram alguns dos outros guerreiros.

Gameknight olhou para Artífice e viu a indecisão refletida no rosto do amigo. Virou-se então para Caçadora e notou que ela estava impaciente para sair correndo e enfrentar os dois batalhões completamente sozinha, mas esse seria um curso de ação fútil, que certamente acabaria com a morte dela. Naquele momento, *no agora*, as tropas e amigos de jogador precisavam dele, precisavam de Gameknight999... e, conforme as peças se juntaram na sua mente, ele soube exatamente o que iria fazer.

— VAMOS LÁ, TODO MUNDO ME SEGUINDO! — gritou, enquanto guardava a espada de ferro e puxava o arco encantado. — De volta à ravina!

— Mas nós vamos ficar presos lá — argumentou Artífice, mexendo as pernas lentamente.

— Não, não vamos — retrucou Gameknight. — Vamos resolver um problema com os monstros à boca da ravina. VENHAM AGORA!

CAPÍTULO 20

FOGOS DE ARTIFÍCIO

grupo disparou de volta para a ravina, escolhendo uma rota em linha reta e ignorando a furtividade: tinham sido claramente localizados. Como os monstros os haviam descoberto ainda era um mistério que confundia a mente de Gameknight. Ele tinha a impressão de que esse detalhe era importante, mas não agora, não *no agora*. Ponderaria sobre essa reviravolta mais tarde, isso se *houvesse* um mais tarde.

Eles alcançaram rapidamente a boca da ravina.

— Metade de vocês vai subir de volta à entrada do desfiladeiro e verificar se não estamos presos aqui — comandou, com a mente funcionando no modo automático para resolver o quebra-cabeça que se dispunha diante dele. — Quanto ao resto de vocês, preciso de uma plataforma e uma passarela dos dois lados da ravina, bem alto para que os monstros não possam alcançá-las.

Os guerreiros entraram em ação, um grupo escavando blocos de rocha do Nether, enquanto outro construía escadas nas paredes, chegando a até uns doze blocos de altura. Então, começaram a formar uma longa passarela reta, com apenas um bloco de largura. Nesse meio-tempo, outros NPCs levavam blocos até os construtores.

— Rápido! — encorajou-os Gameknight. — Escavadores, precisamos do máximo de blocos que conseguirem extrair. Não parem até a horda chegar aqui. Artífice, precisamos de uma surpresinha para a entrada da ravina. Você se acha capaz de fazer algo que orgulharia seu tio-avô Tecelão?

Artífice sorriu, animando-se. Eis aqui algo que ele sabia fazer, e bem. Pegou a própria picareta e começou a abrir buracos na abertura da ravina e nas paredes também; estavam estrategicamente posicionados sob a areia de almas aninhada em meio aos blocos de rocha do Nether.

— Eles estão chegando! — gritou Caçadora. Ela saiu correndo para encontrar-se com os monstros, disparando flechas flamejantes bem alto.

— Caçadora, volte já aqui! — comandou Gameknight. — Vocês aí! — Ele gesticulou para o punhado de NPCs que não estava fazendo nada além de se preocupar. — Comecem a cavar buracos no chão e colocar blocos de TNT neles. Se não tiverem explosivos, peguem alguns com Artífice. Sei que ele sempre traz um monte de TNT.

Artífice sorriu enquanto instalava explosivos pela abertura do desfiladeiro.

— Só que a gente não tem redstone para detoná-los — reclamou um dos NPCs.

— Não se preocupem, Caçadora e eu vamos cuidar disso. Agora vão.

O grupo de NPCs voou ravina acima, cavando buracos pelo caminho e colocando blocos de explosivos no chão. Os cubos de TNT listrados de vermelho e preto se destacavam fortemente contra o marrom opaco da rocha do Nether. Ótimo, vão ser fáceis de ver, pensou Gameknight999 consigo mesmo.

— Você — ele chamou um dos escavadores —, coloque um bloco de rocha do Nether em frente a cada bloco de TNT de modo que os monstros não possam vê-los, mas que ainda possam ser vistos de trás. Então coloque alguns blocos aleatórios onde não tem nenhum TNT. Não podemos deixar que os monstros descubram onde estão nossos presentinhos até que seja a hora de ativá-los.

O guerreiro concordou com um aceno de cabeça, guardou a picareta e saiu correndo, colocando um bloco marrom e mortiço de rocha do Nether diante de cada buraco no chão.

— Eles estão quase aqui! — gritou Caçadora, enquanto corria de volta à entrada da ravina.

Gameknight agora sentia o fedor dos monstros que se aproximavam, o odor pútrido da carne em decomposição dos zumbis e a fumaça acre dos blazes eram os primeiros golpes na batalha que se iniciava.

— Rápido, subam pelos degraus que levam à plataforma — orientou o jogador, indicando a parede oposta. — Todos que tiverem arcos subam à plataforma também. Mas os que ainda tiverem blocos de rocha do Nether devem subir primeiro. Aqueles com espadas, vocês são a isca. Precisam se assegurar de que os monstros entrem no desfiladeiro. Agora mexam-se!

Um punhado de NPCs guardou as picaretas rapidamente e correu pelos degraus que tinham sido instalados nas paredes íngremes. Três guerreiros então seguiram, com expressões de preocupação nos rostos e arcos nas mãos. Olhavam para baixo, para os doze soldados parados na entrada do desfiladeiro, com espadas em riste e ar determinado. Artífice estava na linha de frente, o vulto infantil diminuído pelos adultos blindados ao seu redor.

— Artífice, suba para cá! — gritou Gameknight.

— NÃO. Meu lugar é aqui, com meus soldados — respondeu ele. — Vamos atrasar os monstros e garantir que mordam a isca. Espero que esse seu plano funcione... Seja lá qual for.

— Eu também, meu amigo — gritou Gameknight de volta. — Mas tem mais uma coisa de que a gente talvez possa precisar.

Artífice o encarou, claramente confuso, e os outros NPCs também lançaram olhadelas de soslaio ao Usuário-que-não-é-um-usuário.

Gameknight abriu o inventário, puxou uma pilha de alguma coisa e rapidamente jogou para Artífice, que a pegou habilmente. O jovem NPC então guardou algo no próprio inventário antes que os demais pudessem ver, com um sorriso crescendo no rosto.

— Seu pai sempre dizia "esteja preparado quando for ao Nether", né? — disse Gameknight, lembrando-se de uma das muitas histórias de Artífice. — Você nunca sabe do que vai precisar.

Artífice apenas sorriu, sacando a espada novamente e virando-se para encarar a horda que se aproximava.

Gameknight sentia a tensão se acumulando, a trepidação dos guerreiros abaixo e dos arqueiros acima começava a transbordar. A fome de destruição dos monstros que se aproximavam era palpável, os gemidos dos zumbis e chiados mecânicos dos blazes enchiam o ar. Forças opostas estavam prestes a se chocar, e vidas seriam perdidas. Gameknight tinha tomado as providências possíveis e liberado os cães da guerra. Ninguém poderia deter o que tinha começado, e, para muitos deles, seus destinos estavam assinados, selados e logo seriam entregues ao esquecimento. O jogador estremeceu quando *o agora* desabou violentamente sobre sua cabeça.

Os cubos de magma vieram primeiro, os gigantescos monstros quicantes que pareciam feitos de gelatina recheada com brasas ardentes. Eles saltavam para o alto, estendendo os próprios corpos como acordeões ao pular, depois se recompactando ao aterrissar no solo. As criaturas incandescentes faziam barulhos gosmentos e pululantes ao quicar, os *boing--boings* se somando à sinfonia de uivos e gemidos monstruosos. Gameknight sabia que a morte daqueles bichos apenas geraria dois outros cubos de magma menores: eles sempre se dividiam quando mortos, e então se duplicavam novamente e novamente conforme as versões pequenas eram destruídas. Se suas tropas atacassem aquelas feras, os defensores logo seriam cercados e sobrepujados. Esperava que Artífice se lembrasse disso, e ficou satisfeito ao ver que os guerreiros se retiraram mais para dentro da ravina em vez de enfrentar as criaturas ardentes.

Porém, flechas flamejantes começaram a chover do outro lado da ravina. Caçadora estava atirando contra os cubos de magma da plataforma dela.

—Alto! — gritou ele, erguendo a mão para evitar que seus arqueiros disparassem.

Artífice e os guerreiros restantes recuaram mais para dentro do desfiladeiro, atraindo os monstros na direção da surpresinha, mas ainda plenamente visíveis para o resto da horda.

— Alto! — gritou de novo conforme Artífice se retirava um pouco mais.

E então o jovem-velho NPC parou e se preparou para a resistência.

—Venham me pegar, seus insetos covardes! — gritou o menino loiro a plenos pulmões. Ele então riscou uma linha no chão. — É aqui que vocês serão detidos. DAQUI VOCÊS NÃO PASSAM! — Por fim, apoiou a espada casualmente no ombro e ficou esperando, relaxado.

A provocação fez o exército que se aproximava uivar de raiva. Eles investiram adiante com fúria descontrolada, uma vez que a represa que estivera contendo toda a sua violência e sua malícia tinha sido finalmente destroçada. Conforme a massa de monstros alcançou a abertura da ravina, Artífice olhou para cima, para o Usuário-que-não-é-um-usuário, com uma expressão de expectativa no rosto quadrado.

— Caçadora, o TNT... AGORA! — gritou Gameknight.

Flechas flamejantes riscaram o ar vindo das duas plataformas, caindo em meio aos blocos de TNT que Artífice tinha posicionado estrategicamente no solo da entrada da ravina. Gameknight disparou contra os alvos explosivos do lado dele enquanto Caçadora fazia o mesmo. Ela acertava todos os tiros. Cubos vermelhos e negros começaram a piscar conforme os monstros avançaram. Percebendo o que acontecia, todos os cubos de magma deram meia-volta e tentaram escapar da armadilha. Os corpos imensos se chocaram contra a onda de criaturas do Nether, causando um baita engarrafamento na entrada do desfiladeiro. Os cubos de magma tentavam abrir caminho por entre os corpos dos monstros, mas era tarde demais.

BUUM!

O solo subitamente balançou com grande violência, em seguida subiu quando o TNT detonou. Imensas bolas de fogo brotaram quando os explosivos ganharam vida, engolfando imensas quantidades de blazes e esqueletos nas garras flamejantes da detonação. As paredes da ravina caíram sobre eles, a areia de almas fluindo para o chão e enterrando muitos dos atacantes. Porém, mais importante ainda, o solo agora estava coberto com a areia retardante. Os monstros que sobreviveram à explosão lutavam para avançar pela areia espessa, e sua habilidade de correr ou andar foi seriamente prejudicada conforme a areia de almas retardava todos os seus movimentos.

As tropas de Artífice investiram em meio à nuvem de fumaça e atacaram os sobreviventes que estavam no front. Uma vez que estes foram eliminados, os NPCs saltaram contra aquelas criaturas presas na areia de almas, mantendo-se na rocha do Nether para que pudessem continuar se movendo rapidamente: mobilidade significava vida no campo de batalha. Flechas choviam das plataformas elevadas, os projéteis afiados e pontudos trovejando violentamente sobre os monstros. Algumas poucas bolas de fogo voaram contra os atacantes, mas as setas ardentes de Caçadora e Gameknight rapidamente silenciaram os blazes.

Gameknight999 não estava pensando sobre o que acontecia e quais monstros ele deveria alvejar em seguida. Estava apenas reagindo, vivendo *no agora*. Era uma máquina automática de morte, suas flechas buscando a carne dos inimigos tão rápido quanto ele conseguia puxar a corda do arco. Espiando o outro lado da ravina, viu Caçadora fazendo a mesma coisa, seu arco encantado se movendo num borrão, o rosto exibindo determinação feroz. Ela agia com precisão cirúrgica e rastreava cada alvo, virando o corpo rápida e decisivamente, os luminosos cabelos ruivos brilhando como um majestoso estandarte de batalha. Então uma bola de fogo explodiu acima da cabeça dele. Gameknight se abaixou, localizou o atacante e logo meteu três flechas no corpo ardente do blaze.

Mais monstros tinham agora alcançando a entrada da ravina, depois que o grupo avançado fora reduzido significativamente graças à armadilha e ao combate. Gameknight viu a imensa horda, e soube que não poderiam ficar ali e esperar sobreviver.

— RECUAR! — gritou Gameknight, enquanto acenava para aqueles nas plataformas, indicando que deveriam avançar para mais fundo na ravina. — Artífice, plante mais alguns presentinhos.

— Eu não tenho nada que possa usar para detoná-los — disse a conhecida voz do jovem rosto.

— Vamos cuidar disso — respondeu o jogador. — É só plantar o TNT e recuar.

Artífice assentiu e se retirou, deixando que os monstros lutassem para cruzar a areia de almas. Enquanto corria, deixava blocos de TNT em buracos que outro NPC tinha cavado, um bloco de rocha do Nether posicionado no solo para esconder a presença explosiva. As tropas corriam pelo fundo do despenhadeiro, em disparada pela trilha em aclive suave a caminho da salvação: o portal. De repente bolas de fogo riscaram o ar quando um grupo de blazes emergiu da areia de almas e virou a curva. Bolas de fogo mortais atingiram os soldados, e dois deles foram engolidos, seus gritos ecoando no cérebro de Gameknight.

Aquele poderia ter sido Artífice... poderia ter sido eu, pensou o jogador. *O que vai acontecer quando alcançarmos a outra ponta da ravina? Estará bloqueada? Estará...* o medo corria solto por ele enquanto pensava no que *poderia* acontecer em vez de se concentrar no que *estava* acontecendo.

"A antecipação pode às vezes ser pior que a própria coisa." As palavras do pai ecoaram em sua mente. Elas lhe trouxeram de volta do *e se* para *o agora.* Tinha que focar no que estava acontecendo naquele momento, e não se preocupar com o que poderia ocorrer quando chegassem ao outro lado da ravina ou alcançassem o portal. Se não sobrevivessem *ao agora,* então nada mais importaria.

Recuando ainda mais na plataforma, Gameknight disparou contra um dos cubos de TNT no momento em que os blazes se aproximaram. O bloco explodiu, destroçando o piso da ravina e, felizmente para eles, destruindo muitos dos blazes, mesmo que alguns ainda restassem. Caçadora disparou seus projéteis mortais contra as feras, e os arqueiros atrás dela lançaram suas próprias flechas, exterminando os sobreviventes em segundos.

Nuvens de fumaça começaram a sufocar a ravina, deixando os alvos difíceis de ver, mas também protegendo os aldeões dos blazes. As flechas flamejantes de Gameknight999 e de Caçadora pareciam espectros luminescentes enquanto riscavam o ar nevoento, atingindo os blazes fumegantes. As chamas internas dos monstros de fogo faziam deles alvos fáceis em meio à fumaça e à confusão, e todos os arqueiros se aproveitaram disso.

— Recuem mais! — gritou ele. — Artífice... mexa-se!

Eles se retiraram novamente e repetiram o processo: recuar, atrair o inimigo, disparar no TNT, assim arrebentando o terreno e matando alguns monstros na explosão. Continuaram com a estratégia enquanto subiam lentamente de volta pelo desfiladeiro em direção à abertura superior que levava ao portal. A estratégia funcionou mais algumas vezes até que os monstros finalmente perceberam o truque e resolveram esperar, mandando grupos cada vez menores de criaturas para detonar os explosivos, em sua maioria os lentos homens-porcos zumbis, criaturas de inteligência limitada que eram obviamente consideradas dispensáveis. O plano estava perdendo a eficácia.

Subitamente, houve um alarido no extremo superior da ravina. Gameknight girou e se deparou com o resto das forças retornando, soldados blindados correndo trilha abaixo para se juntar aos outros.

— E como está o outro lado da ravina? — gritou Gameknight, enquanto continuava se movendo pela plataforma. Viu a beirada elevada chegando ao fim rapidamente. O NPC no último posto da lateral deles estava rapidamente colocando mais blocos no caminho, mas não mais rápido do que eles recuavam.

— Não há monstros por perto — respondeu um dos guerreiros. — Na verdade, eles quase sumiram. Todos os homens-porcos zumbis saíram da área. Parece que está tudo limpo até a colina do portal.

Subitamente, uma imensa bola de fogo caiu do céu e engoliu o soldado, seu HP se reduzindo a zero no ato. O corpo dele desapareceu num estalo, deixando para trás a armadura e as armas. Gameknight olhou para cima e sentiu a alma congelar.

Ghasts... pelo menos dez deles.

Enfrentar um ghast já era bem difícil, mas dez deles... os heróis estavam perdidos. Bolas de fogo começaram a chover nos NPCs, cada uma delas tomando uma vida. Os guerreiros se espalharam, tentando evitar as esferas flamejantes, mas não havia para onde correr no desfiladeiro estreito. Enquanto os orbes ardentes eram despejados do alto, bolas menores eram lançadas pelos blazes que agora se aproximavam.

— PARA TRÁS, RECUAR! — gritou Gameknight com o gosto de derrota nos lábios. — Arqueiros, afastem os blazes.

Os arqueiros dos dois lados abriram fogo, lançando o máximo de flechas possível na direção dos monstros que se aproximavam, cobrindo a retirada das forças em solo enquanto petardos mortais os castigavam do alto. Gameknight percebeu que um dos NPCs estava colocando blocos de TNT enquanto se retirava, mas não era Artífice. Onde estava Artífice? O jogador esquadrinhou o solo da ravina, procurando o amigo, mas logo foi distraído por algo que subiu ao céu no limite de sua visão.

Subitamente houve uma explosão de luz no alto, uma erupção de cor que fez a batalha na ravina pausar por um momento: os fogos de artifício de Artífice. Outro míssil fogueteou no ar, deixando um rastro de fagulhas na sua trilha antes de explodir numa cascata de faíscas verdes capaz de iluminar o rosto de um creeper espiando aqueles na batalha abaixo. Tinha detonado exatamente entre dois ghasts, lançando brasas quentes que afastaram os monstros flutuantes: eles tentavam não se queimar. Uma dúzia de rojões subiu ao ar em seguida, todos explodindo diretamente acima da ravina, forçando os ghasts a se afastarem ainda mais. Isso provocou comemorações dos guerreiros no solo, revigorando-os e fazendo com que lutassem ainda mais animados.

Outro bloco de TNT explodiu no chão, ativado pela flecha ardente de Caçadora. Isso chamou a atenção de Gameknight de volta à batalha abaixo. Ele viu outro cubo explosivo e lançou suas próprias setas de fogo contra ele, detonando-o no momento em que um grupo de esqueletos wither o cercava. Seus ossos escuros choveram nos companheiros.

— ISSO! — gritou alguém.

Os guerreiros investiram adiante, empurrando o imenso exército de monstros para trás alguns passos.

— NÃO, continuem recuando! — gritou Gameknight. — Temos que chegar ao portal.

Ele sabia que nunca venceriam aquela batalha. A única coisa que os mantinha vivos no momento eram as paredes estreitas do desfiladeiro. Só que, assim que saíssem para campo aberto, seria uma corrida pela sobrevivência.

Eles continuaram recuando pela ravina, usando o TNT no solo para devastar os monstros que atacavam, enquanto os fogos de artifício do amigo mantinham os ghasts um pouco afastados. Olhando por sobre o ombro, Gameknight viu a boca superior da ravina, com quatro guerreiros guardando a saída. Ao ver a batalha feroz, esses quatro correram na direção dos camaradas e se jogaram no combate. O chão estava coberto com ossos de esqueletos, bastões incandescentes e espadas de ouro, mas também havia pilhas de armaduras de ferro que não eram mais necessárias, além de espadas e arcos — as posses daqueles que agora estavam mortos. Esta horda de monstros tinha feito um estrago, provavelmente reduzindo o tamanho do grupo pela metade, se não mais, porém os aldeões ainda lutavam, sem vontade de desistir, pois a rendição significava a morte.

Gameknight conseguia ver Artífice agora, o garotinho plantando uma imensa coleção de fogos de artifício à entrada da ravina, preparando a fuga.

A plataforma elevada estava então a apenas quatro blocos de altura do chão da ravina, o qual tinha subido gradualmente. Gameknight acenou para que os construtores dos dois lados fizessem alguns degraus, de forma que eles pudessem descer sem se machucar.

— Caçadora... para o chão! — gritou ele acima do rumor da batalha. — Abra caminho até o portal.

Ela assentiu e saltou para o solo, seus cabelos ruivos se agitando com selvageria quando pulou. Aterrissando como um gato gracioso, ela disparou para a abertura da ravina.

— Todos, sigam Caçadora! — gritou. — CORRAM!

Os guerreiros giraram e fugiram das linhas de batalha, disparando à abertura no alto da ravina que levava ao platô e ao portal. Sabiam que haveria ghasts ali, mas a velocidade era o único recurso que lhes restava. Os NPCs correram com urgência desesperada, e os sons da horda assassina se tornavam cada vez mais fortes conforme a massa de monstros deixava o desfiladeiro e começava a se espalhar pela colina. Gameknight e Artífice fechavam a retaguarda, o garotinho ainda plantando blocos de TNT e fogos de artifício atrás do grupo, na esperança de que pudessem causar alguma confusão em meio aos atacantes. Artífice não se deu ao trabalho de esconder as surpresinhas, simplesmente largando o TNT no chão e posicionando o rojão por cima.

Gameknight, olhando por sobre o ombro, esperava até que os monstros se aproximassem, e então girava e atirava, lançando uma flecha flamejante no TNT, iniciando o processo de explosão, além de lançar o fogo de artifício. A detonação causou algum dano àqueles no chão, enquanto ao mesmo tempo o rojão subia ao céu. Com sorte, atingiria algum dos ghasts no ar.

Como Gameknight e Artífice vinham no fim da coluna de guerreiros, o jogador temia que os ghasts fossem usá-los como alvos de treino, mas nenhuma das bolas de fogo desceu sobre a dupla. Os monstros flutuantes jogavam seus petardos mortais de chamas contra os guerreiros, e as esferas ardentes engoliam aldeão atrás de aldeão, reduzindo o HP deles a nada, de modo que os NPCs desapareciam sem um berro, grito ou adeus. Os ghasts lentamente reduziram a tropa inicial de cinquenta guerreiros a apenas doze... *BUUM*... ou melhor, a apenas onze.

Gameknight estremeceu e queria chorar; todas aquelas vidas perdidas, e para quê? À sua esquerda, ele via Caçadora correndo de costas. Seu arco encantado disparava hastes ardentes de fogo contra os gigantes flutuantes, os projéteis os atingindo uma, duas, três vezes antes que morressem, deixando cair uma cristalina lágrima de ghast. Outros guerreiros viram as ações de Caçadora e se viraram para somar volume aos ataques da mulher. Mais flechas riscaram o ar, mergulhando as pontas afiadas nas criaturas voadoras com rostos de bebê, lágrimas de ghast caindo ao chão como chuva.

Gameknight concentrou seus esforços no TNT que Artífice ia instalando. Os blocos listrados não só espalhavam o caos entre aqueles que os seguiam, porém, mais importante àquela altura, também destroçavam a planície, tornando a perseguição mais difícil. Entretanto, o grupo se movia simplesmente devagar demais. Precisavam desesperadamente avançar mais rápido, por que o jogador percebia claramente que a velocidade era a chave da sobrevivência no Nether. Gameknight sentia que aquela era uma peça importante do quebra-cabeça, mas não tinha tempo para ponderar a questão. Tudo que conseguia fazer naquele momento era se concentrar em disparar o arco tão rápido quanto seu braço conseguia puxar a corda.

Gritos de vivas irromperam dentre os guerreiros sobreviventes, chamando a atenção do jogador para o alto. O último dos ghasts tinha sido morto, e o teto rochoso do Nether estava agora livre de ameaças. Olhando de volta para os soldados, viu que eles começaram a correr novamente, sem precisar mais atirar para trás. O imenso morro de quartzo que marcava a localização do portal agora se erguia diante deles, porém ele sabia que a horda de monstros estava logo na cola. Ao olhar por cima do ombro, entretanto, ficou surpreso ao ver que as criaturas tinham interrompido a perseguição. Estavam agora apenas fitando os fugitivos com olhos mortos e odiosos.

— Por que eles pararam? — perguntou Gameknight a Artífice.

— Quem se importa? — retrucou o garotinho, enquanto continuava a correr.

Gameknight não gostou nada daquilo, mas sabia que, fosse lá o que fosse que os monstros estivessem planejando, era melhor que os soldados não tentassem enfrentá-los. E, assim, ele também continuou correndo enquanto guardava o arco e sacava a espada de ferro encantada. Talvez eles *pudessem* sobreviver àquilo, afinal.

O grupo correu em disparada morro acima, gradualmente contornando o imenso monte de quartzo do Nether, blocos avermelhados que cintilavam com cristais embebidos cujas facetas reluzentes refletiam a luz flamejante do Nether. Ele olhou a ponta da lança de sobreviventes e viu Caçadora disparando adiante, seu arco tremeluzente ainda na mão. Ela parecia tão confiante, tão corajosa... Gameknight queria ser como ela. Talvez pudesse ser, um dia, se ele...

Subitamente, Caçadora parou e encordoou uma flecha cuja ponta ardia com fogo encantado. Mas ela não a disparou. O resto dos guerreiros a alcançou e também parou de súbito, claramente apreensivos. Gameknight e Artífice continuaram correndo, contornando finalmente a base do monte de quartzo do Nether. Abriram caminho em meio aos poucos guerreiros que ainda restavam e pararam ao lado de Caçadora. Ao olhar na direção em que a flecha mortal dela apontava, Gameknight sentiu seu coração perder o compasso.

Estavam perdidos.

Entre eles e o portal havia um mar de altas criaturas negras e magricelas. Cada uma delas tinha um par de olhos roxos raivosos que os encarava com ódio infinito. No centro do grupo sombrio havia uma única nesga de vermelho muito, muito escuro, uma criatura que emanava uma sede de violência que não poderia ser jamais saciada: Érebo.

Toda esperança abandonou Gameknight, e ele sentiu a boca se encher do gosto amargo da derrota.

CAPÍTULO 21

A MORTE DA ESPERANÇA

Um mar de endermen se interpunha entre eles e o portal, com Érebo logo à frente, uma forma vermelho-escura que brilhava com partículas roxas de teleporte, pronto para desaparecer e reaparecer onde bem quisesse. Os vultos altos e sombrios se destacavam fortemente contra a rocha do Nether vermelha, os corpos negros e longos braços fazendo com que parecessem ainda mais altos. Atrás de Érebo, os outros endermen começaram a emitir suas próprias partículas ender, criando uma névoa roxa em volta das criaturas letais.

Érebo soltou sua risada arrepiante e assustadora de enderman. O som fez os guerreiros estremecerem.

— Então, Usuário-que-não-é-um-usuário, nós nos encontramos de novo — guinchou Érebo, a voz aguda penetrando os gemidos dos monstros que aguardavam morro abaixo.

Gameknight começou a tremer, as terríveis memórias do sonho lhe invadindo a mente outra vez. Ele ainda sentia aquelas mãos frias e úmidas espremendo sua garganta enquanto os olhos vermelhos medonhos e incandescentes de Érebo perfuravam sua alma.

— O que vamos fazer? — indagou um dos guerreiros. — Usuário-que-não-é-um-usuário, diga-nos... lidere-nos.

Soava menos como uma pergunta e mais como um apelo, mas ele sabia que não havia nada a ser feito. Ali estava a encarnação viva do pesadelo de Gameknight, parada diante dele, esperando para matá-lo. O medo dominava sua mente enquanto permanecia parado, paralisado, sem saber o que fazer. Caçadora foi até ele.

— Rápido, precisamos fazer alguma coisa — incitou ela, com a voz ainda soando corajosa. — Gameknight, sai dessa.

— Eu... ahh... a gente pode... ahh — gaguejou Gameknight, incapaz de tomar qualquer decisão devido ao medo e à dúvida.

— Eu tive uma ideia — afirmou Artífice. — Caçadora, eles me querem vivo por algum motivo. Não vão erguer um dedo contra mim. — Ele puxou um bloco de TNT e o ergueu sobre a cabeça. — Prepare seu arco. Se me atacarem, quero que você dispare neste bloco. Não hesite, entendeu?

Os olhos castanhos de Caçadora se encontraram com os azuis de Artífice, e ela assentiu. Afastou uma mecha de cabelo ruivo do rosto, prendeu-a atrás da orelha e encaixou uma flecha no arco. Com a mão livre, deu tapinhas amistosos no ombro do jovem NPC e avançou até a frente do grupo significativamente reduzido de guerreiros.

Artífice foi até Gameknight e falou baixinho, para que só ele ouvisse:

— Lembre-se do que lhe contei, Usuário-que-não-
-é-um-usuário... lembre-se de Pescador. — E então
sussurrou: — Feitos não fazem o herói, é como ele
supera seu medo que o torna grandioso.

Artífice então se adiantou, indo diretamente na
direção de Érebo, o bloco de TNT listrado de rubro-
-negro erguido bem alto sobre a cabeça.

— O que é isso, um presentinho? — indagou o rei
dos endermen.

Artífice não respondeu. Continuou se aproximando lentamente do monstro escarlate.

— O que está fazendo?

Artífice continuou calado, caminhando lenta, mas
implacavelmente, à frente. Caçadora deu um passo
adiante, com uma flecha flamejante preparada e a corda do arco bem esticada.

Com hesitação, os outros endermen começaram a
recuar, os olhos roxos voltados para o bloco de TNT.
Artífice continuou andando, com o olhar baixo e o
bloco explosivo bem erguido, criando um alvo fácil.

Gameknight sentiu mãos quadradas o empurra-
rem para a frente quando os poucos guerreiros restantes também avançaram vagarosamente, as espadas
agora embainhadas. Todos sabiam que armas seriam
inúteis contra tantos endermen.

O presente começou a entrar em foco novamente
conforme Gameknight avaliava a situação. Ele via Artífice na frente, com o TNT erguido acima da cabeça.
Podia lembrar-se vagamente de alguma coisa que o
amigo lhe dissera; alguma coisa sobre feitos... As palavras ainda estavam obscurecidas pelo medo. Porém,
lentamente o medo se desfez no segundo plano quan-

do ele reconheceu o destino inevitável. Um raciocínio frio e calmo se espalhou pelo jogador quando ele percebeu que aquele seria o lugar de sua morte.

Gameknight se livrou das mãos e caminhou por conta própria ao lado dos poucos sobreviventes, que tinham os ombros descaídos em derrota. Eles também sabiam que aquele lugar seria o campo de batalha final, todos menos Caçadora. Ela liderava o grupo, costas retas, queixo quadrado bem erguido, a flecha flamejante mirada no bloco explosivo.

— Caçadora, você não pode atirar — implorou Gameknight. — É Artífice.

— Cale a boca — ralhou ela.

— Mas é o...

— Fique quieto, seu idiota — comandou Caçadora. — Fique aqui na frente comigo e tente parecer um líder, para variar.

O jogador se sentia envergonhado. A NPC tinha visto sua covardia, sua aceitação da derrota enquanto ela ainda se mantinha corajosa e desafiadora. Avançando, ele caminhou lentamente ao seu lado. Sacou o próprio arco luminescente e encaixou uma flecha, apontando-a vagamente na direção de Artífice, mas pouco inclinado a causar a morte do próprio amigo. A ponta chamejante do projétil tremia enquanto ele tentava mantê-la firme. Terror e desespero ainda controlavam cada músculo dele.

— Recuem, ou vou mandar que eles atirem! — gritou Artífice. — Seu mestre não ficará feliz se eu for morto, acredito?

— EU NÃO TENHO MESTRE! — guinchou Érebo. Os olhos dele fulguravam forte e letalmente, ódio renovado preenchendo as pupilas vermelho-sangue.

— Porém, ainda assim, você recua — provocou-o Artífice, com um sorriso irônico se abrindo no rosto.

Isso fez Érebo começar a tremer de raiva, os olhos brilhando ainda mais.

— Cuidado — avisou Artífice. — Você não quer fazer nada de que possa se arrepender depois.

— Não o matar neste exato instante é algo de que eu poderia me arrepender, mas sempre terei tempo para você mais tarde. O covarde do Usuário-que-não-é-um-usuário, entretanto... Ele, eu posso matar agora.

Artífice deu dois rápidos passos à frente, fazendo os endermen recuarem, abrindo uma trilha ao portal.

— AGORA! — gritou Caçadora. — CORRAM!

Os guerreiros saíram em disparada, mergulhando pelo portal. Caçadora estacou logo em frente ao portal, uma das pernas no campo roxo balouçante, a flecha flamejante ainda apontada para o TNT. Gameknight pausou ao seu lado, sem saber o que fazer.

— Atravesse, seu idiota — comandou ela. — Eu cuido disso.

E, com isso, Gameknight mergulhou pelo portal. O campo roxo tremeluzente preencheu sua visão enquanto o cenário do Nether desaparecia lentamente, para ser substituído pela parede de rocha da câmara de criação. O jogador desceu e se virou, encarando a passagem roxa. Uma perna surgia do portal, era de Caçadora. O Usuário-que-não-é-um-usuário sacou o arco e mirou na porta, pronto para a inundação de monstros que poderia atravessar.

— Preparem-se para selar o portal — gritou ele.

NPCs se adiantaram, com blocos de pedregulhos nas mãos. Alguns deles começaram a vedar a parte de trás do portal, deixando a frente aberta para Artífice e Caçadora. De repente, Caçadora se materializou com Artífice ao seu lado. Uma comemoração irrompeu da multidão que assistia. Parecia a Gameknight que a aldeia quase inteira estava ali, centenas e centenas de NPCs aglomerados na câmara de criação ampliada.

— Vocês conseguiram! — exclamou Gameknight com um sorriso no rosto.

Os trabalhadores começaram a colocar pedregulhos na abertura do portal enquanto Artífice e Caçadora se afastavam alguns passos, com o bloco de TNT ainda nas mãos do jovem NPC. Porém, antes que os pedreiros pudessem colocar os últimos blocos de pedregulhos, Érebo se materializou na câmara de criação, com os olhos incandescentes cheios de ódio. Avançou e envolveu o pequeno corpo de Artífice com os longos braços, lançou um sorriso maldoso e cheio de dentes para Gameknight e então desapareceu numa nuvem de partículas roxas.

Artífice tinha sido levado.

A câmara silenciou instantaneamente enquanto os observadores eram atingidos pelo choque do que tinha acabado de acontecer.

— Selem o portal — berrou Caçadora. — SELEM... AGORA!

A voz dela ecoou pela caverna mortalmente estática, lançando os trabalhadores à ação. Eles selaram o portal com blocos de pedregulhos, impedindo qualquer outra invasão do Nether.

— Artífice... ARTÍFICEEEEEE! — uivou Gameknight, com lágrimas escorrendo pelo rosto. Ele caiu de joelhos e chorou, o rosto nas mãos quadradas, o arco caído no chão.

Como isso pôde acontecer... O que eu fiz?

Angústia incontrolável inundou o Usuário-que-não-é-um-usuário enquanto o último olhar espantado de Artífice ficava gravado na mente dele. Era uma expressão de choque misturada à tristeza que feria fundo o coração de Gameknight. Seu amigo soubera que aquele era o último momento de sua vida, e toda esperança tinha abandonado aquele jovem rosto. Érebo tinha vencido... Não, Malacoda tinha vencido.

Eles estavam perdidos.

Um dos guerreiros sobreviventes olhou para Gameknight e então lentamente ergueu a mão, dedos bem abertos, braço levantado ao teto. Os outros na caverna repetiram o gesto, os dedos estendidos subindo da coleção de corpos como flores numa planície cúbica. Eles levantaram bem os braços, cada pessoa tentando alcançar o teto rochoso acima, e então cerraram devagar as mãos em punhos de aceitação, abalados pelo que tinha acontecido. Saudavam o companheiro tombado, seu líder... Artífice. Conforme as mãos se fechavam em punhos, os aldeões baixavam as cabeças, com nós dos dedos ficando brancos enquanto apertavam as mãos com toda força que lhes restava nos músculos cansados.

Artífice se fora, e toda esperança estava perdida.

CAPÍTULO 22

A FACE DO DESTINO

Gameknight ergueu lentamente o próprio braço, dedos bem espalhados, mas, antes que pudesse cerrar a mão estendida, oferecendo a saudação aos mortos, um som borbulhou dentro dele. Começou bem fundo na alma, nos cantos mais sombrios do seu ser, onde residia a sombra da sua coragem esquiva. Era um som gutural, como o gemido de uma fera ferida, mas lentamente se transformou num uivo fulgurante de raiva, uma recusa em aceitar as coisas diante dele.

— Nãããão oooo — começou como um lamuriar fraco, então ficou mais alto, igual a um grito de guerra. — NÃÃOOOOOO! — Baixou o braço e encarou furioso os aldeões na caverna.

— O que está fazendo? — perguntou Caçadora em voz baixa. — Você tem que honrar os mortos. — O braço dela ainda estava erguido, a mão em punho. — *Todos* nós temos que honrar a morte de Artífice antes de seguirmos em frente.

— NÃO! Ele não está morto. Malacoda precisa dele por algum motivo. ELE NÃO ESTÁ MORTO! — gritou Gameknight, com a voz ecoando nas paredes da caverna.

— Ele está morto na prática — insistiu Caçadora, com o braço agora apoiado no ombro do jogador.

— Eu não vou aceitar — retrucou ele. — Abaixem seus braços, TODOS VOCÊS! Artífice não está morto.

Os aldeões o encaravam, perplexos e um tanto preocupados, mas fizeram como foi pedido. Alguns deles murmuraram entre si, sem saber direito o que o Usuário-que-não-é-um-usuário estava fazendo.

— Gameknight, você precisa aceitar que...

— NÃO, eu não vou aceitar isso — interrompeu. — Posso sentir que isto ainda não acabou. Ainda há mais a se fazer aqui, e nos entregarmos à derrota não é a resposta. Artífice ainda está vivo, e nós podemos salvá-lo.

Todos os NPCs no salão se calaram, entreolhando-se tristemente sem acreditar. Gameknight se inclinou para perto de Caçadora e falou, com a voz pouco mais alta que um sussurro:

— Nós sabemos onde ele está.

— Onde? No Nether? — retrucou ela, com a voz alta e desafiadora.

— Sim... Naquela fortaleza do Nether. Malacoda está com ele lá, eu sei disso.

Os aldeões agora escutavam o debate, a tensão cada vez maior no aposento.

— Você acha que podemos simplesmente entrar lá e trazê-lo de volta? — indagou ela, com a voz marcada pela zombaria.

— Bem... eu ahhh...

— Sabe muito bem o que estará nos esperando, e um grupo de cinquenta soldados não vai resolver nada.

— Eu sei — respondeu Gameknight, agora com a sensação de que estava se defendendo. Começava a se sentir frustrado e furioso. — Mas nós podemos...

— Nós precisamos de um plano, um plano real. Não podemos simplesmente nos esgueirar por lá e torcer para que não nos vejam, porque eles *verão*. Precisamos de um plano de verdade, um plano realmente robusto. Quem vai criar esse plano? Você?

— Eu andei pensando em como... — tentou ele novamente, sua irritação em não ser ouvido ficando cada vez maior.

— E como vamos nos mover rápido o suficiente para escapar daqueles ghasts? Como vamos nos manter à frente de todos os monstros no Nether? Como?

Finalmente, o jogador estava farto.

— Caçadora, dá para você calar a boca um pouco e me ouvir?! — exclamou ele, com a voz cheia de indignação.

O espanto se espalhou pela câmara de criação. Gameknight baixou o tom de voz e chegou mais perto, falando apenas para os ouvidos dela:

— Eu tenho um plano — afirmou. — Andei pensando nas peças do quebra-cabeça que descobrimos enquanto estávamos no Nether. E já resolvi praticamente tudo. Só que, Caçadora, eu não tenho a coragem necessária para resolver essa questão. Não sou forte ou corajoso como você. Estou aterrorizado. Estive assim desde que cheguei a este servidor. E estou cansado de ficar tão assustado. — Ele pausou por um momento para organizar os pensamentos, e então continuou: — Sou capaz de resolver como entrar naquela fortaleza, mas não sou um líder nem nunca fui. Não importa como esses aldeões me chamem, eu simplesmente não sou essa pessoa.

— Você tem um plano, é?

— Sim, eu tenho, mas ainda não resolvi como podemos nos mover rápido o suficiente para não estar surgirmos Malacoda espera. Sei que a resposta está em algum lugar, porém... e está bem perto. Sinto que só preciso abrir os olhos para enxergar.

— O que você quer dizer?

Um barulho estridente de metal arranhando metal soou de um dos muitos trilhos de carrinhos que se estendiam até os túneis escuros. Novos aldeões estavam chegando; o chamado de Artífice ainda ecoava por *Minecraft*.

— Não sei direito — respondeu ele, enquanto espiava os túneis de carrinhos, os sons estridentes reverberando na passagem rochosa e preenchendo a caverna.

Muitos dos NPCs foram até os recém-chegados, ajudando-os a descer dos carrinhos e conduzindo-os aos muitos túneis acima, encontrando para os estranhos um lugar para viver. E então Gameknight viu a última peça se encaixando no lugar. Era a coisa que havia mudado desde o último servidor, e que seria a chave para o sucesso deles. Uma garotinha, a mais inocente das crianças NPC, saltou de um dos carrinhos com um porquinho de estimação, o animal preso por uma coleira, e o jogador finalmente entendeu o que mudara depois do pesadelo com Malacoda. Os servidores tinham sido atualizados, e a coleira o lembrou do vídeo com o trailer da atualização que tinha visto no YouTube, o vídeo mais recente dos testes. A Fonte tinha lhes mandado a solução, e o Usuário-que-não-é-um-usuário não conseguira vê-la... até agora. Sorrindo para a garotinha, ele se virou e encarou Caçadora, com o sorriso cada vez maior.

— Já saquei — anunciou ele. — Tenho todas as peças. Elas estão mal conectadas por um fio supercapenga, mas está tudo aí. Só preciso que você nos lidere.

Ela avançou rápida e agressivamente pela caverna e parou bem diante dele.

— Eu não sou uma líder, e você sabe disso — ralhou. — Sou uma matadora furiosa, e essas pessoas aqui não me seguirão. Elas me temem... Todo mundo tem medo de mim.

Eu não...

O salão ficou em silêncio.

— Mas há um líder aqui — afirmou ela em voz baixa.

Gameknight olhou em volta e de novo para Caçadora.

— Onde?

Ela foi até o lado dele e pegou seu braço, então o levou até o canto da caverna. Aldeões se afastaram conforme a dupla caminhava pela câmara lotada, todos os olhos cravados nos dois. A multidão se abriu como um grande oceano de rostos expectantes que encaravam o Usuário-que-não-é-um-usuário com esperança e um pouco de medo. Caçadora o arrastou até o canto mais distante e parou diante da fonte de água, posta ali para que os aldeões bebessem. Ela apontou para baixo.

— Líderes não escolhem ser líderes, são escolhidos pelos seus seguidores — afirmou ela numa voz firme e confiante. — Olhe em volta. Esses NPCs têm fé em você. Eles confiam em você e estão dispostos a arriscar suas vidas para realizar algo que é maior que eles mesmos. Eles farão isso, não por minha causa... mas por sua causa.

Ela apontou a água, gesticulando para o reflexo do jogador.

— *Eis aí* seu líder — disse ela, com a voz carregada de confiança.

Gameknight espiou a água corrente, esperando algum tipo de mistério oculto se revelar, mas tudo que havia ali era seu próprio reflexo o encarando de volta, com Caçadora ao seu lado. Ele podia ver a expressão confiante de expectativa no rosto dela, os olhos castanhos calorosos cravados direto nele, e então as últimas palavras de Artífice flutuaram para sua mente.

Feitos não fazem o herói...

As palavras do amigo ecoaram. *Será que consigo fazer isso? Será que consigo encarar esta ameaça...? Encarar meus medos?* Ele tentou dedicar a mente a essa possibilidade e pensou em Malacoda e Érebo, os monstros que devastavam sua alma. Porém, sua atenção foi levada de volta aos olhos calorosos de Caçadora, cujo rosto era emoldurado pelos cabelos vermelhos vibrantes. Ela exsudava confiança e fé no jogador. Desviando o olhar do dela, ele encarou os próprios olhos azul-aço e, bem no fundo daquelas órbitas aterrorizadas, viu os olhos azuis brilhantes de

Artífice o encarando, confiantes e fortes. Mas como poderia salvar o amigo? Não era forte, não era um herói. Era só um menino... um ninguém.

Feitos não fazem o herói...

Ele ouvia a fé inabalável que Artífice depositava nele ecoando na própria mente. O amigo contava com Gameknight, e o jogador precisava fazer alguma coisa para ajudar. Não poderia decepcionar Artífice: tinha que salvá-lo, mesmo que estivesse aterrorizado. Foi então que alguns dos aldeões se aproximaram dele e pararam ao seu lado, todos fitando a fonte de água. Eles também o contemplavam com expectativa, depositando no Usuário-que-não-é-um-usuário fé e esperança que não seriam facilmente enfraquecidas. *Talvez eu consiga.*

Só que, Malacoda... aqueles olhos... aqueles terríveis olhos vermelhos. Como ele poderia encarar o monstro... e Érebo também? Sabia que seus dois pesadelos estariam no Nether, esperando por ele. Não poderia derrotar os dois. Não era forte o bastante. Então sua atenção foi atraída de volta aos aldeões que o cercavam. Sentia que mais deles se aproximavam, pressionando seus corpos contra ele em apoio silencioso. Agora todos sabiam que ele sentia medo, todos notavam o medo espantado no rosto dele, mas ainda tinham fé no Usuário-que-não-é-um-usuário. Gameknight era parte da comunidade, não mais apenas um indivíduo ou troll. Tinha gente para ajudá-lo, para suportar parte do fardo do medo que sentia, e lhe emprestar um pouco de coragem em troca. Estavam juntos naquela, e, pela primeira vez em muito tempo, não se sentiu sozinho.

Feitos não fazem o herói, é como ele supera seu medo que o torna grandioso.

Talvez ele conseguisse superar aquele medo, talvez conseguisse se concentrar *no agora* e ser o herói de quem Artífice precisava. Sentiu a mão de Caçadora no ombro, e se virou para vê-la, com o rosto emoldurado pelos cabelos ruivos brilhantes.

— Você consegue — afirmou ela baixinho, a compaixão nos olhos. — *Nós* conseguimos... todos nós. Só precisamos que você nos lidere.

Gameknight observou seus arredores na câmara, com os olhares de apoio da aldeia inteira concentrados nele. Viu a menininha com o porco de coleira sorrindo para ele do outro lado da caverna, com uma expressão empolgada de esperança no rostinho. Olhando para a coleira e depois de volta para ela, Gameknight se sentiu inundado de confiança. Ele poderia conseguir... Não, *nós* vamos conseguir... Por fim, virou-se para Caçadora e assentiu.

Ela puxou o arco tremeluzente encantado do inventário, o ergueu bem alto sobre a cabeça e gritou:

— O USUÁRIO-QUE-NÃO-É-UM-USUÁRIO VAI NOS LIDERAR NESTA ÚLTIMA BATALHA!

A caverna irrompeu em vivas felicíssimos, e muitos aldeões deram tapinhas nas costas dele, erguendo as próprias espadas em júbilo.

— CERTO, TODO MUNDO QUIETO AGORA! — gritou Gameknight, tentando trazer ordem ao caos alegre. Em seguida, alisou uma área no solo e começou a colocar blocos de pedra, cada um deles representando uma peça do quebra-cabeça, os diferentes aspectos do plano de batalha.

— Vamos ter que nos mover rapidamente para atingi-los com força onde eles não esperam. E a primeira coisa de que vamos precisar é diamante, um monte de diamante. Eis aqui o que vamos fazer...

CAPÍTULO 23

BATALHA PELO NETHER

s guerreiros emergiram do portal como uma inundação implacável. Nenhum deles parou para contemplar o cenário ao seu redor — já tinham lhes dito o que esperar — um mundo de fumaça e chamas. E foi exatamente isso que eles viram. Deslocando-se para a direita, seguiram direto para a ravina, o rasto na paisagem que tinha sido o cenário da última e trágica batalha. Desta vez, seria diferente. Desta vez não eram só um punhado de soldados, cinquenta guerreiros com a esperança de passar despercebidos pelas criaturas do Nether. Não, desta havia centenas e centenas de aldeões furiosos, cada um deles pesadamente armado, com apenas uma coisa em mente: deter Malacoda e resgatar seus artífices.

Olhos vigilantes notaram a massa de gente da Superfície irrompendo pelo portal, e se afastaram para relatar aos mestres. Os observadores restantes permaneceram próximos ao exército invasor, vigiando cada movimento deles e relatando qualquer novidade. Os pequenos delatores esvoaçavam de trás de colinas e se escondiam nas poucas sombras que existiam ali, contemplando silenciosamente e se deslocando junto ao exército conforme este fluía pela ravina. O que os observadores voadores não viram foi um segundo exército emergindo do portal depois que o primeiro levara os vigilantes embora. Este novo grupo seguiu na direção oposta, para longe da ravina e descendo pela longa colina em declive suave que se curvava e levava em direção à distante fortaleza do Nether.

A força principal avançou rapidamente pela formação, liderada por uma das novas adições à aldeia: Pedreiro. Ele tinha vindo de uma vila destruída por Érebo e sua tropa. Tinha saído para construir um templo na selva e, quando voltou para casa, deparou-se com a aldeia destruída, todas as pessoas que tinha conhecido a vida inteira apagadas da face de *Minecraft*. Ele emanava uma aura natural de comando, e os aldeões o escolheram rapidamente para liderar este exército, pois seu físico forte e musculoso fazia dele uma presença formidável no campo de batalha. Os cabelos castanhos bem curtos mal eram visíveis sob o capacete de metal. Uma barba bem aparada marcava o contorno do rosto e lhe fazia parecer sábio e instruído. Na aldeia, Pedreiro sempre parecia trazer no rosto um sorriso que iluminava seus olhos verdes, exceto quando estava trabalhando, moldando e entalhando a pedra.

Naquele momento, uma carranca séria estava estampada em seu rosto quadrado, pois ele moldava algo menos maleável que a pedra. Naquele momento, Pedreiro moldava um campo de batalha. Esquadrinhando a área com seu olhar penetrante, ele se virou para os líderes de esquadrão e acenou com a cabeça, sinalizando para que os planos fossem iniciados.

Metade dos guerreiros ficou no alto da ravina, enquanto a outra metade descia em suas profundezas rochosas, defendendo as duas entradas. Os NPCs acima puxaram blocos de pedregulho e começaram rapidamente a construir um teto rochoso sobre o desfiladeiro estreito, selando-o contra ameaças aéreas. Aqueles dentro da ravina construíram fortificações na entrada inferior, em preparação contra o ataque que sabiam que estava por vir.

Morcegos esvoaçavam pela área, seus olhinhos curiosos registrando cada aspecto das fortificações. Alguns deles tentaram levar a informação aos mestres, e saíram voando da ravina.

— Os morcegos, atirem neles! — gritou Pedreiro.

Subitamente, o ar ficou cheio de flechas que fizeram as criaturas sombrias em pedaços, e os pequenos informantes voadores foram incapazes de revelar qualquer detalhe sobre os preparativos dos NPCs.

Em minutos, a cobertura rochosa do alto da ravina estava pronta, e os soldados abaixo estavam em segurança contra ataques vindos do alto. Então construíram ameias ao redor do alto platô: paredes rochosas atrás das quais se esconder uma vez que a batalha tivesse começado.

Guerreiros corriam até a planície aberta e cavavam buracos no chão, e eram seguidos por outros NPCs com blocos de TNT nas mãos. Os cubos listrados de vermelho e negro eram colocados nos furos no chão, atrás de blocos de rocha do Nether, que serviam para escondê-los da esperada horda atacante. Trabalhando o mais rápido possível, os aldeões prepararam o campo de batalha, colocando cabos de detonação aqui e placas de pressão ali, cada um deles conectado às surpresinhas explosivas que destroçariam a horda monstruosa que certamente viria.

E, como fora antecipado, dois grandes grupos de monstros emergiram de trás dos montes de rocha do Nether ao longe. Blazes, esqueletos wither, cubos de magma e homens-porcos zumbi podiam ser vistos cruzando a planície fumacenta devagar, gradual e inevitavelmente se aproximando da ravina, enquanto uma revoada de ghasts aterrorizantes flutuava acima. Ao longe, um par de olhos vermelhos observava o encontro iminente: Malacoda, o rei do Nether, estava rindo dessa nova e ridícula tentativa de impedir seus planos.

O imenso exército de monstros se aproximou lentamente, avançando de forma casual pela planície, como se não estivessem preocupados com a ameaça que os aguardava. Não notaram as novas características da planície, ou as estruturas de rocha recém-instaladas no alto da ravina. Os aldeões sentiam a tensão se acumulando conforme os monstros se aproximavam. Seus gemidos tristonhos e uivos raivosos ecoavam no ar, vozes monstruosas reverberando fortemente com sede de matar. Os aldeões permaneceram completamente quietos, aguentando os terríveis sons, esperando com paciência que a maré de destruição se abatesse sobre eles.

Quando as criaturas entraram no raio de alcance das flechadas, uma centena de arqueiros se levantaram de trás de blocos de pedra no topo do platô e abriram fogo. O céu escureceu quando cem flechas riscaram o ar e caíram sobre os monstros. Gemidos dolorosos soaram quando os homens-porcos zumbis foram atingidos, a carne podre cravejada pela chuva de aço. Cubos de magma logo se dividiram em dois conforme as flechas destroçavam os corpos gelatinosos. A destruição despejada nos monstros era terrível, mas eles continuavam avançando. Blazes na retaguarda obrigavam as demais criaturas a avançar com chicotes de fogo, forçando a horda a se aproximar dos inimigos.

Outra saraivada de flechas caiu sobre eles, espalhando mais devastação. Os blazes foram até a vanguarda da horda e irromperam em clarões, lançando uma salva rápida de três bolas de fogo contra os arqueiros. Já antecipando o contra-ataque, os NPCs se abaixaram velozmente atrás dos escudos rochosos e esperaram que as chamas os atingissem. Assim que isso aconteceu, os arqueiros saltaram de novo e dispararam outra rodada de flechas, atirando tão rápido quanto suas mãos quadradas conseguiam puxar as cordas.

No solo, mais arqueiros com arcos encantados começaram a atirar contra os blocos ocultos de TNT. Alguns dos monstros tropeçaram nos cabos e pisaram nas placas de pressão, detonando explosões que se somaram à destruição. O campo de batalha se tornou um caos. Áreas da planície de rocha do Nether tinham se tornado imensas crateras com as erupções de explosivos, levando muitos monstros consigo, mas a força principal continuava avançando.

As primeiras fileiras de homens-porcos zumbis finalmente alcançaram a entrada da ravina. Suas espadas de ouro faiscaram no ar quando eles tentaram abrir caminho por entre os defensores NPCs. A ferocidade do ataque, combinada aos vastos números, forçou os guerreiros a recuarem um pouco.

— NÃO! — urrou Pedreiro. — MANTENHAM SUAS POSIÇÕES! — Ele olhou para cima, para as plataformas elevadas que Gameknight e Caçadora tinham usado na última retirada. — Arqueiros, disparem nos monstros líderes. Não vamos nos retirar! Continuem lutando... POR *MINECRAFT*!

— POR *MINECRAFT*! — ecoaram os guerreiros.

Os arqueiros atiraram de suas posições elevadas, as flechas rasgando os corpos apodrecidos. Os espadachins no solo avançaram, forçando os monstros a recuar, aqueles guerreiros na linha de frente se recusando a ceder um centímetro, usando as próprias vidas para conter a pressão da horda atacante.

Alguns dos arqueiros no alto do platô pegaram blocos de TNT e cuidadosamente se debruçaram sobre o penhasco íngreme onde se empoleiravam. Enquanto se esquivavam das bolas de fogo dos blazes, colocaram tantos blocos quanto era possível na beira exposta, o TNT pendurado sobre o limite da parede de rocha do Nether. Olhando direto para baixo, viam a massa de zumbis tentando abrir caminho pelas defesas dos aldeões. Eles precisavam se apressar. Recuando, um dos arqueiros começou a acender os blocos de TNT com aço e pederneira. O TNT começou a piscar imediatamente, e então caiu do penhasco direto nos monstros que atacavam.

— LÁ VAI BOMBA! — gritou um dos arqueiros, enquanto as bombas piscantes mergulhavam sobre os alvos.

— Recuem e usem arcos! — comandou Pedreiro, enquanto encaixava uma flecha no arco e a disparava contra a macia barriga rosada de um monstro atacante, um sorriso sombrio no rosto.

Os outros soldados no solo se afastaram na horda atacante e sacaram os arcos, atirando de uma distância segura. Viram os blocos piscantes caindo em meio à massa de zumbis e depois explodindo. As bombas devastaram violentamente os inimigos, criando uma imensa cratera na boca da ravina. A sequência chocante de detonações era quase bela, os clarões brilhantes iluminando intensamente a área, um de cada vez. Bolas de fogo explosivo ganharam vida e consumiram muitos zumbis, seus corpos piscando em vermelho com o dano ao serem jogados no ar.

Uma vez que o último bloco detonou, Pedreiro soou a carga da infantaria.

— ATACAR!

Os soldados sacaram as espadas e destroçaram os monstros sobreviventes da onda inicial, em seguida investindo pela imensa cratera e assumindo o controle da abertura da ravina. Flechas de arqueiros esqueletos caíram sobre os soldados, cobrando um preço terrível daqueles à frente. Corpos desapareciam quando o HP era consumido. Arqueiros do alto do penhasco responderam à altura, mirando nos esqueletos. O céu escureceu com flechas que voavam nas duas direções, os projéteis turvando a luz dos blocos de pedra luminosa acima. As hastes com pontas de aço tomaram vidas e mais vidas, porém os arqueiros no topo do platô estavam em maior número. Eles destruíram rapidamente os esqueletos da área, deixando o campo de batalha coberto de ossos pálidos.

Os ghasts uivaram de raiva e começaram a lançar esferas de chamas contra os NPCs. Os sacos de gases flutuantes forçaram os blazes a avançar, e o imenso poder de fogo conjunto revigorou o moral dos monstros, fazendo com que lutassem ainda mais. Pedreiro sabia que as criaturas flutuantes precisavam ser eliminadas, pois suas bolas de fogo fulgurante estavam devastando seus soldados.

— Arqueiros... flechas nos ghasts! — gritou acima do rumor da batalha.

Os arqueiros voltaram suas hastes afiadas de morte contra as ameaças flutuantes. Trabalhando em grupos de seis, eles miravam no mesmo ghast, cravando simultaneamente meia dúzia de flechas em cada um e matando os monstros imediatamente. O observador de cada grupo direcionava os pelotões de arqueiros a um novo alvo assim que o último era destruído; os grupos trabalhavam como complexas máquinas de morte, assim como Gameknight tinha ensinado. Exterminaram os ghasts como se fossem balões inofensivos, e os gritos felinos das feras ecoavam pela terra conforme morriam.

Com a maioria dos zumbis, cubos de magma e ghasts destruídos, o exército de NPCs investiu adiante, avançando pela planície para caçar os blazes. Flechas riscavam o ar a partir do alto da ravina conforme os arqueiros buscavam os monstros restantes e a infantaria atacava. Um grande grupo de guerreiros ia na frente, mas eles não tinham armas nas mãos: em vez disso, carregavam pequenas esferas brancas. Bolas de neve se abateram sobre os blazes como uma nevasca, algo que os monstros flamejantes jamais tinham experimentado. Os petardos gelados eram letais para os monstros ardentes e martelavam o HP deles, extinguindo suas chamas interiores. Bolas de fogo voaram de volta contra os guerreiros enquanto as esferas brancas caíam em suas presas. Era uma cena peculiar, com aqueles globos brancos e alaranjados voando de um lado ao outro. Muitos NPCs sucumbiram a uma morte flamejante, mas a maioria sobreviveu, ceifando as criaturas como uma foice corta o trigo, pois as bolas de neve faziam um estrago maior que as chamas inimigas. Como os blazes estavam ocupados, os espadachins puderam se aproximar o suficiente para acabar com os monstros ardentes em alguns poucos golpes. Rapidamente, mesmo que tivesse parecido uma eternidade no campo de batalha, os blazes foram apagados e se tornaram nada além de pilhas de bastões incandescentes que jaziam espalhados com o resto dos destroços da batalha.

Pequenos grupos de NPCs se dispersaram pela planície, agora buscando os monstros remanescentes. Eles investiam contra os fugitivos, quatro guerreiros cercando cada monstro individual num círculo de morte, assim reduzindo o HP deles de forma rápida e eficiente, exatamente como tinham sido ensinados. Quando o campo de batalha finalmente ficou limpo e os últimos dos monstros atacantes foram destruídos, uma comemoração irrompeu pela planície, algo que o Nether jamais ouvira.

Um berro terrível veio da fortaleza sombria, e a voz furiosa de Malacoda ecoou pelo Nether. Muitos dos aldeões riram e zombaram dele, provocando-o de longe. Apontaram suas espadas e arcos ao soberano do Nether, desafiando-o a vir até eles. Mas nem todos comemoravam. Muitos NPCs lamentavam a perda de um companheiro ou cônjuge. Inventários espalhados eram os únicos sinais de sua existência prévia. Lágrimas cúbicas desciam pelos rostos sujos de viúvos, viúvas e pais, e seu choro apenas os deixavam mais furiosos com o rei do Nether.

— Rápido, entrem em formação — gritou Pedreiro, e sua voz autoritária interrompeu as comemorações e trouxe os soldados de volta à linha. — Arqueiros, desçam e se juntem às fileiras.

Pedreiro esquadrinhou o campo de batalha com os brilhantes olhos verdes e escolheu a rota que seu exército tomaria: um caminho sinuoso que passava ao lado de lagos de lava e contornava poços de areia de almas. Ele precisava escolher a trilha mais rápida — naquele momento, o plano inteiro dependia da velocidade.

Os arqueiros do alto desceram a ravina correndo até a planície em declive, se juntando à força principal. Assumiram posição à frente da coluna, com grupos dos dois lados guardando os flancos.

— À FORTALEZA! — gritou Pedreiro, apontando com a espada de ferro.

Em formação cerrada, a multidão saiu em disparada adiante, rumando direto para a fortaleza do Nether. Ao longe, viam o círculo de pedra assentado na superfície do mar fervente. Múltiplas pontes agora cruzavam a lava, cada uma delas levando da costa à ilha salpicada de pedestais de obsidiana escura. Na superfície da fortaleza, Pedreiro viu trabalhadores se movimentando, expandindo a estrutura.

Aquele é o nosso povo... meu povo, pensou consigo mesmo.

— Estamos indo buscar vocês! — berrou Pedreiro, enquanto o exército corria.

A fortaleza parecia agourenta ao longe. O general sabia que estava cheia de monstros, muito mais do que tinham acabado de enfrentar, mas possuía confiança de que o Usuário-que-não-é-um-usuário estaria lá quando precisassem dele.

Enquanto corria, Pedreiro notou que os monstros começavam a sair da imensa fortaleza em enormes quantidades — mais do que ele jamais vira em toda a sua vida. Se o plano não funcionasse, todos em seu exército certamente morreriam. Olhando em volta, viu os rostos corajosos de homens e mulheres, com confiança nos olhos, e saiu em disparada pelo Nether, em direção ao que parecia ser a morte certa.

CAPÍTULO 24

O PLANO DE MALACODA

Malacoda gritou de ódio.

Como aqueles insetos imbecis derrotaram meu exército? Onde eles arranjaram tantos guerreiros? NPCs não podem lutar!

Flutuando numa sacada com vista para a planície, ele concentrou a atenção no exército que se aproximava. Via os arqueiros inimigos atirando em qualquer monstro que se aproximasse, matando-o em segundos. Um homem-porco zumbi foi alvejado, convocando todos os outros da planície flamejante na direção dos aldeões, mas os arqueiros NPCs destruíram os monstros em segundos, limpando a área de defensores. Os aldeões avançavam em disparada. Não pareciam se importar se Malacoda os via ou não; simplesmente investiam contra a fortaleza, determinados a destruí-lo.

— Eles não podem vencer — ponderou em voz alta. — O que esses aldeões estariam pensando?

— Talvez estejam aqui para acabar com as próprias existências miseráveis, Malacoda — guinchou uma voz atrás dele.

Malacoda girou e formou uma bola de fogo, segurando-a nos tentáculos.

— Do que você me chamou? — perguntou ao enderman que estava parado diante dele.

—Ah... certo... quer dizer... *Vossa Majestade* — corrigiu-se Érebo.

— Ah, melhor assim — ralhou Malacoda, cuja voz retumbante ecoou pelos corredores de pedra enquanto ele apagava lentamente a bola de fogo.

Malacoda flutuou mais para fora na sacada e contemplou o exército que se aproximava. Via centenas de aldeões, todos blindados e empertigados com suas armas, investindo contra a fortaleza. Um NPC volumoso liderava a carga, um aldeão com ombros largos correndo à frente, a barba escura mal visível àquela distância.

Curioso, eu teria pensado que aquele tolo do Gameknight999 estaria liderando. Talvez seu próprio povo tenha se voltado contra ele e o matado. A ideia fez Malacoda rir.

— Do que está rindo... ahm, meu senhor?

— Eu me perguntava por que o Usuário-que-não-é-um-usuário não está liderando esse exército de tolos — respondeu Malacoda. — Talvez seus NPCs de estimação tenham finalmente percebido como ele é insignificante e covarde.

— Aprendi no último servidor que *Gameknight999* é qualquer coisa menos insignificante. Ele é capaz de fazer as coisas mais inesperadas nos momentos mais inconvenientes. Gameknight não deve ser subestimado.

— VOCÊ OUSA ME DAR CONSELHOS? — urrou Malacoda, fazendo a bola de fogo reaparecer em meio aos agitados tentáculos.

Érebo rapidamente se teleportou da sacada de volta ao corredor de tijolos, com a cabeça baixa, tentando parecer humilde e submisso.

— Você testa minha paciência, Érebo. Deveria ser mais cuidadoso — aconselhou Malacoda.

— Sim, meu senhor — respondeu o enderman, com um sorriso irônico se espalhando lentamente pelo rosto abaixado.

Flutuando para longe do balcão, Malacoda desceu as escadas até o corredor, sentindo-se claustrofóbico naquele espaço apertado. Passou pairando por Érebo e fez cara feia para a criatura magricela. Sentindo-se satisfeito de que o enderman estava apropriadamente assustado e intimidado, o rei avançou pelo corredor, deixando a bola ardente em seus tentáculos se desfazer num *puff*. Viu os blazes de guarda, postados periodicamente pelas passagens, com os olhos negros procurando ameaças.

Avançou lentamente pelo caminho, arrastando os tentáculos no chão e fazendo um barulho que parecia o de cobras serpenteando. Érebo o seguiu obedientemente, por enquanto.

— Nós temos artífices suficientes? — perguntou Malacoda a Érebo. — Seus ridículos monstros da Superfície juntaram bastantes NPCs para meu plano?

— Sim... ahhh... *meu senhor*. A última leva de prisioneiros rendeu os artífices restantes de que o senhor precisava.

— Excelente! — exclamou Malacoda, empolgado. — SOEM O ALARME! Chegou a hora de ativar o portal e mover meu exército à Fonte.

— Você quer dizer *nosso exército* — corrigiu Érebo. — Minhas forças só seguirão minhas ordens.

— Sim, sim, tanto faz — retrucou Malacoda, deixando a raiva e a frustração transparecerem na voz. Ele fez um gesto com o tentáculo para um esqueleto próximo. — Você aí, esqueleto wither, chame meus generais. Chegou a hora de iniciarmos nosso ataque contra a Fonte.

O esqueleto negro assentiu e flutuou para longe, o matraquear de seus ossos ecoando na passagem de pedra.

— E quanto ao exército que se aproxima? — indagou Érebo.

Malacoda parou e fez uma carranca para o enderman.

— *Meu senhor* — acrescentou o rei dos endermen, com muita relutância.

— Não é uma tropa suficientemente grande para causar qualquer preocupação. Quando nos alcançarem, teremos uma armadilha aguardando, e então as mandíbulas da morte os esmagarão. Serão destruídos muito em breve.

Malacoda então soltou uma gargalhada malévola e maníaca que fez todos os monstros próximos estremecerem. Em seguida, imaginou o exército de idiotas que se aproximava sendo destruído no instante que os monstros abririam o portal à Fonte e riu ainda mais forte. Porém, um pensamento perturbador espetou sua mente maligna. Era algo que Érebo tinha dito sobre o Usuário-que-não-é-um-usuário... *fazer as coisas mais inesperadas e aparecer nos momen-*

tos mais inconvenientes... Isso fez Malacoda hesitar por um momento. Ele amava quando um plano dava certo, e esse Gameknight999 era uma variável inesperada, embora insignificante. Mas o monstro ainda se perguntava: *onde estava o Usuário-que-não-é-um-usuário?*

CAPÍTULO 25
ARTÍFICE

Pedreiro conduziu sua tropa através da paisagem nevoenta, onde as porções incendiadas de rocha do Nether e rios de lava borbulhante emitiam uma fumaça negra e fuliginosa que cobria tudo, dificultando a visão. Mesmo assim, o exército de NPCs disparava pelo Nether na direção do círculo de pedras. Ao longe, o general via monstros fluindo para fora da imensa fortaleza, alguns se enfileirando para enfrentá-los. A maioria dos monstros, porém, apenas vagava no centro da imensa ilha, parados ali como se esperassem que alguma coisa acontecesse.

Um grupo de homens-porcos zumbis surgiu de repente. Os arqueiros exterminaram os monstros antes que pudessem chegar perto o bastante para atacar, e o exército de NPCs não reduziu a velocidade: eles continuaram na direção da fortaleza. Sabiam que os olhos de Malacoda estavam cravados neles e que o monstro estaria preparado para sua chegada... assim como eles tinham planejado. O progresso era lento, porque as perninhas curtas dos NPCs eram incapazes de se mover mais rápido. Passavam da disparada à corrida, depois de volta à disparada enquanto marchavam pelo Nether. Pedreiro levava suas tropas ao limite. Precisavam estar no lugar certo na hora combinada, ou o plano fracassaria.

Esquadrinhando o terreno, ele procurou por algum sinal de que tudo seguia conforme o planejado. *Cadê você, Usuário-que-não-é-um-usuário? É melhor que esteja lá quando precisarmos, ou todos morreremos,* pensou, com um calafrio de medo descendo pela espinha.

Pedreiro forçou as tropas ainda mais, e eles investiram, cruzando a planície de rocha do Nether num trajeto em zigue-zague, contornando poços de lava e blocos ardentes. Os monstros do vale tinham começado a evitar o exército, sabendo que aproximar-se significava morte instantânea.

Ao se aproximarem da fortaleza, começaram a ouvir as criaturas que tinham se reunido diante deles. O chiado mecânico dos blazes, os gemidos dos zumbis e os gritos ronronados dos ghasts ecoavam no ar. Como esperado, Malacoda tinha posicionado os blazes e ghasts na frente, pois as bolas de fogo de longo alcance eram armas devastadoras em campo aberto, que era exatamente onde eles se encontravam.

— REFORMAR! — gritou Pedreiro.

Os soldados mudaram de formação enquanto corriam, espadachins na frente, arqueiros e lançadores de bolas de neve atrás. Os guerreiros à frente tiraram as armaduras de ferro e vestiram couraças de diamante. Depois, pegaram poções de resistência ao fogo e beberam, colorindo seus corpos com um brilho suave. Aquele era o escudo antifogo deles. Os guerreiros precisavam resistir por tempo suficiente para dar aos arqueiros e boleiros de neve a chance de eliminar as ameaças de longo alcance.

Ao se aproximarem da imensa coleção de monstros, os soldados pararam e os arqueiros abriram fogo. Salvas e mais salvas de flechas riscaram o ar, os arqueiros fazendo pontaria contra os ghasts como antes, com grupos de seis trabalhando de forma sincronizada, todos focando o mesmo alvo, matando-o num instante. Ao mesmo tempo, um borrão branco de bolas de neve voou no ar, chovendo nos blazes. Estes gritaram de dor quando foram atingidos pelas esferas de gelo, suas chamas internas engasgando e estremecendo. Alguns lançaram suas chamas letais contra os NPCs, mas as bolas de fogo explodiam contra os guerreiros diamantinos da linha de frente. Alguns dos projéteis passaram por cima da vanguarda e caíram em meio ao grupo de arqueiros. Gritos de dor e desespero subiram do exército conforme o HP dos aldeões era consumido. Muitos morreram no primeiro ataque, mas, quando um arqueiro perecia, dois avançavam para tomar seu lugar, de forma que o fluxo de flechas mortais continuou sólido.

A linha de frente se manteve firme depois da primeira saraivada de bolas de fogo enquanto os petardos gelados reduziam o número de blazes. Porém, naquele momento, vindos do nada, um imenso grupo de ghasts surgiu por entre a névoa fumacenta no flanco esquerdo, com os rostos infantis contorcidos de raiva. Eles despejaram esferas de morte sobre os arqueiros, cada bola de fogo engolindo múltiplos guerreiros de uma vez. Mais ataques vieram do alto, alguns caindo sobre os lançadores de neve. Os arqueiros se viraram para enfrentar a nova ameaça, mas isso deixou os ghasts à frente livres para atacar impunemente.

Naquele momento, os homens-porcos zumbis e esqueletos investiram, engajando em combate com os espadachins à frente. A batalha rapidamente degenerou de uma sequência de ataques cuidadosamente orquestrada a uma luta-livre de aldeões enfrentando os monstros no mano a mano. Eles lutavam pelas próprias vidas. As fileiras tentaram se manter, mas havia simplesmente atacantes demais: estavam sendo sobrepujados.

Pedreiro tentou orientar as tropas para que selassem as brechas nas fileiras, mas simplesmente não havia NPCs suficientes para lutar naquele tipo de batalha em campo aberto. A turba de monstros diante deles era numerosa demais... *Onde está o Usuário-que-não-é-um-usuário?* O general via seus novos amigos e vizinhos perecendo diante dos próprios olhos, suas vidas sendo sacrificadas pelo bem comum. Gritos de agonia e infelicidade ecoavam pelo campo de batalha conforme mais monstros investiam adiante. Pedreiro tentou recuar com as tropas, mas grupos de homens-porcos zumbis tinham surgido detrás deles.

Não havia para onde ir... estavam cercados.

Onde está você, Gameknight999?

Os monstros os martelavam por todos os lados. Bolas de fogo eram cuspidas pelos ghasts acima, se esborrachando nos NPCs que lutavam pelas próprias vidas. Os blazes sobreviventes do ataque de neve castigavam os soldados, seus projéteis ardentes voando com precisão absoluta, cada um acertando um alvo. Um grande grupo de cubos de magma avançou, esmagando os corpos gelatinosos contra a linha de frente de guerreiros blindados em diamantes. Espadas cortavam os cubos saltitantes, apenas para dividi-los em mais e mais monstros. Uma grande tropa de homens-porcos zumbis atacou o flanco direito, com uivos e gemidos que soavam entristecidos, mas, ao mesmo tempo, empolgados com o prospecto do massacre. Era o caos. Pedreiro olhou em volta e viu seu exército — não, seu povo — perecendo ao redor, seus gritos de dor e medo se somando à cacofonia da batalha. Era um horror.

O que eu faço... o que eu faço?

E então, de repente, em meio à névoa do Nether, ele ouviu um grito de batalha:

— POR *MINECRAFT*!

O som não veio das tropas dele, mas de algum outro lugar. E não era só uma, ou uma centena de vozes: eram mil vozes furiosas, gritando em uníssono. Saltando pela fumaça nevoenta surgiu Gameknight999 em pessoa, trajando armadura de diamante e montado num poderoso garanhão. E ele não estava sozinho: o exército que trouxera consigo também vinha a cavalo, os imensos animais saltando pela névoa fumacenta.

A recém-chegada cavalaria disparou flechas das selas, atacando os ghasts por trás, fazendo o HP dos monstros desaparecer antes que sequer soubessem o que acontecia. Em segundos, o exército de mil soldados de Gameknight estraçalhou as ameaças aéreas, voltando a atenção às forças em terra. Os cavaleiros e cavaleiras guardaram os arcos, sacaram as espadas e partiram numa carga contra os monstros restantes. Formaram uma cunha blindada e mergulharam nas fileiras de monstros, abrindo uma trilha terrível de destruição pelas hostes inimigas. Os monstros tentaram fugir, mas os cavalos eram simplesmente rápidos demais. Despedaçaram as linhas inimigas, destroçaram homens-porcos zumbis em segundos, abriram grandes chagas de devastação em meio aos blazes e estilhaçaram a parede de cubos de magma. Passaram com a formação mortal por toda a tropa dos monstros, esmagando completamente a resistência.

Em vez de dar a volta para atacar de novo, porém, o batalhão montado continuou em frente na direção da fortaleza, deixando as tropas de Pedreiro para finalizar a horda. Com ghasts e blazes completamente eliminados, os monstros remanescentes que haviam mantido suas posições foram destruídos com rapidez; aqueles que fugiram tiveram as vidas poupadas.

Gameknight movia-se como um robô automatizado, sem pensamento ou medo: estava *no agora* e nada ia detê-lo. Era uma máquina de matar, e sua espada e seu arco seriam duas coisas de que aqueles monstros se recordariam por um longo tempo. Olhou por sobre o ombro e viu que Pedreiro estava bem no controle das criaturas restantes, então se virou adiante, com olhos no próximo objetivo.

— Pedreiro, alcance a gente quando puder! — gritou ele, em seguida voltando sua atenção de novo à fortaleza. — Adiante, à fortaleza!

— POR *MINECRAFT*! — Caçadora gritou ao seu lado, no cavalo preto e branco que parecia correr com força infinita.

Outros se juntaram ao grito de guerra enquanto cavalgavam na direção da poderosa cidadela.

Ao longe, Gameknight via os monstros perambulando pela ilha. Blazes conduziam NPCs aos pedestais de obsidiana, plantando-os diante das bancadas de criação de diamante. Uma coleção de aldeões era mantida no centro da ilha e estava cercada de blazes; provavelmente reféns para forçar os artífices a cumprir as ordens de Malacoda. E então ele viu a imensa besta flutuando da fortaleza, seus tentáculos segurando alguma coisa sob o corpo. Gameknight sabia exatamente o que era, e esporeou o cavalo para acelerar o passo, com Caçadora bem ao seu lado.

— Está pronta? — perguntou.

— Tô — respondeu ela, chegando mais perto com o cavalo. Num único e perigoso salto, ela pulou do próprio animal e ficou de pé nas costas da montaria do amigo, usando seus ombros como apoio. O jogador agarrou as rédeas do outro cavalo e investiu, seguido de perto pela montaria sem cavaleira.

— Vamos lá!

Eles se aproximaram da fortaleza em minutos. Nenhum dos monstros notou a chegada deles, esperando que o exército enviado mais cedo tivesse dado conta da ameaça, mas, conforme os guerreiros chegavam mais perto, os cascos trovejantes chamaram a atenção das criaturas. Alarmes soaram pela fortaleza, mas não havia mais monstros no castelo de trevas. Estavam todos na ilha de pedra, aglomerados, esperando.

* * *

Malacoda depositou seu pacote no pedestal do centro: era Artífice. Ao longe, Gameknight mal podia ouvir as palavras do monstro.

— Agora! Ative a bancada de trabalho à sua frente — comandou o rei do Nether, sua voz retumbando como um trovão.

— Não — retrucou Artífice.

O gesto de um único tentáculo ordenou aos blazes que incinerassem um par de reféns, e seus gritos de agonia indizível ecoaram no ar.

— OBEDEÇA!

— Não.

Outro gesto. Mais gritos de dor, logo seguidos pelos apelos dos sobreviventes. A angústia se estampou no rosto de Artífice quando ele pousou as mãos na bancada de trabalho. Não podia aguentar ouvir mais ninguém sofrer por sua causa. Não tinha escolha. Olhando em volta, viu que os outros doze artífices tinham ativado suas bancadas de trabalho de diamante, um anel de cubos azuis incandescentes agora rodeando a ilha. Lágrimas escorriam de seus rostos diante das pilhas de posses espalhadas no chão, marcando aquelas vítimas assassinadas para forçar os artífices a obedecerem. Suspirando, Artífice sacou seus poderes de criação e os estendeu à bancada de trabalho, fazendo o cubo azul ganhar vida de repente. Este disparou gélidos raios de poder azul-cobalto às outras bancadas de trabalho, até que uma teia de aranha de energia se formou. Foi então que uma névoa púrpura começou a se materializar pela ilha. Artífice sabia o que aquela cor significava: um portal... um imenso portal.

Então uma comoção irrompeu atrás dele: o som de aço contra aço, o estrondo de corpos se chocando em combate. Artífice deu meia-volta e não pôde acreditar no que viu. Galopando direto até ele estava Gameknight999, com Caçadora atrás dele e um imenso exército de guerreiros NPCs a cavalo na cola. A cavalaria arremeteu contra os monstros, com espadas faiscando nas mãos para retalhar a carne dos inimigos. As criaturas se viraram para encarar a tropa que se aproximava, forçando-os a reduzir a velocidade do avanço... todos menos Gameknight e Caçadora. Eles atravessaram a ilha de pedra em segundos, o cavalo afastando os monstros do caminho como se fossem penas. Ao se aproximar, Caçadora saltou do cavalo e pousou no topo do pedestal de obsidiana.

— O que estão fazendo? — indagou Artífice, incapaz de acreditar.

Sem responder, Caçadora pegou uma picareta de diamante e atacou a bancada de trabalho azul. Malacoda, até então apenas assistindo do alto, estava claramente atordoado com o que acontecia.

Antes que o monstro pudesse reagir, Caçadora tinha destruído a bancada de trabalho de diamante. Pegou Artífice pelo braço e o empurrou do pedestal.

Mas a destruição da estação de trabalho de diamante não interrompeu a formação do campo de teleporte. A mancha roxa de distorção ficava cada vez mais brilhante na ilha de pedra, partículas profundamente azuis flutuando no ar.

Artífice caiu e aterrissou no cavalo sem cavaleiro com um baque.

—O que é isto? — perguntou ele a Gameknight, que cavalgava ao seu lado.

—Uma atualização de servidor nos deu algo novo... cavalos... e, agora, uma cavalaria — explicou o Usuário-que-não-é-um-usuário, afagando o pescoço da montaria com afeição. Em seguida, olhou para Caçadora. — Vamos lá, PULE!

Caçadora considerou o timing, depois correu até a borda do pedestal negro e saltou, voando alto, na esperança de aterrissar atrás de Gameknight. Porém, antes que ela pudesse completar o arco do salto, tentáculos frios e úmidos se enrolaram em seu corpo e a puxaram para cima: Malacoda.

—Então, vocês vieram se juntar a mim? — indagou o monstro.

—Viemos deter você, e conseguimos — retrucou ela. — Destruí sua bancadinha de trabalho de diamante e os seus planos.

—Você é uma tola — trovejou Malacoda. — O portal já começou. E, depois de iniciado, ele não pode ser parado.

Caçadora olhou para baixo e ficou chocada com o que viu. A ilha agora brilhava em roxo, pequenas partículas dançando nas beiradas. Ela via Gameknight e Artífice cavalgando pelas massas de monstros enquanto patas e mãos com garras afiadas tentavam agarrá-los.

—Corra, Gameknight! — gritou ela, com uma lágrima brotando. — CORRA!

O jogador virou o rosto para cima e encontrou o olhar dela, depois observou em volta e viu que a transformação continuava. Sabia que precisava sair daquela ilha, ou seriam puxados com horda monstruosa; o que significaria a morte certa.

Suspirando, ele dirigiu uma última olhada à amiga, e então disparou para fora da ilha, com as montarias pisoteando qualquer criatura que ficasse no caminho.

— TODO MUNDO FORA DA ILHA — gritou Gameknight à cavalaria.

Os guerreiros montados saltaram da ilha assim que o portal se formou. Olhando por sobre o ombro, Gameknight viu milhares de monstros caindo pela abertura e desaparecendo na névoa arroxeada. Malacoda ainda flutuava acima do centro da ilha, com Caçadora se debatendo em seus tentáculos. O jogador sacou o arco, parou o cavalo, virou-se e fez pontaria no ghast, mas não podia atirar, arriscando acertar a amiga também.

Foi então que uma turba de monstros da Superfície irrompeu da fortaleza e atravessou as pontes até a ilha: zumbis, aranhas, creepers e endermen, todos liderados por ninguém menos que Érebo. O rei dos endermen desapareceu numa nuvem de névoa e reapareceu no portal de obsidiana no centro da ilha, com Malacoda flutuando ao seu lado.

— Então, seu fracasso está completo, Usuário-que-não-é-um-usuário! — guinchou Érebo, e soltou uma de suas risadas de dar calafrios.

O monstro vermelho estendeu um dos longos braços e acariciou os cabelos ruivos de Caçadora. Ela estremeceu enquanto seus olhos encontravam os de Gameknight, implorando.

— Atire! — gritou ela. — ATIREEEEE!

Mas o jogador não conseguiu e baixou o arco.

— Nossa batalha ainda não acabou — gargalhou o enderman. — Nós nos encontraremos de novo, isso lhe prometo, e então eu vou terminar o que eu comecei na Terra dos Sonhos. Adeus por enquanto, Usuário-que-não-é-um-usuário.

O rei dos endermen deu um passo para fora do pedestal de obsidiana e caiu no portal, desaparecendo de vista, sua risada ainda ecoando no ar.

Malacoda também ribombava de rir, fuzilando o Usuário-que-não-é-um-usuário com um olhar penetrante.

— Você fracassou, como eu tinha predito — afirmou o rei do Nether, com um sorriso fantasmagórico se estendendo pelo rosto vil e infantil. — E, agora, a Fonte será minha. Adeus, tolo.

Malacoda então desceu lentamente ao portal, desaparecendo na névoa roxa e sumindo de vista. Durante todo esse tempo, os olhos aterrorizados de Caçadora estavam colados em Gameknight... E então ela se foi.

CAPÍTULO 26

A FONTE

O s guerreiros blindados cercaram Artífice, os sons de alegria e comemoração ecoando pelo Nether. Todos queriam dar tapinhas amistosos nas costas do NPC, abraçá-lo ou simplesmente estar perto dele. O NPC tinha sobrevivido ao impossível, como prisioneiro de Malacoda, e um imenso sorriso se abriu em seu rosto enquanto lágrimas escorriam dos olhos.

NPCs capturados deixavam a fortaleza e se juntavam ao grupo, com roupas esfarrapadas e corpos esgotados até a exaustão. Também traziam imensos sorrisos nos rostos, pois sabiam que agora iriam sobreviver, mas muitos precisaram de ajuda para ficar de pé, com o HP quase no fim.

— Obrigado a todos por terem vindo me resgatar — disse Artífice, com a voz rachando de emoção. — Conseguimos um grande feito aqui, e todo *Minecraft* ficará sabendo.

Uma comemoração encheu o ar, espadas e arcos sendo erguidos bem alto. Pedreiro chegou perto de Artífice e lhe deu tapinhas nas costas, com um sorriso instalado com firmeza no grande rosto quadrado. Os olhos verdes pareciam brilhar de alegria enquanto contemplavam Artífice, o grande e musculoso NPC dominado pela alegria.

Gameknight estava à margem da celebração, com o coração pesado. Ficava feliz que tivessem salvado Artífice, mas isso tinha lhe custado a amiga, Caçadora, e ele lamentava a perda. Mesmo que ela fosse frustrante às vezes, com um temperamento que parecia um pavio sempre aceso e prestes a explodir, Gameknight ainda sentia sua falta e tinha a sensação de que alguém muito querido lhe tinha sido tomado. A raiva começou a ferver dentro dele, raiva pela perda de Caçadora, mas também combinada à fúria venenosa que ele sentia dos inimigos: Malacoda e Érebo. Tinha fracassado em detê-los, e agora estavam a caminho da Fonte.

Eles precisam ser detidos, pensou. *ELES PRECISAM SER DETIDOS*. Os pensamentos eram como trovões na mente de Gameknight.

— ELES PRECISAM SER DETIDOS!

A comemoração alegre acabou abruptamente quando a voz de Gameknight ecoou pelo Nether. Os NPCs se viraram para encarar o Usuário-que-não-é-um-usuário, a confusão estampada nos sorridentes rostos quadrados. Artífice se adiantou, com uma expressão de preocupação, seguido de perto por Pedreiro.

— Gameknight, o que você disse? — indagou o amigo.

— Eu disse que eles ainda precisam ser detidos — repetiu Gameknight, com a irritação quase explodindo. — Não me levem a mal, estou agradecido que tenhamos conseguido resgatar você, meu amigo, e tenho uma enorme dívida de gratidão para com todos que estão aqui, mas nós também perdemos alguém especial... Caçadora... e *Minecraft* ainda corre perigo.

Ao som do nome dela, mãos começaram a se erguer no ar com os dedos bem espalhados.

— Por Caçadora! — gritou alguém, e mais mãos surgiram.

Artífice contemplou Gameknight com compaixão enquanto também erguia a mão, os dedos separados entre si.

Lágrimas escorriam pelas bochechas de Gameknight enquanto ele olhava o mar de rostos, todos concentrados nele, os punhos dos aldeões no ar. Esperaram o jogador completar a saudação aos mortos, pois a pessoa mais próxima ao falecido sempre ia por último. Lentamente, ele ergueu o braço, a mão tremendo com tristeza. Com os dedos abertos, Gameknight se virou para olhar o último lugar onde a vira: ali no meio do portal que ainda brilhava em roxo. E, subitamente, foi dominado por uma fúria ardente que ameaçava devorar sua alma.

Não, eu não aceito isso, pensou ele. *Não vou deixar que ela morra.*

O jogador baixou a mão rapidamente sem cerrá-la num punho, e virou-se de volta para encarar os guerreiros.

— Ele recusou a saudação — murmurou alguém.

— De novo?

— O que ele está fazendo?

— Por quê?

Os questionamentos percorriam as massas enquanto Gameknight fitava o chão, perdido em pensamento. Contemplando o que havia acontecido a ele nesta aventura em *Minecraft*, o jogador percebeu que tudo fora necessário a fim de prepará-lo para a decisão que estava prestes a tomar. Aprender o que significava se sacrificar por outra pessoa, como enfrentar os medos, como se concentrar *no agora* e chegar à conclusão do que significava ser um herói: todas essas coisas, todas essas lições, reverberavam dentro dele, e o jogador sabia o que precisava fazer.

— Ela não está morta — afirmou ele, primeiro em voz baixa, e então com confiança: — ELA NÃO ESTÁ MORTA!

A multidão se calou.

— Só porque ela foi levada por aquela criatura vil, não quer dizer que esteja morta. — Gameknight esquadrinhou os rostos do seu exército, com fúria no olhar azul aço. — Eu vou salvá-la e vou salvar *Minecraft*. Vou atravessar aquele portal até a Fonte, e lá eu os deterei de alguma forma. Quem está comigo?

O choque se espalhou pela multidão, todos dando alguns passos atrás.

— Gameknight, ninguém jamais esteve na Fonte — explicou Artífice. — É proibido. É onde o Criador reside, e as regras de nossa programação nos proíbem de ir lá.

— O Criador... vocês querem dizer Notch? — perguntou Gameknight.

Artífice fez que sim com a cabeça.

Pedreiro ergueu o olhar e encarou Gameknight enquanto outros faziam o mesmo.

Artífice se aproximou do amigo e disse em voz baixa:

— Se atravessarmos aquele portal, nós morreremos. Cada um de nós pode sentir aquela coisa, aquela obscenidade contra *Minecraft*, e sabemos, com completa certeza, que ela matará qualquer um que passar a caminho da Fonte. Não há chance de sobrevivência para NPC ou Usuário. Nossa jornada termina aqui.

— Mas essas regras não são reais. Claramente não podem ser. Tipo, vocês acabaram de ver mil monstros entrando lá. Não acham que eles também eram *proibidos*? Parece que conseguiram ir à fonte sem problema algum. Agora temos que segui-los e terminar nossa batalha.

— Mas você não entende — insistiu Artífice. — Nossa tarefa era impedir que os monstros chegassem à Fonte... nós fracassamos. Reduzimos seus números e fizemos o possível, mas não podemos segui-los além deste ponto, seria suicídio. Até onde sabemos, Caçadora já está morta por ter ido à Fonte e desobedecido à regra. O próprio *Minecraft* pode tê-la apagado. Veja bem, em nossas mentes, aquele portal nos dá uma sensação de... de morte. — Artífice olhou o portal e estremeceu. — Aquela coisa é um ataque contra tudo que nós, NPCs, consideramos natural e seguro. É uma monstruosidade que parece capaz de nos devorar numa só mordida, sem chance de sobrevivência. Não podemos fazer o que você nos pede, nem você mesmo pode, pois vai significar a sua morte. Pisar naquele portal seria a mesma coisa que tentar nadar na lava. — Artífice baixou a cabeça humildemente e fitou o chão. — Aquele portal significa morte.

— Eu não acredito nisso, Artífice, ou todos aqueles monstros teriam sido destruídos. Escute a música de *Minecraft*. Por acaso te parece que aquelas criaturas terríveis pereceram ao atravessar? Não! Elas ainda estão vivas. — Ele se aproximou do amigo e fitou seus olhos azuis. — Quando todos esses atrás de você o abandonaram como morto, eu ainda tinha esperança. Ninguém acreditou que você poderia ser salvo, exceto por mim e Caçadora, e nós ainda assim tentamos, sem ligar para o risco. — Ele se virou a fim de olhar feio para o mar de rostos, que agora estavam concentrados nele. — Nossa amiga está lá fora, e não é só por Caçadora, é por todas as criaturas vivas de *Minecraft*. Não podemos parar de tentar salvá-las. Isso significaria desistir... E eu jamais desistirei perante Malacoda e Érebo.

Ele parou para deixar que suas palavras fossem digeridas, esperando uma reação. O silêncio que enchia o ar era ensurdecedor... opressivo... desesperançoso.

Gameknight suspirou.

— Foi uma grande honra ser escolhido no ápice deste grande conflito para entrar na história de *Minecraft*, deter os monstros do Nether e salvar todo mundo nos planos de servidores. Todos aqui concordaram em arriscar suas vidas e vir ao Nether para salvar Artífice; agora, estou pedindo que façam o mesmo por Caçadora e todas as criaturas vivas em *Minecraft*. Temos que ir à Fonte e derrotar os monstros.

Artífice ergueu o olhar por um momento, em seguida fitando o chão de novo, balançando a cabeça. Muitos dos NPCs seguiram o exemplo e também encararam o chão.

— Gameknight, nós queremos continuar com a luta, mas seria a morte certa, todos sabemos disso. Às vezes, é necessário parar e ficar grato pelos próprios feitos. Ninguém culpa você por este fracasso. As coisas simplesmente são assim — argumentou o jovem NPC com voz triste.

Gameknight voltou pela ponte de pedra e se aproximou de Artífice.

— Às vezes nós podemos ser maiores do que pensamos ser. Você me ensinou isso. Só que, primeiro, temos que aceitar a possibilidade de que *podemos* superar os obstáculos no nosso caminho, e que *podemos* ter sucesso. Uma vez que aceitamos a possibilidade de que *somos capazes* de fazer algo, então só nos resta descobrir como fazê-lo.

Recuando, Gameknight notou que Pedreiro tinha se aproximado, o grande vulto quadradão se inclinando para perto do Usuário-que-não-é-um-usuário. Um sorriso irônico marcava seu rosto severo, e os olhos verdes se iluminaram um pouco.

— Veja bem, Artífice — continuou Gameknight, desta vez um pouco mais alto para que todos pudessem ouvir. — Qualquer um pode ser um herói, até um troll como eu. Você só precisa aceitar que é possível. Lembrem-se, feitos não fazem um herói, é superar seus medos o que torna uma pessoa grandiosa. — Ele fez uma pausa momentânea e contemplou o mar de rostos quadrados que agora o olhavam. — Um NPC que eu respeito, cuja amizade considero mais do que qualquer coisa, cujas lições me ensinaram a ser uma pessoa melhor, me disse isso — Gameknight parou novamente e então continuou, com a voz ainda mais alta. — Você pode ser o que quiser ser e fazer o que quiser fazer, e tudo que precisa é aceitar que é possível, e então tentar até conseguir. — Em seguida se inclinou para a frente e falou num sussurro, só para Artífice: — Que nem Pescador.

Artífice ergueu o olhar.

— Gameknight, não faça isso. Não quero ver você morrer, não tenho certeza se eu aguentaria isso. Fique neste servidor conosco... por favor.

O Usuário-que-não-é-um-usuário apenas balançou a cabeça enquanto contemplava o exército derrotado, e depois encarou Artífice. O amigo o olhou de volta, suspirou e baixou os olhos ao solo novamente, com uma lágrima escorrendo pelo rosto.

Gameknight suspirou de novo. Estendeu a mão, ergueu o queixo de Artífice e olhou nos olhos dele. Pela primeira vez, não pareciam brilhar com aquela fagulha azul brilhante de esperança. Em vez disso, estavam opacos e esmaecidos com tristeza e arrependimento. Outra lágrima rolou pela face do jovem NPC quando afastou o olhar de Gameknight para o chão, com ombros descaídos. Olhando para o exército de NPCs, Gameknight999 viu a mesma coisa: olhos que antes brilhavam de esperança agora estavam pálidos com derrota; tinham desistido.

O último a desviar o olhar foi Pedreiro. Ele encarou o Usuário-que-não-é-um-usuário com raiva pétrea, seus curtos cabelos castanhos e barba reluzindo levemente em vermelho, à luz do mar de lava próximo. O sorriso fino tinha agora se transformado numa careta severa de determinação, a monocelha franzida como se ele estivesse lutando algum tipo de feroz batalha interna. Olhou Artífice, depois espiou Gameknight, os olhos cheios de fúria brilhante, mas então eles pareceram se apagar também quando a batalha interior foi finalmente perdida. O NPC grandalhão baixou a cabeça devagar e encarou o chão, derrotado.

Gameknight estava sozinho.

Sentia a tensão que emanava do grupo de NPCs, mas ninguém estava disposto a segui-lo e correr o risco de ser destruído. Tudo bem, então, ele faria tudo por conta própria.

Comecei esta aventura sozinho, pensou ele. *Vou concluí-la sozinho, então.*

Foi então que uma voz solitária se ergueu: era a voz de uma criança. Buscando a origem, o Usuário-que-não-é-um-usuário viu uma garotinha andando pela multidão. Suas roupas estavam esfarrapadas e rasgadas pelo trabalho forçado na fortaleza de Malacoda. Mesmo que parecesse exausta, a menina avançava ereta por entre os NPCs, abrindo caminho entre guerreiros e cavalos. Quando ela chegou à frente, Gameknight notou os longos e cacheados cabelos ruivos, como os de Caçadora, e um par de olhos castanhos que o contemplavam com esperança.

— Eu vou com você — declarou ela numa voz fraca.

Um murmúrio se espalhou pela multidão. Alguns NPCs puxaram a garotinha de volta, mas ela abriu caminho pelo mar de braços com determinação marcando seu rosto.

— Você não pode ir comigo — respondeu Gameknight, enquanto considerava seu tamanho diminuto. — Vai ter...

— Meu nome é Costureira, e eu *vou* com você — afirmou ela. — Eu desafio você a tentar me impedir.

— Você não pode ir — sussurraram alguns NPCs.

— Sua programação...

— Você vai morrer...

— Vai ser apagada...

Os aldeões perto dela lhe deram motivos pelos quais ela não poderia acompanhar o Usuário-que-não--é-um-usuário, mas ela ignorou todas as desculpas e avançou.

— Não dou a mínima para as regras... para os programas ou linhas de código — disse a garotinha. — Se eu morrer ao atravessar o portal, que seja, mas não vou ficar aqui parada e assistir à destruição de tudo.

A garotinha encarou os rostos envergonhados e abatidos dos adultos ao seu redor, desafiando qualquer um a tentar impedi-la. Corajosamente, ela foi até o Usuário-que-não-é-um-usuário, com esperança e determinação no olhar.

Gameknight sorriu. Aquela menininha tinha toda ferocidade e tenacidade de Caçadora, talvez até mais. Os cabelos ruivos emaranhados brilhavam forte enquanto ela afastava algumas mechas do rosto. E então o jogador entendeu quem ela era.

— Caçadora é sua irmã? — perguntou ele.

A garotinha concordou com a cabeça e lhe deu um sorriso esperançoso.

— Não vou abandoná-la depois de ter me reencontrado com ela — disse num tom confiante. — Prefiro morrer a não fazer nada. Ela é minha irmã... É tudo que eu tenho.

Gameknight se aproximou e deu tapinhas amistosos no ombro da menina. Ela parecia ser da mesma idade da irmãzinha dele.

Minha irmã... sinto saudades da minha irmã.

Ele pegou a mão dela e a levou pela ponte de pedra, indo até a beira do portal gigante cujo perímetro era marcado por partículas roxas faiscantes. O jogador deu meia-volta e contemplou pela última vez aquelas pessoas que passara a considerar suas amigas, e por fim encarou o portal. Sentia as partículas de teleporte sendo atraídas à passagem, deslizando por sua pele enquanto eram puxadas por uma correnteza invisível. Através da névoa púrpura dentro do círculo, ele podia divisar formas indistintas: árvores quadradas, colinas relvadas e montanhas ao longe. As imagens desapareceram quando a névoa se tornou mais espessa e turbulenta.

Gameknight olhou por sobre o ombro mais uma vez e viu que todos os NPCs o observavam; todos exceto Artífice, cujo olhar ainda estava cravado no chão. Soltou a mão de Costureira e voltou até a metade da ponte de pedra, virando-se na direção do amigo.

—Artífice, você tem sido como um irmão para mim — afirmou o jogador, com a voz embargada de emoção. — Sempre vou lembrar com carinho de nossos momentos juntos e vou recordar das muitas lições que você me ensinou... se eu sobreviver. Aquela canção tranquilizadora que você está sempre cantarolando, vou guardá-la perto do meu coração enquanto atravesso até a Fonte, e vou cantá-la quando a esperança parecer enfraquecer. Obrigado por ser meu amigo.

— Se você atravessar aquele portal, vai morrer — disse Artífice. — Por favor, não faça isso.

— Você não entende? Eu não tenho escolha.

Virou-se de volta ao portal, pegou mão de Costureira e se adiantou. A menina deu um passo à frente e então hesitou, puxando a mão de Gameknight.

— Costureira, tudo bem com você?

— Estou com medo — respondeu ela numa vozinha trêmula. — Parece errado... tão errado. Posso ouvir o portal na minha mente, e é aterrorizante. Soa como um monstro rangendo os dentes e, ao mesmo tempo, o arranhar de engrenagens quebradas. Usuário-que-não-é-um-usuário, acho que ele sabe que estou chegando... e está esperando que eu me aproxime. — Ela parou e encarou Gameknight, com os olhos castanhos cheios de terror. — Estou com tanto medo.

— Costureira, você não precisa fazer isso. Você pode ficar aqui com os outros. Vai ser...

— NÃO! — exclamou ela. Endireitou os ombros e encarou o portal, a monocelha franzida com determinação. — Não vou abandonar minha irmã!

A garotinha deu um passo à frente... e mais outro... e outro até que ficou na beirada do portal, com os tornozelos envoltos em partículas roxas. Gameknight parou ao seu lado, dando uma olhada por cima do ombro. Viu Artífice erguendo a mão lentamente, com dedos bem abertos, lágrimas de luto escorrendo pelo rosto. Dando um último sorriso ao amigo, virou-se e encarou Costureira. Ela lhe deu um sorriso fraco e aterrorizado, e então fechou os olhos enquanto pulava no portal. No instante em que o pé dela tocou o campo roxo de distorção, ela gritou como se estivesse em agonia terrível. Seus gritos doeram na alma de Gameknight, mas tudo que ele pôde fazer foi segurar a mão dela enquanto a dor castigava seu próprio corpo e rezava para que ela... que ambos... sobrevivessem.

CAPÍTULO 27
SOZINHOS

Gameknight999 desabou no chão, com a cara enfiada na grama. Estava desorientado e confuso. Olhou por cima do ombro e entendeu imediatamente. O portal lá no Nether tinha sido horizontal, deitado no chão, mas, ali neste servidor, era vertical, de pé sobre o solo. Limpou a poeira e olhou em volta.

Costureira, onde está Costureira?

— COSTUREIRA, CADÊ VOCÊ? — gritou ele.

Olhou em volta, procurando a menina freneticamente, mas não viu nada.

Ah, não...

— Eu tô aqui — disse uma voz no meio da grama alta.

Ela se levantou e tirou o capim do cabelo vermelho crespo. Gameknight correu até a menina e a envolveu num abraço caloroso.

— Achei que você estivesse... você sabe — gaguejou.

— Estou bem — respondeu ela. — Mas certamente não quero fazer aquilo de novo. Foi horrível... parecia que eu estava morrendo.

— Bem, agora acabou e cá estamos. Fique tranquila, nós vamos achar Caçadora.

— E salvar *Minecraft*? — acrescentou ela.

— É, isso também — concordou, sorrindo.

Eles olharam em volta, para o ambiente que os cercava, tentando identificar onde tinham caído. O portal os depositara numa nova terra de colinas relvadas. Altas árvores majestosas salpicavam a paisagem, com grupos de flores aqui e ali acrescentando cor ao mar verde de grama que se estendia em todas as direções. O sol se erguia alto no céu, mas a cor estava errada, de alguma forma. Em vez do amarelo brilhante que ele tinha passado a esperar do sol de *Minecraft*, havia uma tonalidade avermelhada, como se alguém tivesse derramado um copo de tinta escarlate na face quadrada e radiante. Ou talvez não fosse tinta, talvez fosse... Ele estremeceu, não querendo pensar naquilo. Sentia que havia algo de errado naquela terra. Ali, a música de *Minecraft* era dissonante e forçada, como um motor em que alguém tivesse despejado areia, de modo que as engrenagens e eixos se remoessem uns aos outros, de um jeito que levaria à morte inevitável do mecanismo numa nuvem de fumaça.

Era essa a sensação daquela terra, e deixava Gameknight enjoado.

— Você consegue sentir? — perguntou Costureira. — Tem alguma coisa muito estranha aqui.

Gameknight concordou e suspirou. Estava claro que Malacoda e Érebo já tinham chegado por ali com o imenso exército deles. Diante do menino jazia uma faixa de paisagem enegrecida e desfigurada pela passagem de algo terrivelmente malévolo, uma presença vil que marcava a terra e matava tudo que tocasse. A trilha de destruição se estendia ao longe, com pequenas pilhas de carne de porco e de vaca, e cubos de lã flutuando pelo caminho. Os habitantes dali tinham sido mortos por pura diversão.

Que tipo de criatura faria isso?, pensou. *Matar só por prazer?* E então ele lembrou que já fora assim uma vez: matando animais só porque podia. Mas isso fora há muito tempo, quando *Minecraft* não passava de um jogo para ele. Agora ele sabia que não era assim.

Contemplando a cicatriz doentia que se estendia até o horizonte, Gameknight sabia claramente qual caminho seguir. Ajustou a armadura de diamante e pegou a mão de Costureira novamente.

— Não se preocupe — disse ele, tentando esconder a própria ansiedade. — Vamos dar um jeito. Vamos consertar *Minecraft*.

— Sozinhos?

— Se for preciso. Não vamos desistir, vamos?

Costureira balançou a cabeça, agitando selvagemente os cabelos ruivos. Então lhe deu um sorriso caloroso e animador. Gameknight segurou a mão dela com força e começou a andar, se mantendo na grama verde e viva, e evitando a trilha de corrupção obscurecida.

O silêncio era ensurdecedor. Ele nunca se sentira tão sozinho, tão vulnerável, tão assustado.

— Será que consigo fazer isso sozinho? — perguntou para Costureira. — Da última vez eu tinha Artífice e Shawny, mas agora estou realmente só. Talvez eu consiga entrar em contato com Shawny neste servidor. Eu deveria encontrar uma aldeia e começar a montar um novo exército, mas quanto tempo será que eu tenho?

— Você ainda tem a mim — guinchou Costureira com sua vozinha aguda.

— Claro que tenho — concordou Gameknight.

Incerteza e dúvida nublavam os pensamentos dele. Ponderou todas as diferentes opções: usar a rede de carrinhos de mina, juntar todos os artífices... as escolhas pululavam em sua mente enquanto ele tentava descobrir como eram as peças daquele quebra-cabeça. Considerou a ideia de procurar Notch, mas onde ele estaria? Talvez fosse um usuário neste servidor, como Shawny tinha sido no outro. Poderia tentar entrar em contato com ele, mas como?

Um zumbido estranho começou a encher os ouvidos do jogador: era um som melodioso que interferia com seus pensamentos, mas que também, de alguma forma, acalmava e reconfortava. Afastando o ruído, Gameknight se concentrou no problema à mão: reunir um exército... entrar em contato com Notch... seguir os monstros... *O QUE ERA AQUELE BARULHO?*

E então ele entendeu o que era: alguém cantarolava uma canção suave e reconfortante, numa voz aguda cheia de alegria e coragem. O som então se misturou ao arrastar de pés pelo chão, não apenas um par, mas milhares deles... e cavalos também, um montão de cavalos. Gameknight deu meia-volta e ficou chocado ao ver quem o tinha seguido.

Artífice!

— Ora vejam, olá, Gameknight999! — exclamou o jovem NPC, com um sorriso no rosto, os olhos azuis brilhando novamente. — Imagine só, a gente esbarrar assim com você por aqui... Que coincidência!

Gameknight olhou atrás de Artífice e notou o vulto volumoso de Pedreiro, com o rosto sorridente reluzindo para o jogador. Atrás de Pedreiro estava reunido o exército inteiro, com a infantaria e a cavalaria ainda fluindo pelo portal que se erguia sombrio contra a paisagem. Havia pelo menos um milhar deles, a maioria ainda vestindo armadura e carregando armas, mas notou também a presença daqueles sem proteção: os que tinham sido prisioneiros e escravos de Malacoda e que, agora, libertados pelo exército, decidiram se juntar à batalha por *Minecraft*.

Gameknight parou e encarou Artífice com lágrimas nos olhos.

— Você veio à Fonte! — exclamou, embargado de emoção.

Artífice parou de andar e ergueu a mão, fazendo os demais interromperem a marcha.

— Nós conversamos sobre o assunto e decidimos que algumas regras foram feitas para serem quebradas — explicou. — E, se o mecanismo de *Minecraft* permitiu que os monstros invadissem este mundo sagrado, então era nosso dever ajudar. Além disso, sabíamos que ficaria tudo bem, já que estávamos seguindo o maior quebrador de regras de todos... Gameknight999.

Ele sorriu de forma a contagiar todos aqueles ao seu redor, incluindo Gameknight. O jovem NPC avançou e abraçou a cintura de Gameknight com toda a sua força, e o Usuário-que-não-é-um-usuário devolveu o abraço com igual dedicação. Gameknight soltou o amigo e foi dar tapinhas no ombro de Pedreiro cujos olhos verdes brilhavam de orgulho. Conforme se embrenhava mais no próprio exército, o jogador notou a mesma expressão em todos os outros: olhos iluminados com satisfação, todos os NPCs um pouco mais empertigados e altos. Os guerreiros transbordavam de orgulho de serem capazes de fazer algo por outros... por *outra* coisa... por *Minecraft*. Estavam aqui para corrigir as injustiças em nome de suas famílias, amigos e gente que eles sequer conheciam... como a irmã e os pais de Gameknight. E, pelo sacrifício deles, o jogador seria eternamente grato. Tentou falar, tentou explicar o quanto estava agradecido, mas conseguiu apenas sorrir e afastar as lágrimas que escorriam pelo rosto.

Uma pequena mão pousou em seu ombro, desviando sua atenção das tropas.

— Você está pronto para partir ou o quê? — perguntou Artífice. — Estamos cansados de ficar aqui esperando por você. — Aqueles que os cercavam riram, a gargalhada se espalhando pelo exército enquanto as palavras de Artífice eram repetidas para aqueles mais afastados. — Vamos lá, temos um servidor a salvar... Não, temos servidores incontáveis a salvar. Então vamos em frente!

— POR *MINECRAFT*! — gritou Gameknight.

— POR *MINECRAFT*! — trovejaram as vozes às costas dele.

Alguém se adiantou com cavalos para Gameknight, Artífice e Pedreiro. Subindo à sela, Gameknight passou as tropas em revista. Estendeu a mão e puxou Costureira para a montaria, a pequena forma sentada à sua frente. Ele estava orgulhoso de cada um daqueles NPCs, e, claramente, pelas expressões de todo mundo, eles sentiam o mesmo.

Mas a incerteza quanto ao que fazer ainda pesava na mente de Gameknight. Ele não conseguia ver as peças do quebra-cabeça ali com a mesma clareza que tinha visto no Nether. E aquela incerteza o enchia de medo. Eles precisavam derrotar os monstros ali... de alguma maneira.

Pedreiro deve ter sentido a incerteza de Gameknight, pois começou a dar ordens, mandando batedores em todas as direções. Posicionou pelotões de guerreiros nos flancos e instruiu um grupo de cavaleiros a fechar a retaguarda. Com as forças satisfatoriamente organizadas, olhou para o Usuário-que-não-é-um-usuário e assentiu. Gameknight, sem saber direito qual era o plano deles, fez a única coisa em que conseguiu pensar: prosseguiu em frente. Urgindo o cavalo a trotar, seguiu a trilha doentia rasgada na carne de *Minecraft*.

Ladeado pelos amigos, Gameknight iniciou a jornada com confiança renovada e pensou na outra amiga, Caçadora.

— Espero que esteja bem, Caçadora — comentou ele em voz alta. — Estamos indo buscar você.

— É, a gente tá indo te buscar, mana — ecoou Costureira.

— *Todos* nós estamos indo buscar você — acrescentou Artífice.

— E salvar *Minecraft* — disse Pedreiro com voz ribombante, provocando uma resposta das tropas.

— POR *MINECRAFT*!

As vozes em uníssono ecoaram pela paisagem, afastando dúvida e medo das mentes. O exército de NPCs avançou, com Gameknight na dianteira, preparado para perseguir implacavelmente o inimigo, e eles não desistiriam até que todos em *Minecraft* estivessem seguros.

Este livro foi composto na tipologia ITC Bookman Std,
em corpo 11/15,5, e impresso em papel off-white,
no Sistema Cameron da Divisão Gráfica
da Distribuidora Record.